Un patient si troublant

*

Ce bonheur en plus

ALLISON LEIGH

Un patient si troublant

Traduction française de

GENEVIÈVE BLATTMANN

BLANCHE

HARLEQUIN

Collection : Blanche

Titre original :
COURTNEY'S BABY PLAN

Ce roman a déjà été publié en 2017

HARPERCOLLINS FRANCE
83-85, boulevard Vincent-Auriol, 75646 PARIS CEDEX 13
Service Lectrices — Tél. : 01 45 82 47 47 - www.harlequin.fr
ISBN 978-2-2804-7353-8 — ISSN 0223-5056

Composé et édité par HarperCollins France.
Imprimé en avril 2022 par CPI Black Print (Barcelone)
en utilisant 100% d'électricité renouvelable.
Dépôt légal : mai 2022.

FSC
www.fsc.org
MIXTE
Papier issu de sources responsables
FSC® C159065

Pour limiter l'empreinte environnementale de ses livres, HarperCollins France s'engage à n'utiliser que du papier fabriqué à partir de bois provenant de forêts gérées durablement et de manière responsable.

Prologue

Tout avait commencé par un baiser. Un baiser à cinquante dollars…

Courtney Clay prit une discrète inspiration et releva la tête vers l'homme qui se tenait devant elle, sur son paillasson. Inviter un étranger chez elle, à 22 heures passées, n'était pas dans ses habitudes. Pas plus qu'à tout autre heure, d'ailleurs.

Mais Mason Hyde n'était pas vraiment un étranger. C'était un ami de son cousin.

Et il embrassait comme personne…

Ses doigts se resserrèrent sur la poignée de la porte.

— Vous voulez entrer ?

— Oui, répondit-il.

Sa voix était grave et mélodieuse, ainsi qu'elle avait pu s'en rendre compte dès la première seconde. Ensorcelante, même. D'une certaine manière, elle surprenait. Courtney aurait imaginé une voix plus sèche, plus brutale, peut-être, qui aurait mieux correspondu à l'aura de mystère et de danger qui l'entourait.

Elle l'avait connu l'après-midi même, à la fête destinée à célébrer la Saint-Valentin et, surtout, à recueillir des fonds pour l'école locale. Courtney avait accepté d'y participer et de tenir un petit stand où les hommes, moyennant un don laissé à l'appréciation de chacun, avaient le droit de l'embrasser.

Son cœur s'était mis à battre quand elle l'avait vu arriver dans sa direction. Elle l'avait déjà remarqué, non seulement parce qu'il dépassait presque tout le monde d'une bonne tête, mais en raison d'un charisme auquel elle était particulièrement sensible…

Il avait posé un billet de cinquante dollars sur sa table, et elle l'avait aussitôt remercié au nom de l'école pour ce don généreux. L'inconnu avait esquissé un sourire un peu narquois, un peu mystérieux et… très irrésistible qui avait creusé la fine cicatrice courant de sa tempe droite à sa mâchoire. Puis il s'était penché et, de ses lèvres, avait effleuré les siennes, et c'était à cette seconde, précisément, que l'esprit de Courtney ne cessait de revenir.

Le contact de sa bouche sur la sienne, si léger qu'il ait été, l'avait totalement transportée…

C'était pour cette raison qu'il était à cet instant devant sa porte, vingt minutes après qu'elle était rentrée de son service à l'hôpital. Parce qu'elle l'y avait invité, à voix basse, quand il lui avait murmuré qu'il aimerait beaucoup la revoir.

— Mais souhaitez-vous vraiment que je franchisse le seuil ? demanda-t-il en soutenant son regard de ses yeux vert clair. Une fois à l'intérieur, je risque de ne pas avoir envie de ressortir de si tôt. Nous pourrions aller ailleurs bavarder devant un café, si vous préférez.

Elle ne s'était pas attendue à cela. À présent, elle se retrouvait devant un dilemme : jouer la carte de la raison et l'accompagner dans un endroit public, ou laisser parler ses émotions et son désir en lui ouvrant grand sa porte ?

Jamais elle ne conviait des inconnus chez elle, surtout sur une impulsion. Surtout en pleine nuit. Tout ce qu'elle faisait était toujours sagement programmé. Les coups de tête n'avaient pas droit de cité chez elle.

Pourtant, elle n'avait aucun désir d'aller s'asseoir à une table dans un café avec lui. Ce dont elle avait envie, à cette seconde, c'était sentir ses mains sur elle et sa bouche sur la sienne…

Alors, le cœur battant, elle se recula d'un pas.

— Non, répondit-elle sans plus d'hésitation. Je préfère que nous restions ici.

Elle vit ses lèvres s'étirer en un léger sourire, ses yeux se faire plus brillants. Sans un mot, il franchit la porte et la referma derrière lui avant de glisser un bras autour de sa taille…

1.

— Non, déclara fermement Mason Hyde. Tu ne peux pas me renvoyer.

Il espérait vivement que son impassibilité affectée était convaincante.

— Tu insistes pour quitter l'hôpital contre tout avis médical, et je n'ai donc pas le choix, répondit Coleman Black d'un ton sans appel. Les imbéciles n'ont pas leur place parmi mes agents. Ce dont j'ai besoin, Mase, c'est que tu te remettes sur pied pour être de nouveau opérationnel.

Coleman, grand ours aux cheveux gris, s'avança dans la chambre aseptisée en manifestant enfin un semblant d'émotion. Même si ce n'était que de l'irritation, songea Mason.

— Tu viens de subir une opération pas plus tard qu'hier, et il y a deux jours, tu étais encore à Barcelone.

Mason grimaça en fuyant un instant son regard. Certes, son insistance à vouloir quitter cet hôpital était stupide, mais si quelqu'un pouvait comprendre son besoin de fuir ces lieux, c'était bien Cole.

Cole — son chef, mais aussi son ami. Et Dieu sait que les amis étaient rares dans sa vie. Surtout ceux qui, comme lui, connaissaient intégralement son parcours — tant professionnel que personnel.

— Je ne veux pas réitérer les mêmes erreurs, dit-il en détestant cet aveu qu'il considérait comme une faiblesse.

Cole se tourna vers la porte ouverte de la chambre puis secoua la tête.

— Peut-être que si tu expliquais aux responsables de l'hôpital pourquoi tu refuses d'être soigné…

— Non, le coupa Mason.

Cette histoire remontait à dix ans, et pourtant, à cet instant, cloué dans ce lit aux draps blancs, le corps perclus de douleurs, il avait l'impression que tout s'était passé la veille.

Sauf qu'à l'époque, il avait dû son hospitalisation à une explosion, et non pas à un SUV lancé à toute allure sur lui. Il avait alors perdu tout ce qui comptait pour lui — tout, sauf son travail.

Mais pas question de revivre ce calvaire. Et pas question non plus d'aller raconter à quiconque ce qu'il lui en avait coûté pour s'extraire du gouffre dans lequel il avait basculé. Surtout pas à ses médecins.

— Cela n'a rien à voir avec la situation actuelle.

Cole haussa un sourcil en regardant avec insistance l'appareil qui maintenait une jambe de Mason en l'air. Un triangle métallique, suspendu au-dessus de son torse, lui permettait de se redresser légèrement — de sa main gauche, puisque la droite était également immobilisée dans un plâtre bleu pâle qui lui montait jusqu'au coude.

— Je suis prêt à parier que toute la profession médicale s'unirait pour te contredire…, ironisa-t-il.

Puis il soupira, conscient que Mason était totalement imperméable à ce genre d'argument.

Le téléphone vibra dans sa poche, ce qu'il ne cessait de faire depuis qu'il était entré dans cette chambre dix minutes plus tôt. Son rôle de directeur de Hollins-Winword l'obligeait à gérer cinquante choses à la fois, et ce au moins dix-huit heures sur vingt-quatre. Pourtant, il était ici, dans cette chambre, en train d'essayer de faire plier la volonté de son meilleur agent — et le plus têtu de tous.

Mais il était bien placé pour savoir qu'un agent se devait d'avoir une très forte volonté pour travailler sur le terrain.

Toutefois, à cet instant, ce trait de caractère était une véritable calamité dont il se serait volontiers passé.

— Bon. Tant que tu es dans cet hôpital, ce sont les médecins qui s'occupent de toi, dit-il. Mais dès que tu en seras sorti, c'est moi qui me chargerai de ta convalescence. Alors, soit tu consentiras à te plier aux soins nécessaires, soit tu iras t'inscrire au chômage.

— Tu ne peux pas me renvoyer, Cole.

— Je le peux et je le ferai s'il le faut, rétorqua-t-il froidement, maîtrisant à la perfection l'art du bluff.

Cole n'avait pas le choix. Pour garder son meilleur agent, et donc le protéger de lui-même, tous les moyens étaient bons. Qu'il recherche de dangereux déséquilibrés ou qu'il assure la protection invisible de personnalités politiques, Mason possédait des qualités qui allaient bien au-delà de celles que l'on acquiert lors d'une formation, aussi pointue soit-elle. Chez lui, il s'agissait d'un instinct puissant. Un sixième sens qui faisait de lui le meilleur de sa profession.

Mais ce n'était pas seulement l'agent que Cole ne voulait pas perdre. C'était l'homme. C'était l'ami.

— Réjouis-toi d'avoir différents choix, continua-t-il. Je sais qu'Axel Clay t'a appelé, et tout bien pesé, aller te reposer quelques mois dans le Wyoming pour ta convalescence me paraît une excellente idée.

Mason resta sur ses gardes. Cole lui était suffisamment proche pour qu'il connaisse son art accompli du louvoiement. Le vieux renard avait sévi dans l'espionnage assez longtemps pour cela. Comment, autrement, saurait-il qu'il avait parlé à Axel ?

En soupirant, il serra le poing, ce qui provoqua une onde de choc le long de son dos. Mais au moins était-ce préférable à être de nouveau assommé d'analgésiques.

— Tu as mis le réseau téléphonique de l'hôpital sur écoute, Cole ?

Celui-ci ignora la plaisanterie.

— Sa solution me convient tout à fait. Non seulement tu seras sous la surveillance attentive d'une infirmière sans avoir à rester dans un hôpital, mais tu seras aussi à l'abri des journalistes.

— Je vais m'ennuyer comme un rat mort, là-bas, mentit-il.

Il ne s'était pas ennuyé une seconde la dernière fois où il y était allé, plus d'un an et demi auparavant.

Cole haussa les épaules.

— Encore une fois, Mason, tu as le choix : je te fais transférer dans un centre de soins où tu seras vingt-quatre heures sur vingt-quatre en observation, ou tu vas dans le Wyoming, ou bien tu restes ici. Quoi qu'il arrive, tu ne rentreras pas chez toi. Je te connais assez pour savoir que, si je te lâche la bride, tu seras de retour ici bien trop vite, et en plus mauvais état encore.

S'il n'avait pas été sous perfusion d'antibiotiques, Mason n'aurait même pas eu besoin d'être hospitalisé. Il y avait maintenant une semaine qu'il avait bondi devant le SUV et l'intervention chirurgicale qu'il venait de subir était censée être la dernière de la série. S'il n'avait pas contracté cette infection qui avait nécessité l'opération, les médecins et les infirmières n'auraient été que trop heureux de ne plus le voir une fois qu'ils l'avaient enduit de plâtre. Au concours du patient le plus facile, il ne remporterait pas la palme, c'était certain…

— Bon, écoute, je prendrai de tes nouvelles demain matin, conclut Cole d'un ton dur en se dirigeant vers la porte. Arrange-toi pour avoir un plan à me proposer. Sinon, envoie-moi ta démission.

Mason ferma les yeux un instant en murmurant un flot d'imprécations contre le sort qui lui avait valu d'être cloué dans ce lit. Il avait trop tiré sur la corde, c'était évident, et les agents qui se dressaient contre Cole se voyaient tôt ou tard remis vertement à leur place. Beaucoup choisissaient un jour ou l'autre d'aller offrir leurs services ailleurs. Mais Mason ne serait pas l'un d'eux.

Sentant soudain un accès de panique l'envahir, il posa son bras valide sur ses yeux. Il n'était pas de ceux qui perdent aisément leur sang-froid, pourtant, même si sa situation était loin d'être enviable.

C'était dur, incontestablement, mais pas plus que d'être venu à bout de l'addiction qui l'avait miné pendant dix-huit mois. Or, à cet instant, même dix ans plus tard, il serait prêt à donner très cher pour avoir le secours d'un puissant narcotique.

— Bonjour, monsieur Hyde. Comment vous sentez-vous ?

La voix joyeuse de la jeune infirmière dont les semelles de caoutchouc grinçaient sur le linoléum fit monter en lui une bouffée de colère qu'il réprima néanmoins rapidement.

— À votre avis? dit-il d'un ton las. Nous en parlerons le jour où vous aurez une bonne douzaine d'os broyés.

Il était injuste et il le savait. Le personnel qui s'occupait de lui était d'une patience exemplaire.

Sans répondre, elle s'activa autour de lui qui ferma les yeux, indifférent au fait qu'elle était pourtant très agréable à regarder.

— Vous savez, monsieur Hyde, reprit-elle, je n'ai pas pu faire autrement que d'entendre la discussion que vous avez eue avec votre visiteur.

Intrigué, il rouvrit les paupières.

Elle lui adressa un petit sourire nerveux.

— J'étais dans le couloir, attendant d'entrer pour changer votre perfusion. De toute façon, je suis censée vous convaincre qu'il est dans votre intérêt de rester avec nous encore un peu. Ce qui ne m'empêche pas de vous signaler que je connais de très bonnes infirmières spécialisées dans les soins à domicile. Si cela vous intéresse, je peux vous donner des noms…

— Pourquoi pas ? dit-il sans conviction.

Elle glissa la manette d'appel dans les doigts qui dépassaient du plâtre.

— Je vous ferai une liste. Et n'hésitez pas à appeler si vous changez d'avis et que vous souhaitez un antalgique.

Il dut serrer les dents pour se retenir de le demander tout

de suite et la regarda sortir de la pièce en réfléchissant à sa proposition.

Étant donné que ses fonctions l'envoyaient sur les routes cinquante semaines par an, son appartement était davantage un point de chute pour son courrier qu'autre chose. Il n'avait même pas de vaisselle dans ses placards. Par ailleurs, les rares fois où il y avait séjourné dernièrement, il avait en plus été assailli par les reporters qui avaient, on ne sait comment, découvert que c'était à lui que la fille d'un homme d'affaires internationalement connu devait la vie.

Or son incognito était le garant indispensable de sa sécurité et de celle de l'agence. D'autant plus que celle-ci travaillait le plus souvent avec l'approbation tacite du gouvernement ; elle se chargeait d'opérations délicates qui exigeaient des qualités et des compétences particulières, et dont, le plus souvent, les services officiels ne voulaient pas entendre parler.

Malheureusement, Donovan McDougal — ou quelqu'un appartenant au même clan très influent — avait prononcé le nom de Mason à portée d'oreilles de quelques journalistes à l'affût, et malgré les dénégations de Cole, la meute des reporters cherchait à présent à découvrir le scoop derrière l'accident qui avait bien failli lui coûter la vie.

Laissant tomber la commande d'appel, il attrapa le téléphone de l'hôpital placé sur un support mobile — son portable avait été réduit en miettes par le véhicule qui l'avait percuté — et composa, non sans difficulté, un numéro.

Axel répondit presque aussitôt.

— D'accord pour le plan B, dit-il simplement avant de raccrocher.

Accepter la proposition d'Axel l'aiderait peut-être à rentrer dans les bonnes grâces de Cole, mais ce n'était pas pour autant que son idée lui plaisait. Oui, la cousine d'Axel était infirmière. Oui, elle avait récemment acheté une maison et avait besoin d'argent. D'une certaine manière, ils avaient tous les deux à y gagner : elle améliorerait ses fins de mois, et lui-même se débarrasserait de la surveillance de Cole.

Cependant, Axel ignorait que, près d'un an et demi plus tôt, il avait passé une nuit mémorable dans le lit de Courtney. Le genre de nuit qui revient en boucle dans les insomnies d'un homme... Mais il avait su, en repartant le lendemain matin, qu'il n'y aurait pas de suite et qu'il devrait lutter contre son désir de la rappeler.

Les femmes comme Courtney Clay n'avaient vraiment pas besoin d'un homme comme lui dans leur vie.

Courtney elle-même l'avait reconnu.

Aussi était-il surpris qu'elle ait accepté la proposition de son cousin, non seulement de se charger de sa rééducation, mais de l'héberger jusqu'à ce qu'il soit capable de se débrouiller de nouveau seul.

Peut-être avait-elle un besoin impérieux d'argent... Toutefois, le peu qu'il savait d'elle ne cadrait pas avec cette version. Mais que connaissait-il d'elle, en dehors du goût de ses lèvres et de la douceur de ses caresses ?

C'était elle qui l'avait invitée chez lui. Il était de passage à Weaver pour quelques jours, sur une mission que lui avait confiée Axel, et s'il ne lui avait pas caché, lors de leur rencontre, qu'il souhaitait la revoir, il ne s'était certes pas attendu à passer la nuit avec elle.

Elle était bien trop jeune pour lui. D'ailleurs, il avait bien failli renoncer à sa proposition de venir chez elle. Mais elle avait insisté en lui assurant qu'elle était parfaitement consciente que cette nuit ne connaîtrait pas de suite.

Aussi, quand elle l'avait entraîné dans sa chambre où, sans le quitter du regard, elle avait lentement commencé à déboutonner son chemisier, avait-il oublié ses scrupules pour l'aider...

Il avait eu le tort, onze ans plus tôt, de vouloir oublier qui il était pour mener une vie normale. Il n'était pas près de réitérer cette erreur. Pas même quand la tentation se présentait sous la forme d'une irrésistible infirmière blonde dont le souvenir était resté très présent en lui…

Courtney avait beau s'y être préparée, voir Mason dans un fauteuil roulant lui fut douloureux. Mais elle se rappela fermement la raison pour laquelle elle avait accepté de le recevoir chez elle. Garder son plan à l'esprit serait le seul moyen de franchir cette épreuve.

Nerveusement, elle lissa sa blouse rose pâle et sortit sur le perron pour voir son cousin pousser le fauteuil de Mason sur la rampe de bois que son frère avait terminé la veille d'installer à côté des trois marches.

— Le vol s'est bien passé, Axel ? demanda-t-elle, incapable dans l'immédiat de regarder Mason.

— C'est à moi qu'il faut s'adresser pour le savoir, répondit Mason en la capturant dans son étonnant regard vert clair. Ce n'est pas Axel qui a dû subir le voyage.

Elle remarqua aussitôt les sourcils froncés au-dessus de son nez légèrement aquilin, les cernes bleutés et l'ombre sur ses mâchoires carrées.

— Fatigué ? dit-elle.

— On le serait à moins.

— Ne fais pas attention, intervint Axel en poussant le fauteuil dans la maison. Il est grognon depuis que je suis allé le chercher à Cheyenne. Tiens, ce sont ses remèdes.

Il lui tendit l'épaisse enveloppe coincée sous son bras. L'ouvrant, Courtney fit un rapide inventaire des différents médicaments. Elle avait déjà étudié l'ordonnance de son patient reçue par fax la veille après que son cousin lui avait proposé le job.

Ce n'était pas la première fois qu'elle accomplissait ce genre de travail, à cette différence que le patient, cette fois-ci, vivrait sous son propre toit. Mais en apprenant le montant qui serait déposé sur son compte en banque, elle n'avait pas hésité longtemps. Bien sûr, elle ignorait encore le nom du patient en question, et quand elle l'avait su, il avait été trop tard pour revenir sur sa décision, au risque de mettre la puce à l'oreille de son cousin à qui elle n'avait aucune envie d'expliquer les raisons d'une soudaine volte-face.

Aussi avait-elle gardé ses réticences pour elle et étudié le dossier de celui qu'elle n'avait pu oublier malgré le temps écoulé. Elle avait été horrifiée de découvrir toutes les lésions et blessures qu'il avait subies et aurait donné cher pour connaître les circonstances de l'accident. Comme celles-ci n'étaient pas mentionnées, il avait dû se produire dans le cadre de son travail. Donc, top secret, bien sûr.

Elle était habituée au mystère qui entourait la compagnie où travaillait Mason pour la bonne raison que plusieurs des membres de sa famille y étaient également employés. Bien évidemment, elle n'était pas censée savoir le genre d'affaires que traitait Hollins-Winword, mais elle n'était ni stupide ni sourde. Au fil des années, elle avait fini par comprendre plus qu'elle ne l'aurait peut-être dû.

Quand Ryan avait été porté disparu…

Elle s'interdit d'aller plus loin. À quoi bon réveiller l'angoisse de la disparition de son frère aîné alors qu'il était miraculeusement revenu, sain et sauf, et qu'il avait retrouvé, depuis, sa propre famille.

Le dossier précisait aussi que Mason refusait de prendre tout analgésique, or elle en avait justement un flacon dans la main. Étant donné qu'il n'était mentionné aucune allergie médicamenteuse, elle en déduisit que c'était probablement une façon pour lui de se prouver sa virilité, ainsi que le faisaient de temps à autre les hommes de sa famille.

Elle laissa retomber l'antalgique dans le sac et se retourna vers Mason dont elle contourna la jambe plâtrée.

— Votre chambre est au bout du couloir, dit-elle.

Refusant de rencontrer son regard, elle fixa son attention

sur les mèches argentées qui se fondaient dans la masse de ses cheveux d'un riche brun sombre.

— La salle de bains et les toilettes sont juste à côté dans le couloir. Vous pouvez vous débrouiller seul avec les béquilles ?

— Ce n'est pas facile, mais oui, ça ira, répondit-il, un peu moins désagréable que deux minutes plus tôt.

Courtney, tout à coup, éprouva alors un élan de sympathie sincère pour lui. Il était d'humeur maussade, d'accord, mais, après tout, il avait des excuses : blessures multiples, fractures du bras droit et de la jambe gauche, côtes cassées. Il souffrait et, pour un temps, se voyait contraint de dépendre d'une aide pour se laver et manger. Alors comment pourrait-elle lui en vouloir ?

— Tu peux apporter le reste de ses affaires, Axel ? dit-elle. Pendant ce temps, je vais aider Mason à se mettre à son aise.

Sans attendre sa réponse, elle poussa le fauteuil vers la chambre que, la veille, elle avait réorganisée pour le séjour de Mason, essentiellement en retirant les meubles inutiles et en plaçant les autres de telle manière qu'ils ne gênent pas les manœuvres de la chaise roulante et des béquilles.

Les roues grincèrent sur le parquet alors qu'elle le poussait dans le couloir.

— Baignoire avec douche, annonça-t-elle d'une voix délibérément neutre quand ils passèrent devant la salle de bains.

— Pas pour moi, dit-il, l'air sombre. Pour l'instant, j'ai juste droit à un gant mouillé. Interdiction de mettre une seule goutte d'eau sur les plâtres.

Une fois dans la chambre, elle mit le fauteuil contre le lit à deux places dont elle avait préalablement tiré la couette et empilé les trois oreillers contre le montant en fer forgé. Une chaise longue confortable à dossier inclinable avait été poussée dans un coin.

Comme elle se postait devant Mason, elle remarqua à cet instant qu'il portait un T-shirt blanc moulant et un pantalon de jogging dont une jambe avait été coupée sur le côté afin de pouvoir l'enfiler sur son plâtre.

Malgré tout, il avait encore le pouvoir de la séduire. Elle frémissait au souvenir de l'unique nuit qu'ils avaient passée ensemble… Une attitude peu déontologique de sa part, c'était certain.

— Prêt à quitter votre fauteuil ? demanda-t-elle.

— Vous n'êtes pas assez forte pour me soulever…

— Si vous étiez un poids mort, c'est sûr. Mais ce n'est pas le cas. Que préférez-vous ? Lit ou chaise longue ?

— Lit.

— D'accord.

Elle bloqua les roues du fauteuil et en releva les accoudoirs, puis plia les genoux pour l'attraper par la taille en prenant soin de lui laisser de la place afin qu'il s'appuie sur sa jambe valide quand elle le soulèverait.

— Prêt ?

Lui-même avait posé sa main indemne sur le lit pour y prendre appui.

— Allez-y.

Elle raidit ses bras, supportant tout le poids sur ses jambes le temps qu'il puisse à son tour poser son pied valide par terre. Quand il fut sorti du fauteuil, elle le fit pivoter jusqu'à ce qu'il atterrisse assis sur le lit.

Elle le tint encore un instant jusqu'à ce qu'elle soit certaine qu'il n'allait pas basculer, puis se redressa. Découvrant son visage pâle et crispé, elle posa brièvement la main sur son bras.

— Je sais, dit-elle gentiment. Cela n'a rien de plaisant. Mais vous serez sur pied plus vite que vous le pensez.

Les mâchoires de Mason se contractèrent.

— Je n'ai pas besoin qu'on me dorlote.

Aussitôt, Courtney arbora le regard sévère que lui avait transmis sa grand-mère qui avait elle aussi été infirmière.

— Croyez-moi, ce n'est pas du tout mon intention. Bien… Vous voulez vous allonger ou rester assis ?

Sans attendre sa réponse, elle se pencha pour relever sa jambe plâtrée, mais, ce faisant, effleura sa main qu'il tendait pour faire de même. Le choc qu'elle en éprouva la fit sursauter. Troublée, elle glissa un gros coussin sous son pied tandis qu'il remontait en pestant l'oreiller derrière lui.

Une fine couche de transpiration était apparue sur son front, mais elle se retint de l'aider, devinant instinctivement qu'il le lui reprocherait.

— Avez-vous besoin d'autre chose pour votre confort ?

Manifestement épuisé de l'effort qu'il avait dû fournir, il se laissa aller en fermant les yeux quelques secondes puis les rouvrit en se passant une main dans les cheveux.

— Je suppose que faire l'amour ne figure pas au programme ?

2.

Courtney en resta interdite un instant, et la chaleur qui colora soudain ses joues démentit totalement le détachement qu'elle s'efforçait de simuler depuis l'arrivée de son pensionnaire.

— Pardon ?

— Tu veux que je répète ma question ?

Ce tutoiement anéantit aussitôt la distance qu'elle maintenait soigneusement entre eux. Elle aurait aimé répondre, mais son esprit refusait soudain de fonctionner.

D'ailleurs, c'était préférable, car Axel arriva derrière elle pour déposer par terre un gros sac de cuir havane, ainsi qu'une paire de béquilles métalliques qu'il appuya contre le mur.

— Je serais bien resté un peu avec vous, dit-il, mais Tara a un rendez-vous cet après-midi, et je dois jouer les baby-sitters pour Aidan. Je prendrai des nouvelles plus tard.

Sortant un téléphone portable de sa poche, il le tendit à Mason.

— De la part de Cole, ajouta-t-il avant de les saluer d'un geste et de disparaître.

La porte d'entrée se referma, et Courtney se retourna aussitôt vers Mason.

— Non, répondit-elle enfin en le regardant droit dans les yeux. Faire l'amour est hors de question.

— Parce que tu m'en juges incapable dans mon état, ou parce que je ne t'ai pas rappelée le lendemain matin ?

Elle enfonça ses poings dans les poches de sa blouse et prit une forte inspiration.

— Je ne t'avais pas demandé de le faire. Et tu es ici pour te remettre de tes blessures, rien d'autre.

Un coin de ses lèvres frémit, lui donnant l'air ironique.

— Oui, c'est plus ou moins la réponse que j'attendais de ta part. Mais je me suis dit qu'il valait mieux en parler tout de suite, ainsi, la situation entre nous sera plus claire, et tu n'auras pas à redouter que je mette le sujet sur le tapis à un moment inopportun.

Lèvres pincées et cœur battant, elle soupira.

— D'une, je ne m'inquiétais pas, dit-elle en soulevant le sac étonnamment lourd qu'elle posa dans le fauteuil. Deux, c'est du passé. Le sujet est clos. Je vais ranger tes affaires dans la commode, si tu veux bien ?

— Ai-je le choix ? ironisa-t-il.

— Oui. Personne n'essaie de mener ta vie à ta place, Mason.

— Tu es bien la première infirmière à ne pas essayer.

Se retournant, elle s'appuya contre la commode et croisa les bras pour le considérer quelques secondes en silence. En fait, que connaissait-elle de lui ? Rien. Sinon qu'il travaillait pour la même agence qui avait failli la priver de son frère — et qu'il faisait divinement l'amour, songea-t-elle en frémissant à ce souvenir.

— Ma seule tâche est de m'assurer que tu récupères le mieux possible toutes tes facultés physiques, Mason. Pour le reste, c'est toi qui contrôles la situation, pas moi.

Il inclina légèrement la tête en posant sur elle son regard étonnamment clair.

— Pourquoi as-tu accepté ce travail, Courtney ?

— J'ignorais l'identité du patient quand on me l'a proposé. Ensuite, il était trop tard pour revenir sur mon accord. Alors, ce sac, je l'ouvre ?

Il la fixa étrangement, et elle aurait donné cher pour découvrir ce qui se passait dans sa tête. Comme cette nuit-là, du moins durant les rares moments où elle avait pu penser…

— Vas-y, dit-il enfin.

Parfait. Au moins pouvait-elle dissimuler son trouble en s'activant.

À part un kit de rasage et une trousse de toilette, le sac était plein de livres, ce qui expliquait son poids. Des livres de toutes sortes et sur tous les sujets — romans policiers, essais politiques, biographies, classiques…

— Visiblement, tu es un lecteur assidu. Quand tu les auras tous lus, n'hésite pas à te servir dans la bibliothèque du salon. J'en ai une collection intéressante aussi. Question pratique, préfères-tu te déplacer dans le fauteuil ou avec les béquilles ?

— Les béquilles, répondit-il sans hésiter.

— D'accord, dit-elle en les appuyant aussitôt contre la table de nuit. En dehors des livres, ne te gêne pas non plus pour utiliser tout ce qui peut t'être utile ici et à piller le réfrigérateur si tu en as envie. Je vais te préparer un repas avant de partir pour l'hôpital et te présenter à Platon pour qu'il ne soit pas surpris de te trouver ici.

— Platon ?

— Mon saint-bernard. Il est dans le jardin de derrière, pour l'instant.

— J'ignorais que tu avais un chien.

— Je n'avais pas de jardin, alors.

— Non. Tu habitais un appartement.

Elle sentit sa gorge se dessécher. Ce rappel de la nuit qu'ils avaient passée ensemble était de nouveau là, entre eux… Et ses yeux fixés sur elle n'arrangeaient rien. Son charme agissait toujours fortement sur elle qui avait le sentiment de ne pas lui être indifférente non plus.

— Que veux-tu pour déjeuner ? s'enquit-elle.

Il eut une moue d'insouciance.

— Je ne suis pas difficile. N'importe quoi fera l'affaire. Du moment que c'est toi qui cuisines, bien sûr.

Elle leva les yeux au ciel.

— Du pur machisme, ironisa-t-elle en sortant de la chambre avec le fauteuil roulant.

Dès qu'elle fut seule, dans la cuisine, elle s'adossa au mur un instant, les yeux fermés, pour se ressaisir. Mais pas longtemps. Elle devait prendre son service dans deux heures. Bien sûr, son compte en banque, grâce à Mason, serait largement renfloué d'ici qu'il soit remis sur pied, mais ce n'était pas une raison pour renoncer à son salaire régulier.

Après avoir plié le fauteuil, elle le rangea dans un placard puis ouvrit le réfrigérateur. Il y avait longtemps qu'elle ne cuisinait plus. Quand elle souhaitait un vrai repas, il était plus facile de s'inviter chez ses parents ou chez quelqu'un de sa famille, mais elle allait devoir renoncer à cette solution de facilité. Mason ne se contenterait probablement pas de sandwichs, de conserves ou de surgelés. Aussi avait-elle fait le plein de fruits et de légumes frais, et le poulet au citron qu'elle avait fait la veille attendait d'être réchauffé. Pour l'heure, toutefois, elle coupa deux tranches de rosbif achetées chez le traiteur et en prépara deux sandwichs avec cornichons et salade pour Mason auxquels elle ajouta une assiette de fruits et une grosse part de la tarte aux fraises que Ryan lui avait apportée deux jours plus tôt, ainsi qu'un verre d'eau minérale.

Posant le tout sur un plateau, elle se dirigea vers la chambre en prenant au passage l'enveloppe contenant les remèdes.

Arrivée devant la porte, cependant, elle s'arrêta une seconde en le voyant plongé dans un livre, une paire de lunettes à monture noire sur le nez. Ce qui, étrangement, la toucha.

— J'ai du Coca ou du thé glacé, si tu préfères, dit-elle en approchant la petite table pliante qu'elle installa devant lui sur le lit avant d'y poser le plateau. J'ai même de la bière. Mais il vaut mieux que tu évites l'alcool pour l'instant.

Comme il ne répondait pas, elle releva les yeux vers lui et le découvrit en train de l'observer.

— Quoi ? Qu'y a-t-il ?

Il ôta calmement ses lunettes et repoussa son livre.

— Comment fais-tu tout cela sans rien renverser ?

Elle haussa les épaules.

— L'habitude… Alors ? Tu veux boire autre chose ?

— Non. Ce sera suffisant. Et ton plateau est très appétissant.

— Merci, répondit-elle en sortant les remèdes de l'enveloppe. Quand as-tu pris tes antibiotiques pour la dernière fois ?

— C'était juste avant de quitter le Connecticut.

— Oh… Donc tu as manqué une dose.

— Je survivrai.

— Tu souffres beaucoup ?

Il haussa les épaules puis mordit avec appétit dans un des sandwichs.

— Sur une échelle de un à cinq, ce serait combien ? insista-t-elle.

— Douze, marmonna-t-il.

Elle n'en fut pas surprise. Ses traits tirés et les tressaillements sur son visage trahissaient par moments les élancements qui devaient l'assaillir.

— Encore heureux que tu aies de l'appétit. Il est préférable de prendre ces remèdes avec un estomac plein.

Elle s'apprêtait à ouvrir le flacon d'antalgiques quand il l'arrêta en posant la main sur la sienne.

— Jette tout cela dans l'évier. Je n'en ai pas besoin.

— Mason… Ce n'est pas une faiblesse de…

— J'ai dit non.

Lentement, elle reboucha le flacon, comprenant qu'il ne s'agissait pas simplement pour lui d'une démonstration de virilité comme elle l'avait cru. Non. C'était plus que cela. Mais son regard la dissuada d'insister ou de poser des questions.

— Très bien. Par contre, il vaudrait mieux que tu prennes ceux-là.

Du doigt, elle montra les deux cachets près de son assiette.

— Si tu veux que tes os guérissent, il faut combattre l'infection, ajouta-t-elle en se levant. Je vais chercher Platon.

Mason la regarda sortir puis il avala le premier sandwich avant de se laisser aller contre les oreillers en fermant les yeux. Sans qu'il les ait appelés, des instants de leur unique nuit ensemble lui revinrent alors à la mémoire.

Agacé, il rouvrit les paupières. Depuis qu'il avait assuré la sécurité de Lari, la fille de McDougal, les ennuis n'avaient cessé de pleuvoir sur lui.

Se retrouver aujourd'hui cloué dans un lit à Weaver n'était qu'un des maillons de la chaîne…

Il n'y avait aucun avenir possible entre Courtney et lui, or elle méritait de connaître le bonheur. Elle était jeune, belle, attentionnée. Quant à lui, sa jeunesse était derrière lui depuis plusieurs années déjà. Il était meurtri, tant à l'intérieur qu'à l'extérieur, et sa seule famille était l'agence Hollins-Winword.

Autant de raisons de la maintenir à distance et qu'il n'avait pas trop de mal à se rappeler lorsqu'un océan les séparait. Mais à présent qu'il était installé à demeure chez elle ?

— Allez, Platon, viens dire bonjour à Mason.

Il tourna la tête vers la porte et la vit arriver avec un chien énorme et plein de poils.

— Ce n'est pas un saint-bernard, c'est un mammouth ! dit-il, surpris de la taille de l'animal.

Elle rit en repoussant l'une de ses longues mèches dorées derrière son oreille.

— Il est impressionnant, c'est sûr, et il n'a que quatre ans. Mais c'est une vraie peluche.

Sur un geste d'elle, le chien s'assit devant le lit et observa Mason de son regard brun et doux.

— Mason est un ami, Platon.

Mason tendit sa main valide vers l'animal qui la flaira avant de la lécher en remuant la queue.

— Je dois y aller, annonça Courtney avant de prendre le portable de Mason sur la table de nuit. J'y ajoute le numéro de l'hôpital et celui de mon propre portable. S'il y a un problème d'antenne, ça arrive de temps à autre par ici, il y a le fixe dans la cuisine.

Elle invita ensuite Platon à la suivre dans le couloir.

— Il reste toujours dehors ? demanda Mason.

— Non. Mais je ne voudrais pas qu'il t'ennuie.

— Au contraire. J'aurai au moins quelqu'un à qui parler.

— Comme tu veux. C'est vrai que c'est un compagnon très attentif. Je passerai pendant ma coupure, mais il sera tard. N'hésite pas à m'appeler en cas de problème. Si je ne pouvais vraiment pas venir, j'enverrais quelqu'un.

Elle esquissa un signe d'adieu puis disparut.

Mason se tourna vers les remèdes sur la table puis reporta son attention sur le chien qui l'observait comme s'il pouvait l'entendre penser.

— Ne t'inquiète pas, Platon... Dès qu'on m'aura ôté ces plâtres, je débarrasserai le plancher.

Loin de Weaver, et loin de la tentation...

Son regard passa du flacon d'antalgiques à la porte par laquelle avait disparu Courtney.

Loin des deux tentations...

— C'est idéal, pour toi, en fait...

Courtney releva les yeux du dossier qu'elle étudiait. Lisa Pope, l'infirmière et amie qui partageait avec elle le service de nuit, s'accouda sur le comptoir de la réception. Le service des urgences de l'hôpital, pour l'instant, était calme.

— Encaisser une pension pour surveiller un patient, c'est une bonne affaire.

— En théorie, oui, répondit Courtney avec un sourire distant.

— En théorie seulement ? Pourquoi ? Il y a un problème ?

— Aucun, répondit-elle en hâte, n'ayant aucune envie de se confier à sa consœur.

— Il est comment ? Beau ? Séduisant ?...

— Lisa... C'est un patient, rien de plus.

Lisa secoua la tête en soupirant.

— Franchement, Courtney... Tu as vingt-six ans, avec un physique qui pourrait t'ouvrir toutes grandes les portes des studios de cinéma, et pourtant, tu mènes une vie quasiment monacale. Ça devrait être interdit !

Courtney referma son dossier et soutint le regard de son amie.

— Et en quoi est-ce que cela te concerne ? Tu es folle amoureuse de ton mari et tu as une adorable petite fille. Tout va pour le mieux dans ton monde, Lisa. Alors pourquoi t'inquiéter pour moi ?

— Et depuis quand serait-il interdit de vivre une aventure par procuration ? plaisanta Lisa. Alors… il est comment ?

Certaine qu'elle ne parviendrait pas à faire taire la curiosité de son amie, Courtney soupira de nouveau.

— Il est…

Incapable de trouver une épithète convenant au physique de Mason, elle se rabattit sur une expression on ne pouvait plus vague.

— … plutôt beau.

— Hmm, d'accord… Je vois que je n'arriverai pas à en savoir plus. En tout cas, j'espère au moins que tu investiras intelligemment ce que tu vas gagner. Autrement que dans des papiers peints ou des rideaux… Depuis neuf mois, tu ne parles que de ta maison.

Neuf mois. Était-ce un clin d'œil ? Elle cacha soigneusement l'excitation qui bouillonnait en elle.

— Que veux-tu que je te dise ? C'est ma maison, et j'ai envie qu'elle soit parfaite.

Parfaite pour le jour où elle ne serait plus seule à y vivre…

— Maintenant, excuse-moi, mais il faut absolument que nous remplissions ces dossiers si nous ne voulons pas que la chef nous tombe dessus.

Toutes deux sourirent car « la chef » qui dirigeait le service n'était autre que le Dr Rebecca Clay, la mère de Courtney. Elles se penchèrent sur les formulaires, mais avant qu'elles aient terminé de les remplir, les portes des urgences s'ouvrirent et Mallory, la belle-sœur de Courtney, arriva.

— Accouchement à haut risque annoncé, dit-elle. La femme arrive par hélico d'ici dix minutes.

Courtney lui emboîta le pas.

— Je préviens l'équipe.

La soirée qui avait débuté dans le calme s'annonçait tout à coup très agitée, et Courtney était certaine qu'elle n'aurait pas une seconde pour souffler jusqu'à 22 heures…

Profitant de sa pause, elle rentra chez elle et se gara sans problème moins de cinq minutes après devant la maison.

Dans la cuisine, elle remarqua un verre d'eau sur le comptoir qui n'y était pas plus tôt. Mason s'était donc déplacé dans la maison.

La lumière était allumée dans la chambre, et elle s'en approcha sans bruit au cas où il se serait endormi.

Il était allongé sur le lit, un livre fermé à côté de lui… et Platon étalé de l'autre côté.

Le chien ouvrit les yeux en la voyant sur le seuil, mais sans lever la tête. De toute évidence, il s'était installé pour la nuit.

Sur la pointe des pieds, Courtney s'approcha pour remonter la couverture sur Mason qui semblait profondément endormi. Tant mieux. Il avait assurément besoin de récupérer.

— Veille sur lui, murmura-t-elle à Platon en le grattant derrière l'oreille.

Elle regagna l'hôpital afin de terminer son service dont la seconde partie fut aussi animée que la première en raison d'un accident de moto survenu à trois kilomètres de Weaver et dont une des victimes, la passagère, avait eu une jambe broyée. Le garçon qui conduisait avait pu, avant de perdre connaissance, expliquer qu'il avait été ébloui par une voiture venant pleins phares face à lui. Il avait alors glissé sur une tache d'huile qu'il n'avait pu voir et la moto avait basculé dans le fossé qui longeait la route. Lui-même souffrait d'une fracture de l'épaule et du péroné. Sa passagère avait été immédiatement conduite en salle d'opération, et lui-même lui avait succédé deux heures plus tard.

Il était 3 heures passées lorsque Courtney poussa de nouveau la porte de la maison silencieuse.

Rassurée par le faible ronflement qu'elle percevait au bout du couloir, elle entra dans sa propre chambre, en face de celle où dormait Mason. Après avoir pris une douche et enfilé un pyjama soyeux bleu lavande, elle retourna dans le salon pour s'asseoir devant son ordinateur — un rituel qui lui permettait de se détendre après son service.

Elle venait à peine de l'allumer quand elle entendit le cliquetis des griffes de Platon sur le parquet du couloir. Le gros chien vint s'asseoir près d'elle et poser la tête sur sa cuisse en balayant le sol de sa queue.

— Alors, Platon, murmura-t-elle. Tu es prêt à avoir un bébé ?

3.

Le menton appuyé dans la main et l'esprit projeté dans l'avenir, Courtney étudiait l'écran de l'ordinateur.

— Un garçon ou une fille ? demanda-t-elle à Platon.

Elle-même n'avait pas de préférence.

— À cette même époque, dans un an, nous aurons un adorable poupon à dorloter, Platon. Qu'en dis-tu ?

Le regard brun du chien rencontra le sien, et il émit un léger gémissement qu'elle choisit d'interpréter comme un assentiment.

— Je savais que tu serais d'accord, murmura-t-elle en se penchant pour l'embrasser sur le museau.

Platon avait grandi parmi des enfants. Sa précédente maîtresse avait dirigé un orphelinat avant de succomber au terme d'une longue maladie.

Margaret, qui avait été son institutrice à Cheyenne, était par la suite devenue une amie. Toutefois, contrairement à cette femme admirable qui avait choisi de recueillir des enfants sans famille, Courtney avait décidé d'en avoir un à elle. De le porter. De le sentir grandir dans son ventre…

— On peut remercier Axel, hein, Platon ? reprit-elle. Sans lui, nous devrions attendre encore plus longtemps.

Axel, pas plus qu'aucun membre de sa famille, n'était informé de son projet de maternité car elle ne se sentait pas encore prête à se confier. Seul Platon était au courant.

— Tu es le seul dans le secret, tu sais, ajouta-t-elle, le gros soupir de Platon qui se coucha à ses pieds la faisant sourire.

Ce qui avait été plus ou moins sa réaction depuis qu'elle

lui parlait de son intention de lui offrir un « petit frère » ou une « petite sœur ».

À vingt-six ans, elle était financièrement indépendante. Grâce à son travail régulier et à un prêt bancaire, elle avait pu s'acheter cette maison qu'elle décorait et aménageait depuis maintenant neuf mois.

À présent, elle voulait un enfant. Seule, puisqu'il n'y avait aucun homme dans sa vie.

Weaver était une petite ville, et elle connaissait tous les célibataires avec qui elle avait joué dans la cour de l'école. Aucun ne lui avait jamais donné envie de franchir la simple amitié qui la liait à eux.

À dire vrai, le seul homme qui lui eut jamais fait tourner la tête dormait à cet instant au bout du couloir…

Maintenant, grâce à lui et à l'initiative d'Axel, elle aurait les fonds nécessaires pour mener son projet à bien.

Depuis des mois, elle surfait sur les sites des banques de sperme dont elle vérifiait la réputation, le sérieux, les références. Finalement, elle en avait choisi une — la Big Sky Cryobank. Situé dans l'état du Montana, l'établissement surpassait les autres dans tous les domaines et jouissait d'une renommée sans taches.

Et, à présent, elle allait enfin pouvoir s'offrir ses services. Car si sa compagnie d'assurance remboursait les frais de grossesse, il allait de soi qu'elle ne couvrirait pas le processus par lequel elle deviendrait enceinte. Quant à ses économies, elles lui permettraient de prendre quelques mois de congé sans solde après la naissance.

— Tout est parfait, Platon.

Encore que… La perfection serait sans doute d'avoir une alliance au doigt et un mari qui lui ferait un bébé d'une façon plus traditionnelle. Mais elle n'avait pas l'intention d'attendre le jour très hypothétique où il viendrait frapper à sa porte.

— Qu'est-ce qui est parfait ?

La voix grave la fit sursauter, et elle se retourna vers le couloir sombre.

— Mason ? Que fais-tu debout ?

Les bouts caoutchouteux des béquilles rythmaient son avancée régulière dans la pièce.

Courtney fut soudain consciente de sa tenue bien trop légère. Son pyjama très fin ne laissait rien ignorer de ses formes. Heureusement qu'elle n'avait allumé qu'une lampe dans le fond de la pièce.

— Je ne t'ai pas réveillé, au moins ?

Il s'arrêta de l'autre côté de la table et secoua la tête.

— Tu as besoin de quelque chose ? reprit-elle. Tu dormais quand je suis rentrée, mais si tu as faim ou soif, je peux te préparer quelque chose.

— Non, merci. Qu'est-ce que tu cherches ? s'enquit-il en jetant un regard sur l'écran. C'est un de ces sites pour célibataires en mal de partenaires ?

— Plus ou moins..., répondit-elle, évasive.

— Comment le veux-tu ? Blond ? Yeux bleus ? Verts ?

Son rire, elle en avait conscience, fut un peu trop nerveux. Peut-être si elle le décrivait, lui, laisserait-il tomber le sujet. Ou peut-être que non, songea-t-elle en se rappelant la question non équivoque qu'il lui avait posée sans détour à son arrivée...

D'un geste qu'elle espérait naturel, elle pressa quelques touches sur son clavier, et l'écran redevint noir.

Repoussant sa chaise, elle se leva et s'avança vers lui. Ses yeux lui parurent bien trop brillants. Inquiète, elle posa une main sur son front.

— Mason, tu as de la fièvre. Tu as mal ?

— Non.

— Je ne te crois pas, murmura-t-elle avant de se placer contre lui, du côté de son bras plâtré, pour le soutenir et poser sa béquille contre la table de l'ordinateur. Tu ne devrais même pas être debout.

Le prenant par la taille, elle l'entraîna doucement vers le couloir.

— Je ne veux pas me recoucher. J'en ai assez de passer ma vie dans un lit.

— D'accord. Alors le canapé ?

Il acquiesça d'un grognement sourd et, s'appuyant de tout son poids sur son unique béquille, s'y dirigea en clopinant avant de s'affaler sur les coussins.

— Très bien. Maintenant tu restes là, dit-elle.

Il laissa aller sa tête contre le dossier et ferma une seconde les yeux.

— Je déteste cette situation, marmonna-t-il.

— J'imagine, oui.

Elle repoussa gentiment Platon qui aurait aimé aller s'installer à côté de lui et glissa un petit tabouret rembourré sous ses pieds.

— Repose-toi, je reviens tout de suite.

Elle se dirigea vers la chambre de Mason, suivie de Platon qui se réinstalla sans plus de cérémonie sur le lit, puis prit le flacon d'antibiotiques avant de passer par la cuisine où elle sortit une bouteille d'eau du Frigidaire et mouilla un gant sous le robinet.

— Je n'ai pas besoin de ça ! dit-il quand elle le lui posa sur le front.

— Arrête de protester. Je ne suis pas en train de te dorloter, Mason. C'est pour faire baisser la fièvre. As-tu pris une dose avant de t'endormir ? demanda-t-elle en lui montrant le flacon.

— Oui, chef.

Elle ne put s'empêcher de sourire. Cet homme grand et fort, qui, elle le devinait à son regard sombre, pourrait devenir dangereux, geignait comme un enfant de cinq ans.

— Méfie-toi, Mason, dit-elle, faussement menaçante. Je travaille aux urgences, et je peux battre le rappel de tous les gros bras du service.

— Ah oui ? J'en ai les cheveux qui se dressent sur la tête...

Elle repartit vers la salle de bains et sortit de la pharmacie une bouteille d'acétaminophène ainsi qu'un thermomètre auriculaire.

De retour près de lui, elle vit qu'il avait ôté le gant et le tenait serré dans son poing. Têtu ? Très bien. Ils seraient deux à ce petit jeu…

Elle lui prit le gant et posa deux cachets dans sa main.

— Qu'est-ce que c'est ?

— Du Tylenol. Contre la fièvre et, avec un peu de chance, contre la douleur aussi.

Elle ne jugeait pas judicieux d'aborder le sujet de ses remèdes antidouleur. Il refusait de les prendre, et c'était son droit.

Mason avala les cachets en buvant à même la bouteille d'eau puis reposa sa tête contre le coussin. Courtney remit le gant mouillé sur son front.

— Ne l'enlève pas, cette fois… Et tourne la tête, s'il te plaît.

— Pourquoi ?

— Pour que je puisse te torturer un peu plus, évidemment, ironisa-t-elle. J'ai besoin de ton oreille.

Il s'exécuta de mauvaise grâce et la laissa faire.

— Tu n'as pas autant de température que je le craignais, annonça-t-elle au bout d'une minute, mais si elle n'a pas baissé d'ici demain matin, je demanderai à ma mère de passer.

— Ta mère ? répéta-t-il.

— Elle est médecin.

— Oh… Bien sûr. J'aurais dû m'en souvenir.

Ce fut au tour de Courtney d'être étonnée.

— Pourquoi ? Tu la connais ?

— Je l'ai rencontrée une fois, dit-il, visiblement à contrecœur.

Sans savoir pourquoi, elle en fut légèrement contrariée. Mais quoi d'étonnant ? Il avait passé plusieurs semaines à Weaver et avait en effet très bien pu croiser d'autres membres de sa famille, surtout qu'il travaillait avec Axel.

— C'était dans le cadre d'une mission ?

Bien qu'il ne soit pas au meilleur de sa forme, loin s'en

fallait, Mason fut choqué de l'entendre évoquer ses fonctions avec autant de désinvolture.

— Que sais-tu de l'agence, au juste, Courtney ?

— Plus que je le voudrais, de toute façon… Nous avons failli perdre mon frère à cause de Hollins-Winword. Et tu travailles pour eux, toi aussi.

Peut-être avait-il vraiment la fièvre, en fin de compte, songea-t-il, parce que chaque fois qu'elle posait son regard sur lui, il avait l'impression de brûler.

— Comment peux-tu l'affirmer ? demanda-t-il, certain qu'il n'avait jamais prononcé le nom de l'agence devant elle.

— Tu veux me faire croire que tu ne fais pas partie de leurs agents ? Et ton état actuel n'a rien à voir avec eux non plus, je suppose ?

Il avait du mal à détacher son regard de sa peau dorée et des formes que le pyjama lui laissait entrevoir.

— Pour l'instant, je ne travaille plus pour personne…, soupira-t-il. Et si je suis dans cet état, c'est parce que je n'ai pas réagi assez vite quand je l'aurais dû.

Elle secoua la tête, manifestement pas convaincue.

Mais il n'était pas d'humeur à discuter. D'ailleurs il n'en avait pas la force non plus. Il devait juste garder à l'esprit que, pour l'instant, elle était et sa logeuse et son infirmière.

Elle se pencha pour lui prendre le gant.

— Je vais le remettre sous l'eau fraîche.

Alors qu'elle sortait, il regarda ses longs cheveux dorés danser sur le haut de son pyjama soyeux. Son regard descendit sur les hanches et les longues, longues jambes…

Le temps qu'elle revienne avec le gant, il songea de nouveau à cette nuit qu'ils avaient passée ensemble, et à tous ces instants qui alimentaient régulièrement ses fantasmes depuis.

— Pourquoi étudiais-tu les sites de rencontres ? demanda-t-il lorsqu'elle revint.

Elle eut un haussement d'épaules désinvolte.

— Pourquoi les gens le font-ils, généralement ? Par curiosité. Par ennui. Dans l'espoir de rencontrer quelqu'un…

— Je ne parle pas des autres, mais de toi.

Il étouffa un bâillement et essaya de bouger, mais sa jambe plâtrée et la douleur dans son dos l'en dissuadèrent.

— Disons que je fais partie de ceux qui cherchent l'âme sœur…

— Donc tu es en quête d'un mari. Sur internet. Ne me dis pas que tu ignores les dangers qu'il y a à…

— Je suis une grande fille, Mason, et à ce titre, je suis capable d'affronter les dangers supposés, rétorqua-t-elle. En fait, ce n'est pas plus risqué que de rencontrer un étranger dans un bar. Ou à une fête de la Saint-Valentin, ajouta-t-elle avec un sourire ironique. Et pour conclure : non, je ne cherche pas de mari.

— Je sais que tu es une grande fille, Courtney. Ma mémoire n'a pas été endommagée par l'accident.

Elle s'éclaircit la gorge avec un embarras soudain qui chassa tout amusement de son regard ambre.

— Je crois qu'il serait préférable d'oublier ce qui a pu se passer entre nous, Mason.

Il eut l'impression que tout son corps était en feu, tout à coup, jusqu'à ses orteils qui dépassaient du plâtre. Un véritable enfièvrement des sens. Il avait tellement envie de la tenir dans ses bras, de sentir ses lèvres sur sa peau, de caresser la sienne, de… Il ferma les paupières une seconde puis les rouvrit.

— Si tu y arrives, très bien, répondit-il enfin. Moi, j'en suis incapable.

— Pourquoi ? C'était juste une nuit.

— Pour moi, ce n'était pas juste une nuit.

Elle secoua la tête en soupirant.

— Cela risque de rendre notre cohabitation plus… délicate.

— Oui, je sais, mais désolé, je ne peux pas cliquer sur effacer pour me débarrasser de ce souvenir.

Et il ne le souhaitait pas, en plus. Faire l'amour avec elle avait été la plus belle expérience qu'il ait jamais connue dans ce domaine. Si elle n'avait pas eu de suite, c'était par nécessité, mais aussi par choix.

Prenant le gant, il le pressa sur ses yeux.

— Fais simplement bien attention en répondant aux annonces, ajouta-t-il. Il y a énormément de malades, sur ce genre de site, et d'hommes prêts à profiter de toi dès que tu baisseras ta garde.

— Donc... en fait, l'idée que je trouve un homme de cette manière ne te gêne pas.

Son ton doucereux fit résonner une sonnette d'alarme dans la tête de Mason. Elle avait l'air contrariée. S'il était honnête, il lui confierait que si, bien sûr, cela le gênait énormément, et pas seulement le fait qu'elle passe par internet. C'était l'imaginer avec un autre homme qui l'insupportait. Mais à quoi cela lui servirait-il de le lui avouer ?

— Tu l'as dit toi-même, Courtney : tu es une femme responsable, et il est normal que tu aies envie de connaître quelqu'un. Mais j'aurais pensé que tu avais de nombreuses occasions de faire des rencontres à l'hôpital. Tous les médecins sont donc mariés ou aveugles, là où tu travailles ?

Comme elle ne répondait pas, il la regarda plus attentivement, et la vit qui se mordait la lèvre avec nervosité.

— Tu devrais aller te recoucher, dit-elle soudain, mettant de toute évidence un terme à leur discussion.

— Non.

Il fut surpris que son refus ne se heurte à aucune protestation.

— Comme tu veux. Si tu as besoin de quelque chose, appelle-moi. Je t'entendrai.

La seule chose qu'il souhaitait, à cet instant, était de l'accompagner dans sa chambre. Mais tout ce qui fonctionnait en lui, dans l'immédiat, étaient son esprit et certaines parties de son corps qui avaient du mal à rester insensibles aux attraits de sa garde-malade. C'était peu pour réitérer leurs ébats de cette mémorable nuit...

— D'accord, dit-il. Bonne nuit.

Après un dernier regard hésitant, elle disparut dans le couloir. Deux secondes plus tard, il entendit la porte se fermer.

L'imaginer dans son lit ne l'aida pas à trouver le sommeil. Sans compter qu'il avait mal partout. Il eut l'impression que des heures s'étaient écoulées quand il put enfin s'assoupir. Le ciel, qu'il apercevait par la fenêtre de la cuisine en face de lui, commençait tout doucement à pâlir quand il s'endormit enfin, et ce fut pour être plongé dans des rêves aussi incohérents qu'épuisants.

Cole se retrouvait au volant du SUV qui fonçait vers Lari McDougal. Mason voulait courir, mais ses jambes refusaient de lui obéir, l'empêchant d'aller sauver la fillette. Sauf que Lari, dans ce rêve, n'était pas une fillette. C'était Courtney.

Courtney qu'il était dans l'impossibilité de sauver. Et il hurlait, il hurlait pour l'avertir…

Il se réveilla brutalement en manquant de tomber du canapé. Son cœur battait à tout rompre, et il était essoufflé comme s'il avait physiquement couru un cent mètres.

Mais au moins savait-il où il se trouvait — chez Courtney. Allongé sur un canapé particulièrement inconfortable alors que le pâle soleil hivernal se déversait par les fenêtres.

S'agrippant au dossier, il parvint à se redresser. Aucun son ne lui parvenait des autres pièces. Courtney devait encore dormir, ce qui était aussi bien. Il n'avait aucune envie de se contorsionner devant elle pour tenter d'attraper ses béquilles qu'elle avait appuyées contre une chaise. Malheureusement, comme il se penchait sur sa jambe valide pour tendre le bras, une douleur fulgurante dans le dos lui fit perdre l'équilibre et le propulsa par terre.

Il ne put retenir un cri quand la douleur se propagea avec force dans tout son corps tandis qu'il roulait sur son dos.

— Mason ?

Il entendit des pas précipités, puis vit Courtney qui s'agenouillait à côté de lui pour poser sa main fraîche sur son front.

— Apparemment, tu n'as plus de fièvre. À quoi jouais-tu ?

Elle sentait… la nuit. Chaude et sensuelle. Le désir choisit cet instant très inopportun pour l'assaillir.

— Tu as mal ?

— Mon amour-propre est salement égratigné, oui.

Il essaya de se redresser, mais jura entre ses dents.

— Ne bouge plus, ordonna-t-elle en attrapant le coussin qu'elle lui glissa sous la tête.

Elle retourna ensuite dans la cuisine avant de revenir avec son portable à la main.

— Je ne veux pas retourner à l'hôpital, Courtney, dit-il.

— Si. Ton plâtre du bras a l'air d'être fêlé.

Il tenta de relever la tête pour le voir par lui-même, mais un nouvel élancement l'en dissuada.

— Merci, j'attends, dit Courtney au téléphone.

— Qui attends-tu ? Une ambulance ?

— Non, Axel. J'ai besoin d'aide pour te relever. De plus, tu seras plus à l'aise dans son gros 4x4 que dans ma petite Volkswagen.

— En tout cas, je ne resterai pas là-bas. Je peux y aller pour qu'ils reconsolident le plâtre, mais je reviens ici.

Elle l'observa avec attention.

— Qu'as-tu contre les hôpitaux, Mason ? Tu les détestes par principe, ou bien parce que tu as peur qu'on te force à prendre ce genre de chose ? demanda-t-elle en sortant le flacon d'antalgiques.

Celui-là même dont il s'était débarrassé la veille pendant qu'elle était absente. Non sans avoir, auparavant, mis deux cachets dans sa main tremblante… Mais une fois encore il avait résisté à la tentation et jeté le tout dans la poubelle de la salle de bains…

4.

Devant les mâchoires crispées de Mason, Courtney eut conscience de frôler la vérité. Puis elle vit ses yeux se plisser, et son visage devenir aussi impénétrable qu'un masque.

— Je n'aurais pas cru que tu étais de ceux qui fouillent dans les poubelles.

— Je n'ai pas eu besoin de chercher car tu n'avais pas fourni trop d'efforts pour le cacher.

La petite corbeille de la salle de bains étant vide, il lui aurait fallu être aveugle pour ne pas remarquer le flacon. Elle avait noté aussi qu'il n'avait pas vidé les cachets dans le lavabo, ce qu'elle prit pour un bon signe. Il n'avait pas vraiment voulu s'en débarrasser, juste ne plus les voir.

Elle posa le flacon près du téléphone. Axel n'allait pas tarder, et elle devait aller s'habiller un peu plus décemment pour accompagner Mason à l'hôpital. Pourtant, elle tira une chaise et s'assit face à lui.

— Je suppose que tu as eu un problème de dépendance ?

Il resta de marbre.

— Tu n'es pas obligé de me confier les détails. Mais étant donné que je suis chargée de m'occuper de toi, cela m'aiderait de savoir si c'est récent ou non.

Sa cicatrice, sur sa tempe, paraissait plus blanche quand il serrait les mâchoires, comme maintenant.

— Non… Pas récent.

C'était succinct, mais mieux que rien.

— Est-ce que tu te sentirais mieux si je les jetais dans les toilettes ?

— Non, parce que je pourrais m'en procurer d'autre si je le voulais.

Elle ne pouvait pas lui donner tort.

— Et tu le voudras ?

Il posa un regard incisif sur elle.

— C'est une question à laquelle je suis incapable de répondre.

Son honnêteté était presque brutale. Durant son stage de formation à Cheyenne, Courtney avait choisi un service de désintoxication et de réhabilitation. Elle avait ainsi travaillé avec des patients de tous âges, hommes et femmes, riches et pauvres. Certains étaient là de leur propre chef, d'autres non. Elle avait écouté l'histoire de chacun, les aléas de leur vie qui les avaient conduits dans ce service, les serments qu'ils se faisaient de ne jamais plus retomber dans cet enfer.

Certains y parvenaient. D'autres non.

Mais elle avait pu constater que les plus honnêtes d'entre eux avaient le plus de chance de s'en sortir. Honnêtes avec eux-mêmes, avant tout, et à chaque étape du chemin.

— D'accord, dit-elle d'une voix sourde. En tout cas, essaie de te rappeler qu'il n'y a aucune honte à demander de l'aide quand tu en as besoin. Et c'est mon rôle de t'assister jusqu'à ce que tu retombes sur tes pieds.

— La seule chose qui m'aiderait beaucoup dans l'immédiat serait que tu ailles te changer afin que je ne puisse plus voir le piercing sur ton nombril…

Prise au dépourvu, elle se raidit. Elle n'avait pas encore fait poser ce petit diamant rose à la Saint-Valentin… C'était la dernière chose que Margaret et elle avaient faite ensemble.

— Désolée, dit-elle en se levant aussitôt.

— Pas moi. Mais ce n'est pas idéal pour ma tension…

Sans un mot, elle sortit et alla se changer puis prit le temps d'installer Platon dehors avec son os de buffle et une grande cuvette d'eau fraîche.

Quand elle revint, en jean et T-shirt, Axel, accompagné de Ryan, était arrivé.

À eux deux, ils avaient relevé Mason qui était de nouveau debout sur ses béquilles.

— Salut, dit-elle à son frère.

Ryan était revenu parmi eux depuis plus d'un an, mais le voir lui donnait toujours l'impression d'un miracle.

— Comment vont les femmes de ta vie ?

— Très bien, répondit-il avec un sourire amusé. Mallory s'est fait tirer du lit ce matin par une urgence, et j'ai déposé Chloé à l'école en venant ici. Quant à Kathleen, elle hésite à sortir ce soir avec son nouveau petit ami — qui a dix ans de moins qu'elle et dont le meilleur atout est qu'il sait suffisamment bien jouer au bowling pour stimuler son esprit de compétition. Le problème, c'est qu'il vit avec sa fille et sa petite-fille qui ont tendance à surveiller tout ce qu'il fait, ce qui la gêne…

Le regard bleu de Ryan se tourna vers Mason.

— Kathleen est ma belle-mère de quatre-vingt-deux ans, expliqua-t-il en riant. Une personnalité en acier trempé et d'une vitalité épuisante !

Courtney joignit son rire au sien.

— Souhaitons-nous d'avoir autant d'énergie qu'elle à son âge !

La vie amoureuse de cette femme exceptionnelle de cinquante-six ans son aînée était certainement plus remplie que la sienne…

Prenant conscience que son regard, à son insu, avait glissé sur Mason, elle se ressaisit.

— Ravie de te revoir sur tes pieds, dit-elle, se rendant compte trop tard que ce tutoiement qui lui avait échappé n'avait pas dû passer inaperçu aux oreilles de son frère et de son cousin.

Mais, après tout, libre à eux d'interpréter cette familiarité à leur guise…

Ignorant les conseils d'Axel et de Ryan, Mason refusa catégoriquement le fauteuil roulant et choisit de descendre lui-même les trois marches du perron. Les fines gouttes de sueur qui perlèrent sur son front disaient clairement l'effort que cela exigeait et ce qu'il lui en coûtait…

Sachant qu'il refuserait toute proposition d'aide, surtout de sa part à elle, Courtney alla s'asseoir à l'arrière du spacieux 4x4 d'Axel et attendit patiemment que les deux autres hommes l'aident à s'installer à côté d'elle.

— Le fauteuil aurait été plus facile, marmonna-t-il, visiblement épuisé.

— C'était ton choix, répondit-elle simplement.

— Comment t'es-tu retrouvé par terre, au fait ? s'enquit Axel en se mettant au volant.

— Il voulait en faire trop, répondit-elle pour lui.

Mason se contenta de tourner la tête vers la vitre sans un mot.

Cinq minutes plus tard, Axel s'arrêta devant l'entrée des urgences, et Courtney descendit du 4x4 pour aller au-devant de Wyatt Mead et de Greer Weston qui occupait son poste pendant la journée.

— Vous pouvez appeler Richie, à la radiologie, et lui demander de lâcher ses mots croisés un moment ? dit-elle en saisissant un des fauteuils roulants disponibles. Je vais avoir besoin de lui. Et voyez si le Dr Jackman est dans le coin.

Michael Jackman était l'orthopédiste du service à qui elle avait adressé les copies du dossier de Mason avant son arrivée en ville.

— Jackman n'est pas là, mais j'ai croisé Pierce Flannery à l'étage il y a dix minutes. Tu veux que je lui demande de descendre avant qu'il s'en aille ?

Ce médecin avait un cabinet privé à Braden, et exerçait régulièrement à l'hôpital, mais elle ne l'avait vu qu'une seule fois. Après leur unique rencontre, il l'avait à plusieurs reprises appelée pour l'inviter à prendre un verre, mais elle avait toujours habilement décliné ses invitations, refusant d'avoir une relation personnelle avec lui.

Aussi regretta-t-elle que ce soit lui qui s'occupe de Mason, même si elle n'avait aucun reproche à lui faire sur le plan professionnel. Ne laissant toutefois rien paraître de sa contrariété, elle poussa le fauteuil jusqu'au 4x4 où, avec son aide et celle d'Axel, Mason s'installa.

— Je reviendrai faire le taxi quand il le faudra, du moment que ce n'est pas trop tard, dit Axel. Tara et moi allons dîner à Cheyenne, ce soir. Et il faut que je passe voir Tristan à son bureau tout de suite.

Tristan était un de leurs oncles qui dirigeait une compagnie de jeux vidéo installée à Weaver et que Courtney, sans avoir de preuves, soupçonnait fortement d'être une autre couverture pour Hollins-Winword.

— Je t'appellerai dès que nous serons prêts à rentrer, dit-elle en s'éloignant avec Mason.

Attrapant au passage les formulaires que lui tendait Wyatt, elle tourna le fauteuil afin de lui faire franchir à l'envers les portes battantes séparant la réception de la grande salle d'examen. Là, elle installa Mason dans un des box puis lui tendit le formulaire sur une écritoire à pince avec un stylo.

Il fronça les sourcils en secouant la tête.

— Je n'ai pas mes lunettes de lecture sur moi.

Flûte. Elle aurait dû y penser… Si elle ne se sentait pas constamment sur la défensive, avec lui, peut-être aurait-elle pu le lui rappeler.

— Je vais le remplir pour toi.

Elle lui reprit le formulaire et tira un tabouret pour s'asseoir à côté de lui. Elle put inscrire le nom et le prénom, mais là s'arrêtait les renseignements qu'elle possédait sur lui.

— Date de naissance ?

Il la lui dit, et elle remplit les petites cases en ouvrant des yeux ronds.

— Tu es né un 14 février ? Le jour de la Saint-Valentin ?

— Oui. Et alors ?

Elle prit une discrète inspiration.

— Alors rien.

Sinon qu'ils avaient passé cette nuit-là dans son lit. Et il était évident que, pour lui, cela avait eu si peu d'importance qu'il n'avait même pas jugé bon de lui dire que c'était son anniversaire.

— Je n'aurais pas cru que tu avais trente-neuf ans, remarqua-t-elle encore.

— J'ai l'impression d'en avoir soixante.

— N'exagère pas. Tu es loin de faire ton âge.

Elle le pensait réellement. En dépit des fils argentés dans ses cheveux et de ses traits burinés, il paraissait plus jeune que ses presque quarante ans.

Il lui donna son adresse dans le Connecticut, mais lorsqu'il fallut inscrire le nom de la personne à prévenir en cas d'urgence, il haussa les épaules.

— Il n'y en a pas.

— Mason… Tu as bien de la famille quelque part, non ?

— Coleman Black. Il est presque comme un frère, pour moi.

Elle avait à plusieurs reprises rencontré cet homme important dans l'agence pour la bonne raison qu'il était le père de Brody Paine et que Brody était marié à sa cousine Angeline.

— Donc, tu es bien en relation avec l'agence, murmura-t-elle. Oh ! ne fais pas cette tête-là, ce n'est pas un secret ! La moitié de ma famille travaille ou a travaillé pour elle. Tu as le numéro de Coleman ?

Elle inscrivit celui qu'il lui donna puis lui tendit l'écritoire afin qu'il puisse signer le formulaire. Après quoi elle retourna celui-ci pour poursuivre son interrogatoire.

— Taille et poids ?

— Un mètre quatre-vingt-six. Quatre-vingt-douze kilos.

Et pas un gramme de graisse, elle pouvait en témoigner.

— Pas d'allergie médicamenteuse ?

— Non.

— Tu as subi des opérations ?

Il eut un sourire ironique.

— Il faudra que tu rajoutes une page si tu veux toutes les mentionner.

— D'accord. Y a-t-il eu des problèmes cardiaques dans ta famille ? Du diabète ?

— Aucune idée. J'étais encore très jeune quand ils sont morts.

— Oh ! désolée…

Il haussa les épaules comme si cela n'avait aucune importance.

— Qui s'est occupé de toi ? s'enquit-elle.

Il haussa un sourcil.

— Ta question figure sur le formulaire ?

Elle soupira.

— Non.

Tout, dans ce qu'il lui confiait à travers ce questionnaire, esquissait le profil d'une sorte de loup solitaire. Mais il y avait eu un avant. Il avait été enfant, lui aussi. Un orphelin.

Si des membres de sa famille l'avaient pris en charge, soit ils étaient morts eux aussi, soit il ne les voyait plus. Sinon il ne lui aurait pas fait inscrire le nom de Coleman Black à la ligne des personnes à prévenir en cas de problème.

— Salut, Courtney ! Tu as besoin de moi ?

Richie, le technicien du service de radiologie, s'arrêta devant eux, et Courtney dut réprimer un soupir d'agacement devant cette interruption. Mais reconsolider le plâtre dc Mason et s'assurer qu'il ne s'était rien cassé était plus important que lui arracher des informations sur lui-même à travers ce questionnaire. Elle désigna la fêlure sur le plâtre bleu.

— Wyatt va demander au Dr Flannery de jeter un œil.

— D'accord. Et il aura besoin de radios ?

— Je suppose, oui.

— O.K. Je vais chercher l'appareil portable.

Richie venait à peine de repartir quand Pierce Flannery arriva à son tour dans la salle, sa longue blouse blanche lui battant les mollets à chacun de ses pas énergiques.

— Courtney…, dit-il, son regard brun chaleureux fixé sur elle. Je suis heureux de vous revoir.

— Docteur…, dit-elle avec un sourire.

Elle se tourna vers Mason qui observait le médecin non sans une certaine suspicion.

— Je vous présente Mason Hyde dont j'assure les soins à domicile… Je n'ai de toute évidence pas été assez vigilante car il est tombé et je crains que son plâtre du bras soit fêlé.

— Ah…

Le Dr Flannery leva légèrement le bras de Mason pour l'étudier sous tous les angles.

— Faites faire des radios, et nous pourrons nous rendre compte s'il faut tout recommencer ou si une simple consolidation suffira.

Puis il observa attentivement Mason.

— Vous vous êtes bagarré avec un train lancé à pleine vitesse ?

— Avec un Hummer, répondit Mason. Mais à la façon dont il m'a éjecté, cela aurait aussi bien pu être un train, c'est sûr.

Courtney grimaça. Au vu des blessures, elle avait deviné qu'il avait été victime d'un accident. Mais elle avait pensé qu'il avait été lui-même au volant d'un véhicule.

— Tu étais simple piéton ?

— Oui, répondit-il, le regard fixé sur le médecin. Ce sera long ?

— Non, même si nous devons ôter le plâtre pour en poser un autre. Mais je suis sûr que, de toute façon, avec Courtney pour vous tenir compagnie, vous ne verrez pas le temps passer, ajouta le Dr Flannery en se tournant vers elle avec un sourire engageant.

Son jeu était très clair, et il ne craignait pas de le dévoiler devant témoin. Elle sourit à son tour, mais avec une certaine réserve destinée à le garder à distance.

— L'appareil portable est hors-service, vint leur annoncer Richie. Il va falloir monter au premier.

Le Dr Flannery se leva en regardant sa montre.

— Prévenez-moi quand vous aurez les radios, dit-il. Je vais retrouver mes patients.

Il s'éloigna non sans avoir adressé à Courtney un sourire éblouissant qui irrita Mason.

— Pourquoi cherches-tu sur internet alors que tu as un excellent candidat déjà conquis sur place ? demanda-t-il comme elle le poussait vers l'ascenseur.

— Pardon ?

— Il te drague ouvertement.

— Oui, je sais. Mais je ne suis pas intéressée.

— Pourquoi ? C'est le genre bonnet de nuit ? À moins qu'il ait une tare cachée ? Ou une ribambelle d'enfants à charge ?

Elle secoua la tête en riant.

— Aucune idée. Mais en quoi est-ce que cela te concerne ? Dis-moi plutôt comment tu t'es fait renverser par ce SUV.

— En me mettant en travers de son chemin. Il est marié ?

— Non. Sur son chemin… C'est bien ce que j'avais plus ou moins deviné. Il me manque le pourquoi. Le chauffeur était ivre, ou quoi ?

— Ou quoi…, répéta-t-il en guise de réponse alors qu'ils arrivaient à l'étage et qu'elle le poussait vers le service de radiologie. Les médecins sont pourtant censés être de bons partis, non ?

— Je ne cherche pas à me marier, Mason ! Et c'est tout ce que tu as à me répondre : ou quoi ?

— Oui.

Elle hésita, puis ajouta :

— L'as-tu fait exprès ?

— Quoi ? Non ! se récria Mason devant l'inquiétude sincère présente dans les yeux ambre de Courtney. Crois-moi, je n'ai pas un tempérament suicidaire. Pas plus avant, que maintenant, que jamais.

Elle le dévisagea quelques secondes puis hocha la tête.

— Je te crois. Mais ce n'était pas un accident, n'est-ce pas ? Il fonçait délibérément sur toi ?

Mason ferma une seconde les yeux en soupirant.

— Tu ne renonceras pas, n'est-ce pas ?

— Tu n'aurais pas dû éveiller ma curiosité en en parlant au Dr Flannery.

La salle d'attente était déserte.

— Non, ce n'était pas moi qu'il voulait éliminer. Ce sera long, cette séance radios ?

— Aussi long qu'il le faudra. En fait, je ne sais pas. Attends une seconde.

Elle disparut par une porte et revint moins d'une minute après.

— Tu es le suivant.

Elle s'assit sur une des chaises et ôta la pince qui retenait ses cheveux. Fermant les yeux, elle y enfouit ses doigts et se massa brièvement le crâne avant de les relever de nouveau. Elle avait l'air épuisée.

— Tu n'es pas obligée de rester, dit-il. Je n'ai pas besoin de baby-sitter. Va retrouver Flannery ; il t'invitera sûrement à passer la soirée avec lui.

— Étant donné que tu as profité du fait que j'avais le dos tourné pour fêler ton plâtre, je ne suis pas certaine que tu n'aies pas besoin d'une baby-sitter. Alors ne cherche pas à te débarrasser de moi, Mason. Et si je voulais sortir avec le Dr Flannery, il y a longtemps que j'aurais accepté ses invitations. Laisse tomber, dit-elle en se relevant. Et ne bouge pas d'ici.

— Très drôle..., ironisa-t-il.

Elle était à peine partie qu'une femme à l'air exténué entra dans la salle avec une fillette au poignet bandé dans les bras. Elle lui lança un regard méfiant et choisit d'aller s'asseoir le plus loin possible de lui.

Il ne s'en étonna pas. Même immobilisé par ses plâtres, il devinait que ses joues ombrées de barbe naissante, ses traits tirés et ses cheveux en bataille ne devaient guère améliorer son physique déjà intimidant d'ordinaire. Il lui adressa néanmoins un sourire qui ne fit visiblement rien pour la rassurer. Heureusement, une infirmière vint la chercher, et elle disparut avec elle par la même porte qu'avait empruntée Courtney.

Changeant de position, il essaya d'ignorer la légère démangeaison qui se manifestait sous son plâtre puis, de guerre lasse, tenta de franchir lui-même la porte sans attendre le retour de Courtney. Laquelle, à son retour, le trouva coincé dans l'embrasure par sa jambe plâtrée.

— Je venais t'annoncer que Richie allait te prendre dans cinq minutes, mais je crois deviner une certaine impatience de ta part…

L'air exaspéré, elle le décoinça avant de le ramener à la même place qu'il occupait.

— Tu crois pouvoir attendre sagement ? demanda-t-elle avec le ton que l'on prend pour s'adresser à un garnement insupportable. Je peux te faire confiance ?

Peut-être était-ce la lueur dans ses yeux dorés.

Peut-être était-ce d'avoir respiré sa peau lorsqu'elle s'était penchée sur lui…

Toujours est-il que, impulsivement, il lui prit la main.

— Inutile de me parler comme à un petit garçon, Courtney. Nous savons tous les deux que je n'en suis plus un. Quant à me faire confiance… Tu sais aussi que tu peux te fier à moi les yeux fermés pour ce qui est de mes dons dans un lit.

Glissant la main sur sa nuque, il l'attira contre lui pour presser sa bouche sur la sienne…

5.

Avant de recouvrer son bon sens, Courtney savoura pleinement son baiser. Le cœur battant, elle glissa les mains sous le T-shirt de Mason, gémit en sentant la chaleur de sa peau sous ses doigts…

Un toussotement répété derrière elle pénétra enfin le brouillard d'intense plaisir et de désir dans lequel elle avait brusquement basculé.

Elle se redressa avec vivacité et fit volte-face pour rencontrer les yeux rieurs de Wyatt Mead. L'infirmier, grand échalas rouquin, se retenait de rire ouvertement, mais elle s'efforça malgré tout de regagner un semblant de dignité.

— Sais-tu si Richie est prêt ?

— Oui. Il vous attend, toi et ton patient.

Fuyant son regard hilare, elle poussa Mason dans la première des salles. Mais, après avoir aidé Richie à installer Mason et à lui positionner le bras sous l'appareil, elle ressortit pour rattraper Wyatt qu'elle trouva devant les ascenseurs.

— Wyatt… Promets-moi de ne rien dire à personne, dit-elle en le regardant dans les yeux.

Elle n'avait aucune envie d'être le sujet des bruits de couloir, et encore moins que cet épisode vienne aux oreilles de sa famille.

— Pour une fois, oublie ce que tu as vu, d'accord ? insista-t-elle.

— D'accord, mais…

— Mais quoi ?

— Obtiens-moi un rendez-vous avec Dee Crowder.

Dee était une jeune institutrice qui travaillait avec la cousine de Courtney, Sarah.

— C'est du chantage ? dit-elle.

— Tous les moyens sont bons…, plaisanta-t-il.

— Pourquoi ne pas lui proposer toi-même, Wyatt ? Tu la vois tous les matins chez Ruby quand tu prends ton café.

— Elle est toujours entourée d'un tas de monde.

— Eh bien, tente ta chance aussi. Souris-lui, dis-lui bonjour, au lieu de te contenter de la dévorer des yeux par-dessus le bord de ta tasse.

Ritchie avait probablement fini ses radios ; elle ne pouvait pas s'attarder plus longtemps.

— Bon, O.K., reprit-elle. J'en parlerai à Dee, mais de ton côté, tu promets ?

Il fit mine de tirer une fermeture Éclair sur ses lèvres.

— Je serai muet comme une tombe, dit-il en s'éloignant.

— Décidément, tu ne manques pas de soupirants, ici.

Elle se retourna pour voir Mason que Richie, de toute évidence, venait de pousser jusque-là après en avoir terminé avec lui.

— Ce n'est pas à moi que Wyatt s'intéresse, répliqua-t-elle en remontant le couloir vers la salle d'cxamen.

Pas plus qu'elle ne s'intéressait à lui. Un seul homme avait su la séduire. Mais il ne lui avait pas caché, lors de cette unique nuit qu'ils avaient passée ensemble, qu'elle ne devrait jamais rien attendre de lui.

N'oublie pas pourquoi tu as accepté ce job, se rappela-t-elle.

Si elle s'occupait de Mason, c'était pour une raison, une seule : pourvoir s'offrir les services de la Big Sky Cryobank et avoir un enfant.

— Courtney ! J'ai entendu dire que tu étais ici.

Elle sursauta au son de la voix familière et arrêta le fauteuil pour permettre à sa mère de les rejoindre.

— Mon patient a eu un petit accident, dit-elle quand elle arriva près d'eux.

Mais Rebecca arborait déjà un sourire radieux en prenant entre les siennes la main valide de Mason.

— Monsieur Hyde…

Ses yeux brun doré, dont Courtney avait hérité, brillaient de plaisir.

— Il y a au moins un an qu'on ne vous a pas vu en ville. Je suis vraiment heureuse de vous revoir. Je ne vous demande pas comment vous allez, je peux m'en rendre compte par moi-même, commenta-t-elle, amusée.

Courtney avait presque oublié que Mason avait aussi rencontré ses parents lorsqu'il était venu à Weaver.

— Mason a fêlé son plâtre, expliqua-t-elle.

— Ah… Eh bien, dès qu'il aura été réparé, vous devrez venir dîner à la maison un soir, dit Rebecca. Je sais que Sawyer serait ravi de votre présence.

— C'est très gentil, mais mon calendrier social est plutôt chargé, ces jours-ci, répondit Mason. Je verrai ce que je peux faire.

Rebecca rit de bon cœur à sa plaisanterie.

— L'inactivité forcée vous frustre, et je le comprends très bien. Courtney, dépose-le à la maison avant de prendre ton service ce soir. Nous le ramènerons chez toi après le dîner, quand il en aura assez de nos radotages de vieux fossiles.

— Docteur Clay, si vous êtes l'image d'un « vieux fossile », alors la perspective de vieillir m'apparaît soudain bien plus attrayante.

En riant, Rebecca sortit de sa poche son bipeur qui sonnait.

— Le devoir m'appelle. À plus tard, tous les deux.

Pensive, Courtney la regarda s'éloigner. Elle n'était pas étonnée de la franche sympathie de sa mère pour Mason, mais en éprouvait en revanche une sorte de gêne.

Jamais encore un de ses amants, fût-ce d'une nuit, n'était allé dîner chez ses parents.

— Ton père a été le shérif de la ville, non ? s'enquit Mason.

— Oui. C'est Max Scalise qui l'a remplacé. Il est marié à ma cousine Sarah.

— Tu as beaucoup de parents, par ici.

— Oh oui… Je t'épargne l'arbre généalogique car il y en aurait pour la journée.

Elle le poussa dans un box vide et bloqua le fauteuil contre la table avant de refermer le rideau.

— Tu préfères t'allonger ou rester assis ?

— Assis, dit-il sans hésitation. J'ai passé assez de temps couché.

— Depuis que tu as été mystérieusement percuté par un SUV, termina-t-elle pour lui.

Prenant conscience qu'elle le regardait avec un peu trop d'insistance, elle prit son dossier et fit mine de s'y absorber. Puis elle ouvrit un tiroir du petit meuble métallique dont elle sortit un stéthoscope et un thermomètre digital semblable à celui qu'elle avait utilisé chez elle.

— Que fais-tu ? demanda-t-il.

— Je m'occupe utilement, répondit-elle en lui enfonçant le thermomètre dans l'oreille.

Après avoir noté que la température de Mason était sensiblement plus basse qu'elle ne l'avait été durant la nuit, elle rangea l'instrument et accrocha le stéthoscope à son cou. Cette fois, Mason lui prit le poignet avant qu'elle puisse poser l'embout sur son torse.

— Arrête.

— Je veux juste…

— Courtney, si tu poses encore une fois ta main sur moi, je vais t'embrasser. Tu es prête pour ça ?

Le cœur battant, elle fut tentée de l'y encourager. Très tentée.

Mais Mason était son patient, et un sursaut de conscience professionnelle lui donna le courage de repousser la tentation. D'un mouvement vif, elle dégagea son poignet et lui saisit le sien. La surprise qu'elle lut dans ses yeux lui fut une consolation.

— Où as-tu appris ce genre de prise ? s'enquit-il.

— J'ai été entourée de gens comme toi toute ma vie... Et tous se sont assurés que j'étais capable de me défendre.

Elle sursauta légèrement quand le rideau s'ouvrit tout à coup sur le Dr Flannery.

— Bonne nouvelle, annonça celui-ci. La radio n'indique pas de nouveaux dégâts sur les os.

— Tant mieux..., soupira Mason. Plus vite je sortirai d'ici, mieux je me porterai.

— Je vous comprends, commenta le chirurgien dont le sourire, toutefois, était adressé à Courtney. Encore que cet hôpital a des agréments qui me le rendent bien plus attrayant que d'autres...

Agacée, elle lui tourna le dos pour ranger le stéthoscope.

— En revanche, il va falloir remplacer le plâtre, poursuivit Flannery en notant ses instructions sur le dossier. Ce sera plus sûr que de colmater la fêlure. Mais une fois que ce sera fait, vous serez de nouveau libre. Au moindre problème, n'hésitez pas à m'appeler. Courtney a mon numéro.

Pas de risque qu'il l'appelle, songea Mason quand le médecin fut ressorti. Il se tourna vers Courtney accroupie devant le petit meuble, et dont le T-shirt était légèrement remonté sur le dos, lui permettant de voir quelques centimètres de peau qu'il savait soyeuse pour l'avoir caressée toute une nuit...

Il serra un poing, enfonçant ses ongles dans sa paume. Il n'était pas à Weaver depuis vingt-quatre heures que, déjà, les souvenirs qu'il avait cru cadenassés dans un coin de sa mémoire revenaient le harceler.

Réprimant un soupir, il se passa la main dans les cheveux. Il n'avait pas pris de douche décente depuis l'accident, même si les infirmières, à l'hôpital du Connecticut, lui avaient à plusieurs reprises fait une toilette à l'éponge et lavé les cheveux. Que ne donnerait-il pas pour une longue douche chaude...

Chaude ?... Comme il regardait les courbes douces des hanches de Courtney, il songea qu'une douche bien froide serait au contraire plus appropriée.

— Tu cherches quelque chose ? demanda-t-il.

— Je vérifie que Rodney aura tout ce qu'il faut pour ton plâtre. Mais les seuls kits ici sont pour des plâtres rose pâle ou fuchsia. Intéressé ? ajouta-t-elle, amusée.

— Je n'ai rien contre ces couleurs, murmura-t-il. Tu portais du rose, ce soir-là, et j'en garde un très bon souvenir.

— Je t'ai dit d'oublier cet épisode.

— T-shirt rose... Sous-vêtements roses avec rubans de satins. Il avait pris une satisfaction particulière à jouer avec ces rubans, retardant à plaisir les caresses qu'elle réclamait en gémissant.

— Mason..., dit-elle d'une voix presque rauque. Tu ne fais que compliquer les choses.

Le désir céda brusquement la place aux remords.

S'il insistait ainsi, c'était pour ne pas être seul à éprouver cette intense frustration. À présent, il avait la preuve qu'elle la partageait avec lui. Il le voyait dans ses yeux caramel, et sur ses lèvres délicieusement charnues qu'elle pinçait à cet instant.

Elle avait envie de lui.

Mais à quoi cela le menait-il de le savoir ? Rien n'avait changé depuis la Saint-Valentin. Pas lui, en tout cas. Il était toujours cet ancien toxicomane dont les cicatrices, sur le visage, effrayaient les gens, et qui exerçait une carrière lui interdisant toute relation sentimentale un tant soit peu sérieuse.

— Je me moque de la couleur de mon plâtre, marmonna-t-il.

Il eut le sentiment qu'elle s'apprêtait à dire quelque chose, mais qu'elle choisissait visiblement d'y renoncer.

— Je sais qu'il nous reste quelque part le même bleu que tu as déjà. Je vais le chercher, dit-elle en sortant du box.

Mason ferma les yeux, vaguement conscient qu'un bébé, au bout du couloir, se mettait à pleurer. Tout aurait été tellement plus simple s'il était resté dans le Connecticut. Il aurait pu plus aisément supporter la situation. Au moins n'aurait-il pas été constamment en présence de cette femme qui mettait le feu à ses sens et engourdissait son bon sens...

Il était presque midi lorsque Axel déposa Mason — dont le nouveau plâtre était du même bleu clair que l'autre — et Courtney chez elle.

— Je vais te préparer à déjeuner, dit-elle.

— Rien ne t'y oblige.

— C'est un des services pour lesquels tu me payes, Mason, répliqua-t-elle avant de s'éclipser dans la cuisine.

Quelques secondes après, Platon vint le saluer et renifler son plâtre neuf avant de retourner auprès de sa maîtresse, probablement pour lui réclamer son repas, lui aussi.

Dans les faits, Courtney avait raison : elle était en effet rémunérée pour s'occuper de lui. Mais il détestait cette situation qui lui donnait l'impression d'être un poids mort à traîner.

Soudain, ses yeux tombèrent sur le tube d'antalgiques qu'elle avait laissé près du téléphone. Il le considéra un instant puis attrapa les béquilles qu'elle avait approchées de lui et, prenant garde cette fois de ne pas tomber, se leva pour saisir le flacon et se dirigea vers la salle de bains.

Là, il ouvrit la bouteille de plastique et versa les cachets au creux de sa paume. Après les avoir considérés quelques secondes, il les laissa tomber dans la cuvette des toilettes puis actionna la chasse d'eau. Assuré cette fois qu'ils avaient bien disparu, il se sentit mieux.

Ce qui ne lui laissait plus qu'une seule — mais dangereuse — tentation à laquelle malheureusement il ne pouvait échapper.

Courtney.

L'eau froide serait le seul antidote au désir qui le taraudait. Il considéra la douche. Il n'avait pas le droit de mouiller ses plâtres, et quant à entrer et ressortir de la cabine, ce serait un véritable défi, mais les situations désespérées, c'est bien connu, avaient le pouvoir de stimuler la créativité… Il finirait par trouver une solution, quitte à demander à Courtney de le doucher au tuyau d'arrosage dans le jardin, comme elle le faisait sans doute avec Platon en été…

En attendant, il pouvait au moins se raser. Étant droitier, il ne lui fut pas aisé de manier le rasoir de la main gauche, mais il ne voulait pas prendre le risque de mouiller le plâtre neuf.

Quand il eut terminé, au prix de quelques écorchures, et après s'être passé le visage à l'eau et lavé les dents, il se sentait un peu plus humain.

Courtney était toujours dans la cuisine.

— Je peux utiliser ton ordinateur ? demanda-t-il depuis le couloir.

— Pas de problème, vas-y.

Après s'être précautionneusement installé sur la chaise, il posa sa main droite sur la souris. Son bras était immobilisé du poignet au biceps, mais ses doigts, encore heureux, étaient libres.

Le fond d'écran s'effaça pour laisser réapparaître le dernier site sur lequel Courtney avait surfé. Il aurait pu, il aurait même dû le fermer, mais il hésita.

Teinte des cheveux ? Indifférent.

Couleur des yeux ? Indifférent.

La ligne de l'option suivante l'intrigua plus encore…

— Attends, j'ai oublié quelque chose, dit Courtney en arrivant précipitamment derrière lui. Laisse-moi juste…

Il se retourna vers elle. Elle tenait un couteau à beurre dans une main et une tranche de pain dans l'autre.

— Groupe sanguin ? dit-il. Qu'est-ce que c'est que ce site de rencontres ?

Elle soupira.

— Ça n'en est pas un… Tu n'es ni aveugle ni idiot, tu vois bien de quoi il s'agit, non ?

Il se tourna de nouveau vers l'écran. Le site était celui d'une certaine Big Sky Cryobank.

— Et pourquoi cherches-tu un donneur de sperme ?

— À ton avis?

— Quelqu'un veut un bébé ?

— Pas quelqu'un. Moi… Je veux un bébé.

La confirmation de ses soupçons n'apaisa pas sa curiosité, bien au contraire.

— Mais… pourquoi ?

— Pourquoi pas ?

— Parce que tu es encore très jeune, Courtney ! Tu as tout le temps de te trouver un mari et d'avoir une famille ensuite.

Elle s'apprêtait à croiser les bras quand elle parut se rendre compte seulement qu'elle avait les mains pleines.

— Je ne te savais pas aussi conformiste, Mason ! Je veux un enfant, pas un mari.

Il avait ignoré que le mariage puisse être passé de mode. Peut-être était-il temps pour lui de faire une mise à jour de certains de ses préjugés…

— Et je n'ai aucune envie de discuter de cela avec toi, ajouta-t-elle avant qu'il l'interroge plus avant. Tu prendras de la moutarde avec ton sandwich au jambon ?

— Si tu veux, répondit-il, distrait.

Comme elle repartait vers la cuisine, il étudia le formulaire qu'elle avait rempli sur le site. Ses critères concernant le donneur étaient très évasifs.

Elle ne s'intéressait ni aux origines ethniques ni à la religion, et pas davantage aux caractéristiques physiques. La seule chose qu'elle souhaitait était qu'il ait de l'instruction. Mais sans exiger de diplômes.

Autrement dit, le père pourrait être le premier dégénéré ou alcoolique venu ayant donné son sperme pour se faire un peu d'argent. L'idée le révolta.

— Et qu'en pense ta famille ?

Elle revint dans le salon avec un énorme sandwich sur une assiette qu'elle posa près de lui sur la petite table.

— Ils n'en savent rien. Je vais chercher tes antibiotiques ; tu les prendras après le repas.

— Pourquoi ne pas leur avoir dit ? demanda-t-il comme elle les posait entre son verre et le bocal de cornichons.

— Rien ne presse.

— Tu attends qu'ils le découvrent par eux-mêmes quand tu ne pourras plus le cacher ?

— Non, répondit-elle d'un ton agacé. Je préfère éviter de leur parler de mon projet avant d'avoir les moyens de le mettre à exécution. Je sais qu'ils m'encourageront, comme ils l'ont toujours fait. Mais, de toute façon, je ne vois pas en quoi cela te concerne.

Comme elle se retournait, son regard s'arrêta sur la petite table où elle avait posé les autres remèdes.

— Qu'as-tu fait des antalgiques ?

— Tu as peur que je les aie avalés ?

Elle soutint son regard.

— Est-ce ce que tu as fait ?

— Je les ai jetés dans les toilettes. Rassure-toi, je n'ai aucune intention de replonger.

Il vit le soulagement s'inscrire dans ses yeux.

— Tant mieux pour toi. Bon, je vais prendre une douche avant de te déposer chez mes parents. Si tu veux te changer, je te donnerai un coup de main.

Irrité, il serra les dents en la regardant sortir de la pièce. Pour elle, le sujet du bébé était clos. Mais il était loin de l'être pour lui.

Il pouvait comprendre que des femmes aient recours à ce genre de service, et pour de multiples raisons. Mais Courtney ? Cette solution ne cadrait pas du tout avec la vie parfaite que, dans son esprit, elle méritait de connaître un jour. Avec un autre...

Un homme qui la mériterait. Un homme qui saurait l'aimer et aurait tout le temps, tous les jours, pour le lui prouver.

Il termina sa bouchée de sandwich puis prit deux cachets qu'il avala avec une longue gorgée d'eau sans cesser de réfléchir à ce que venait de lui avouer Courtney. Quelque chose, dans ce qu'elle avait dit, le tracassait... Mais quoi ?

Elle réapparut vingt minutes plus tard. Ses cheveux relevés et son visage qu'un chemisier turquoise illuminait lui donnèrent une seconde l'illusion qu'il pourrait sauter de son fauteuil pour aller l'étreindre…

Soudain, il se rappela ce qui l'avait gêné.

— De quels moyens parles-tu, Courtney ?

— Pardon ?

— Tu as dit que tu attendais d'avoir les moyens de réaliser ton projet avant d'en parler à ta famille…

— Oui, les moyens financiers, répondit-elle à contrecœur. Mais grâce à toi, Mason, je vais pouvoir m'offrir les services de la banque. Et plus vite que je le pensais.

6.

— Quand comptes-tu passer à l'acte ? demanda-t-il quand ils s'arrêtèrent à un feu rouge sur le chemin menant chez les parents de Courtney.

— Quel acte ? L'insémination ? Je dois voir une gynécologue d'abord. En l'occurrence, Mallory, ma belle-sœur, et j'espère qu'elle acceptera de se charger des formalités avec la Cryobank et de l'intervention. Avec un peu de chance, je serai enceinte d'ici la fin de l'année.

Depuis le siège arrière où il était installé, sa jambe plâtrée allongée sur le siège, Mason croisa son regard dans le rétroviseur.

— J'imagine la tête du petit Johnny ou de la petite Mary le jour où il ou elle te demandera d'où il vient : d'une éprouvette...

— Mason... Je ne vois pas pourquoi tu t'inquiètes ainsi.

— Je ne m'inquiète pas. Je cherche juste à... jouer l'avocat du diable. Tu as trouvé le moyen d'être enceinte sans l'aide d'un homme, d'accord. Mais ensuite ? Elever un enfant coûte très cher. Et je ne parle pas seulement de...

— J'ai compris, le coupa-t-elle. Et je suis tout à fait consciente des frais à débourser, depuis les brassières et la poussette jusqu'à la tenue neuve pour la remise des diplômes. Mais ce regrettable accident qui t'a immobilisé est pour moi une occasion inespérée de réduire le délai d'attente en me permettant de payer au moins la partie conception. Ce que ma compagnie d'assurance n'est hélas pas disposée à faire.

Mason tiqua au choix de ses mots. Investir une somme sans doute considérable pour se faire artificiellement féconder lui paraissait absurde alors qu'il serait prêt à payer de sa personne pour un résultat similaire, qui plus est gratuit, et avec le plaisir en prime…

— D'accord. Mais en dehors du coût, élever un enfant seule n'est pas facile non plus, insista-t-il.

— Je ne suis jamais seule. J'ai une famille très présente, et très nombreuse.

— Tu sais très bien ce que je veux dire. Les statistiques disent clairement que deux parents valent mieux qu'un.

— Garde tes statistiques pour toi, Mason ! Et, par pitié, n'évoque pas ce sujet chez mes parents. Je n'ai aucune envie d'être obligée de leur annoncer la nouvelle en ta présence, avec ton avis hostile sur la question.

— Je croyais qu'ils sauteraient de joie en l'apprenant ? Et je ne suis pas hostile.

— Non. J'ai dit qu'ils seraient tous là pour me soutenir au moment venu. Et tu es hostile. Admets-le : tu es contre ce procédé.

— Je pense qu'il y a d'autres moyens, oui.

— Comme être enceinte d'un homme qui n'a aucune intention de s'engager, par exemple ? le défia-t-elle en croisant son regard dans le rétroviseur.

— Pourquoi pas ? Quelle différence avec la banque de sperme ? Franchement, Courtney, je ne comprends pas. Pourquoi passer par internet pour commander un lot de spermatozoïdes ? Que sais-tu de la fiabilité de cet établissement, d'abord ?

En soupirant, elle acheva sa manœuvre pour se garer devant une grande maison entourée sur trois côtés d'un petit parc boisé puis se tourna vers lui.

— Sois gentil de m'accorder un peu plus de crédit, Mason. J'ai mené mon enquête avant de me lancer. Je ne suis pas en train de commander une batterie de casseroles par correspondance ! C'est d'un enfant, qu'il s'agit, et j'ai pris toutes les précautions nécessaires. Maintenant, si tu laissais tomber le sujet pour que nous puissions rejoindre mes parents, ça m'arrangerait.

Sans attendre sa réponse, elle sortit de la voiture et vint lui ouvrir sa portière.

— Quand vas-tu commander ton futur bébé congelé ?

Elle leva les yeux au ciel en soupirant puis se mit à rire.

— Tu es impossible ! Tu ne veux vraiment pas arrêter ?

Il eut du mal lui aussi à contenir le sourire amusé qui lui monta aux lèvres alors qu'elle se penchait pour l'aider à s'extirper de son siège — ce dont elle se sortait très bien, il dut le reconnaître. Elle le soutint avec fermeté jusqu'à ce qu'il puisse prendre le relais sans risquer de tomber. Le problème était que ses nerfs étaient à vif chaque fois qu'elle le touchait…

— Tu as de la chance, la maison est de plain-pied, annonça-t-elle en commençant à s'y diriger. Pas de marches, ici.

Lui étant reconnaissant de ne pas chercher à l'assister, il attrapa ses béquilles pour lui emboîter le pas. La difficulté qu'il avait pour la suivre ne l'empêchait pas toutefois de remarquer les rondeurs harmonieuses que lui offrait son dos…

— On sent qu'octobre sera bientôt là, remarqua-t-elle comme, arrivée devant la porte, elle se retournait pour l'attendre. Il commence à faire très frais.

Il rencontra son regard et eut la sensation très nette qu'elle n'avait aucun mal à suivre ses pensées. Les femmes comme elle avaient une longue habitude des regards masculins, et à cet égard, il ne valait pas mieux que les autres.

— Visiblement, il n'y aura pas que mes parents, ce soir, dit-elle. Il y a le pick-up de mon grand-père et les voitures de mes oncles. Mais ne t'inquiète pas. Ils sont inoffensifs, tous autant qu'ils sont. Enfin presque, ajouta-t-elle avec un sourire mutin.

Dans le cadre de son travail avec Coleman Black, Mason avait eu tout loisir de croiser plusieurs membres de la grande famille de Courtney. Et inoffensif n'était assurément pas le terme qu'il aurait employé pour les décrire…

Courtney poussa la porte puis s'écarta pour le laisser passer. À l'instant où il pénétra dans la maison, il eut l'impression d'être assailli par une meute humaine qui vint le saluer avec chaleur.

Il les connaissait déjà, bien sûr. Mais la première fois qu'il était venu à Weaver — en dehors de cette nuit mémorable qu'il avait passée avec Courtney —, c'était dans le cadre d'une mission. Il était alors chargé de protéger la femme qui était depuis devenue l'épouse d'Axel. C'était donc en tant qu'agent de Hollins-Winword qu'il avait rencontré la famille. Un rôle derrière lequel il ne pouvait pas se retrancher aujourd'hui, ce qu'il regrettait vivement. Surtout que tout le monde l'observait à la dérobée, quand ce n'était pas franchement, et, assis au milieu d'un grand canapé de cuir gris, il se sentait comme une bête curieuse exposée dans une vitrine.

— Tiens, dit Courtney en lui apportant une grosse assiette de lasagnes fumantes. J'espère que tu as faim. Ma mère a toujours la main très lourde.

Autour d'eux, les convives délaissaient la grande table pour s'installer un peu partout, en couple ou par petits groupes, leur assiette à la main, ce qui conférait une ambiance informelle et très détendue. Des enfants couraient dans la pièce et jouaient à cache-cache derrière un paravent japonais. Les frères, cousins et cousines de Courtney venaient les uns après les autres le saluer et échanger quelques mots avec eux.

Quand Rebecca apparut à son tour, elle se dirigea aussitôt vers lui. Elle était en jean et sweat-shirt et portait un bébé sur la hanche.

— Comme vous pouvez le voir, monsieur Hyde, je me suis laissée un peu déborder. Le simple dîner que je prévoyais est devenu une réunion de famille. C'est une fâcheuse manie, chez nous autres les Clay…, soupira-t-elle avant de rire.

— Pas de monsieur Hyde, s'il vous plaît. Appelez-moi Mason.

— Très bien, Mason. Et moi, c'est Rebecca.

Posant son assiette sur la table basse, Courtney tendit les bras vers le bébé.

— Donne-le-moi.

Rebecca le lui confia, et Courtney l'installa sur ses genoux. Mason était incapable de dire si c'était un garçon ou une fille…

— Je te présente Aidan, dit-elle. Le fils d'Axel. Tu joues les baby-sitters, ce soir, maman ?

— Non, répondit une autre femme en s'avançant vers eux. Elle joue les grands-tantes, c'est tout.

Mason reconnut Tara, la femme d'Axel, qui se pencha vers lui pour lui effleurer la joue de ses lèvres.

— Ça me fait vraiment plaisir de vous revoir, Mason. Même si les circonstances ne sont pas idéales pour vous, évidemment.

— Ne la laissez pas vous empêcher de manger, intervint une voix grave que Mason reconnut sans mal.

Jefferson était toujours une véritable légende dans le petit monde fermé d'Hollins-Winword, même s'il n'y travaillait plus depuis des années.

— Bonjour, Jefferson, dit Mason en lui tendant sa main valide. Comment se porte l'élevage de chevaux ?

— Pas aussi intéressant que les bovins, répondit à sa place un homme aux cheveux argentés qui le suivait en s'appuyant sur sa canne. Mais allez donc expliquer ça à mon fils…

Courtney sourit. Le ton et l'attitude bourrus de son grand-père cachaient en réalité un cœur aussi grand que le Wyoming.

— Douglas Clay, le patriarche de la famille, dit-elle. Grand-père, je te présente Mason Hyde. C'est le locataire de ma chambre d'ami, en ce moment.

— Je sais. Je ne suis pas encore sénile. Nous nous sommes rencontrés quand Axel cavalait après Tara… en s'imaginant que nous n'y voyions que du feu. Vous comptez faire la même chose avec ma petite-fille ?

— Grand-père ! se récria Courtney.

— Ne te mêle pas de ça, ma fille, dit-il sans cesser de fixer Mason. Alors ?…

— Monsieur, je peux à peine me lever pour me rendre seul aux toilettes, répondit Mason avec un sérieux affecté.

Alors il faudra attendre un moment avant que je cavale après Courtney. Si je la poursuis, ce ne sera pour l'instant que de mes assiduités.

Douglas Clay éclata de rire en frappant le sol de sa canne.

— J'aime votre franchise, Mason ! J'ai entendu dire que c'est en sauvant cette fillette que vous vous êtes retrouvé en morceaux ?

Courtney eut un léger sursaut de surprise et se tourna vers Mason dont le sourire venait soudain de disparaître.

— Une fillette ? dit-elle. Quelle fillette ?

— Elle était sur la trajectoire d'un 4x4, et il l'a poussée pour la sauver, expliqua Douglas. C'est un miracle que vous soyez encore vivant vous-même, jeune homme.

Courtney regarda Mason qui, le nez plongé dans son assiette, n'avait de toute évidence pas envie de s'étendre sur le sujet.

— Qui était-ce ? insista-t-elle. Tu la connaissais ?

— Une gamine étourdie qui traversait en dehors des clous, répondit-il en portant la dernière bouchée de lasagnes à sa bouche. Tu crois que je pourrais en avoir encore un peu ?

Consciente qu'il cherchait simplement à éluder ses questions, elle se leva. Elle le connaissait peu, mais assez tout de même pour savoir qu'il resterait muet s'il l'avait décidé. Elle irait donc plus tard faire son enquête sur internet.

Après avoir rendu son neveu à sa mère, elle prit l'assiette vide de Mason et se dirigea vers la cuisine où elle rencontra sa tante Jaimie.

— Alors ? dit celle-ci avec un sourire amusé. Qu'est-ce que j'apprends ? Tu embrasses tes patients dans les couloirs de l'hôpital, maintenant ?

Courtney en resta quelques secondes sans voix.

— Quoi ? Je… ne vois pas ce que tu veux dire…

À la première occasion, elle étriperait Wyatt de ses propres mains…

— Ah non ? insista Jaimie. Ce ne serait qu'un vilain ragot, alors ? Mais tu sais ce qu'on dit : il n'y a pas de fumée sans feu…

D'ailleurs, le feu qui embrasait ses joues à cet instant devait être un criant aveu que sa tante, visiblement, interprétait sans aucun mal.

— Encore heureux que ce n'était pas pendant ton service, ajouta Jaimie, les yeux rieurs. Au moins, je n'aurai pas à faire de rapport.

Furieuse, Courtney remplit l'assiette de Mason en se servant dans les différents plats proposés sur le comptoir puis sortit, raide, avec autant de dignité que possible malgré le regard réjoui de sa tante qu'elle sentait dans son dos. Nul doute que toute la famille serait bientôt au courant — si ce n'était pas déjà le cas.

Wyatt ne perdait rien pour attendre...

— Il faut que j'aille prendre mon service, dit-elle à Mason en lui tendant son assiette. N'oublie pas ta promesse — celle de ne rien dire de ce que tu sais, ajouta-t-elle en s'assurant que personne ne l'entendait. Et essaie de ne rien te casser d'ici mon retour.

Il acquiesça d'un hochement de tête avec un petit sourire ironique, et elle alla ensuite trouver son père afin de s'assurer qu'il ramènerait Mason chez elle.

Puis, après avoir lancé un au revoir général, elle regagna sa voiture — contre le capot de laquelle sa mère était appuyée.

— Tu as l'air de bien connaître Mason, dit-elle sans préambule.

Courtney hésita puis haussa les épaules.

— Pas tant que cela. Nous nous étions rencontrés, c'est vrai, quand il était à Weaver avec Axel pour protéger Tara. C'était il y a plusieurs années, enfin, non, peut-être pas si loin, mais...

— Tu parles pour ne rien dire, ma chérie, la coupa sa mère.

Courtney se tut aussitôt avant de reprendre plus calmement.

— Je sais qu'Axel lui fait confiance, sinon il ne m'aurait pas suggéré de l'héberger. Mais c'est un simple arrangement, maman. Mason ne voudra pas être dépendant de moi plus longtemps que nécessaire. On devrait lui retirer le plâtre de son bras d'ici un mois, puis pas très longtemps après, celui de sa jambe, et il ne sera que trop heureux de s'en aller, crois-moi.

Rebecca se redressa en soupirant.

— Mmm… Je te demande simplement d'être prudente, d'accord ?

— Je le suis toujours, tu le sais bien.

— Oui. Moi aussi, je l'étais, quand j'ai rencontré ton père.

Courtney sourit en s'installant au volant.

— Tu es sûre que c'est un exemple dissuasif ? ironisa-t-elle gentiment. Toi et papa êtes mariés depuis des décennies.

— Mais nous avons commis beaucoup d'erreurs avant d'en arriver là. C'est pour ça que j'insiste : sois prudente.

— Ne t'inquiète pas. Je sais exactement ce que j'attends de la vie, et Mason ne figure pas dans mes projets.

Rebecca n'eut pas l'air convaincue, mais elle acquiesça sans insister puis retourna vers la maison tandis que Courtney démarrait.

Son premier souci, en arrivant à l'hôpital, fut d'aller trouver Wyatt.

— Je suppose qu'un rendez-vous avec Dee Crowder ne t'intéresse pas tant que cela, finalement, dit-elle tout de go.

Il haussa les sourcils avec une surprise manifestement sincère.

— Pourquoi ? Que veux-tu dire ?

— Ne fais pas l'innocent. Tu n'as pas pu t'empêcher d'aller colporter partout ce que tu as vu.

— Moi ? Non ! Enfin… juste à Patricia. Mais elle m'avait juré de le garder pour elle.

Courtney leva les yeux au ciel. C'était exactement ainsi que les rumeurs se propageaient comme des traînées de poudre. Chacun confiait un secret avec la promesse expresse du confident de ne pas le répéter et, très vite, tout le monde était au courant.

— J'aurai de la chance si toute la ville ne m'imagine pas mariée et enceinte d'ici demain matin, marmonna-t-elle alors qu'elle passait devant la porte de la salle de repos.

— Qui est enceinte ? s'enquit Lisa Pope qui en sortit.
— Personne, répondit-elle.
Son amie l'observa avec insistance.
— Tu aurais des raisons de l'être ? Et de qui ?
Courtney secoua la tête en s'éloignant. Ce service, elle en avait la certitude, allait lui paraître interminable…

7.

Elle fut surprise, en rentrant de l'hôpital, à 7 h 10 le lendemain, de découvrir Mason déjà assis devant son ordinateur.

— Tu es matinal, commenta-t-elle, notant au passage qu'il semblait consulter un site d'informations.

— Oui. Je t'attendais même plus tôt. C'était un très long service, non ?

— Oui, mais coupé d'une heure de repos, dit-elle en bâillant. Tu as fait sortir Platon ?

— Il me l'a demandé. Je lui ai aussi donné la gamelle que tu lui avais préparée.

— D'accord. Comment prends-tu tes œufs ? Au plat ou à la coque ?

— Encore une fois, Courtney, tu n'es pas obligée de…

— Je sais, mais ça fait partie du contrat. Tu préfères peut-être des pancakes ? dit-elle en se dirigeant vers la cuisine.

Elle commençait à sortir la poêle et les œufs quand, du coin de l'œil, elle le vit s'encadrer sur le seuil. Elle ne l'avait même pas entendu la suivre.

— Et si tu allais dormir un peu avant de penser à mon déjeuner ?

— Je te l'ai dit, Mason, j'ai besoin de décompresser après un service. Et toi, tu as besoin de manger.

— C'est déjà fait. J'ai avalé le reste des lasagnes que ta mère a voulu à toute force que j'emporte hier soir. Et avant que tu le demandes, oui, j'ai pris ces fichus antibiotiques… Maintenant, va te coucher avant de te répandre comme une flaque au milieu de la cuisine.

— Je t'ai trouvé sur internet, dit-elle, espérant le distraire de son idée fixe.

— Je m'en doutais un peu. Allez, vas-y.

Attrapant ses béquilles, il se leva et commença à la pousser dans le couloir.

— Tu n'avais pas précisé que la fille que tu as sauvée était celle de Donovan McDougal. Rien de moins !

L'homme d'affaires européen qui semblait faire la pluie et le beau temps dans de multiples domaines allant de l'immobilier au spectacle en passant par les transports urbains et les communications occupait régulièrement la une des journaux.

— Je ne l'ai pas fait parce que c'était la fille d'un homme célèbre, mais parce qu'elle était en danger, c'est tout.

Il était tout près d'elle, dans son dos. Elle aurait presque pu sentir son souffle contre sa joue.

— N'empêche… McDougal prétend que ce n'était pas un accident du tout. Tu étais à Barcelone pour le protéger parce que quelqu'un en voulait à sa vie. Mais, finalement, son ennemi s'en est pris à sa fille, et tu as été le premier à comprendre ce qui se passait et à réagir avant qu'il soit trop tard.

D'après les récits de l'accident, c'était sciemment que Mason avait risqué sa vie pour la fillette en la propulsant hors du trajet du véhicule qui l'avait alors percuté avant de basculer dans un ravin. Mason, contrairement au conducteur du 4x4, avait survécu à ses innombrables blessures.

— Bien… Puisque tu connais tous les détails, maintenant, nous pouvons refermer le dossier. Et c'est à mon tour de poser les questions. Comment comptes-tu faire avec des horaires comme ceux de cette nuit quand tu auras un enfant ? Tu le mettras dans une garderie toute la journée, comme tous ces parents débordés ?

— Il y a de très bonnes garderies, se défendit-elle, agacée. Et je choisirai des horaires plus appropriés quand il le faudra.

— Ah oui ? Parce que tu peux choisir à ta guise, ou bien

parce que tu as la chance que ta mère arrange les choses pour toi ?

Furieuse, elle lui fit face. Son visage arrivait au niveau du torse de Mason, et elle respira une seconde son odeur masculine avant de reculer d'un pas.

— Ma mère ne se permettrait jamais de m'accorder le moindre privilège sous prétexte que je suis sa fille ! Et c'est vraiment mal me connaître de croire que je pourrais lui demander de le faire ! protesta-t-elle, furieuse qu'il ait pu le penser. Ce ne sont pas les postes qui manquent pour les infirmières, dans la région, et j'irai chercher ailleurs si les horaires ne me conviennent plus à l'hôpital.

Sa colère apaisée, elle lui tourna le dos pour entrer dans sa chambre.

— Je pourrai même postuler dans une école pour m'occuper des saignements de nez et des genoux couronnés.

Mason, qui l'avait suivie, passa devant elle et se pencha pour repousser la courtepointe de son lit.

— Tu aurais fait des études d'infirmière pour soigner les bobos des gamins ? dit-il d'un air de défi amusé.

À présent qu'elle était à moins d'un mètre de son lit, Courtney eut l'impression d'y être attirée comme par un puissant aimant.

— Bien sûr que non, répondit-elle après avoir ôté sa blouse.

Elle se laissa tomber sur le matelas moelleux et étreignit l'oreiller.

— Je veux aider les gens, marmonna-t-elle. Comme ma grand-mère Gloria. C'était une infirmière fantastique.

— Oui. Douglas m'a raconté hier avec quel soin elle l'a soigné après son infarctus. Maintenant, ferme les yeux, Courtney, et dors.

Elle ne se fit pas prier, s'abandonnant à la merveilleuse sensation de l'oreiller sous sa joue. Pas aussi merveilleuse, cependant, que la façon dont il avait prononcé son nom. Elle ferma donc les yeux, se rappelant qu'elle n'avait finalement dormi que quelques heures en deux jours et deux nuits.

— Tu n'as pas à t'occuper de moi, dit-elle dans un sursaut de lucidité. Ce n'est pas censé marcher dans ce sens-là, entre nous.

— Je ne le dirai à personne.

Elle le sentit qui lui ôtait la pince retenant ses cheveux puis il lui massa doucement la nuque.

— Mmm…, soupira-t-elle langoureusement. Mason ?

Il s'interrompit une seconde avant de reprendre son massage. Elle tourna légèrement la tête pour le voir.

— Tu as souvent affaire à la violence, en travaillant pour Hollins-Winword ?

Il eut une seconde d'hésitation avant de répondre.

— Oui.

— Et comment parviens-tu à dormir, la nuit ?

— Parfois, je n'y arrive pas.

Elle attendit quelques secondes, puis :

— On nous a amené une femme, ce matin ; elle venait d'avoir un accident alors qu'elle fuyait son mari qui la battait. Elle avait son enfant de trois ans avec elle.

Mason se figea derrière elle.

— Que s'est-il passé ?

— Elle avait de graves lésions internes. Son mari est arrivé quelques minutes après elle, fou furieux, et il l'aurait frappée si on ne l'avait pas immobilisé. La police est venue le chercher.

— Tu les connais ?

— Non, répondit-elle en se retournant sur le dos. Ils vivent de l'autre côté de Braden.

— Et l'accident ? Comment est-ce arrivé ?

— Sa voiture a quitté la route. Apparemment, il la poursuivait. Des témoins ont tout de suite averti la police. Nous l'avions tout juste conduite en salle d'opération quand le mari a surgi.

— Et ?

— Elle n'a pas survécu.

Elle exhala un long soupir.

— Le mari a été inculpé et le petit confié aux services sociaux en attendant de voir si une famille peut l'accueillir. Quel âge avais-tu quand tu as perdu tes parents ?

— Quatre ans.

— Que s'est-il passé ?

— À l'époque, on a dit que c'était un accident de voiture.

Elle fronça les sourcils.

— À l'époque? Parce qu'il y a une autre version ?

— Mon père a surpris ma mère avec un autre et il l'a tuée avant de retourner l'arme contre lui. J'ai fait des recherches sur les circonstances de leur mort quand j'ai été assez vieux pour ça.

— Mon Dieu, Mason..., dit-elle, atterrée, en se redressant. C'est horrible.

— Oui, mais je ne garde aucun souvenir d'eux.

— Qui s'est occupé de toi, ensuite ?

Il eut une moue désabusée.

— J'ai été promené d'une famille à l'autre. Certaines étaient super, d'autres non. Je me suis débrouillé seul dès que je l'ai pu, vers l'âge de quinze ans.

Elle secoua la tête.

— Comment un garçon de quinze ans peut-il subvenir à ses besoins ?

Il eut un léger sourire ironique.

— Pas très bien. Mais j'avais la chance de faire plus vieux que mon âge et d'être débrouillard. De plus, j'étais très doué pour mentir et j'arrivais à me faire embaucher ici et là pour des jobs qui n'exigeaient aucune qualification.

— Et l'école ?

— Ce n'est pas en suivant des cours que j'aurais pu manger à ma faim. Mais pourquoi parlons-nous de ça ? C'est du passé. Allez, dit-il en désignant l'oreiller du menton avant d'attraper ses béquilles et de se relever. Dors, maintenant.

— C'est du passé, d'accord, mais il m'intéresse, Mason. Peut-être que j'ai envie de savoir que le petit de ce matin a une meilleure chance dans la vie que ce que lui prédisent les statistiques. Que tu le veuilles ou non, tu es un héros, Mason. Tu as grandi sans parents et tu es devenu quelqu'un qui n'hésite pas à mettre sa vie en danger pour sauver celle des autres. De plus, tu as réussi à vaincre une addiction.

Il grimaça en secouant la tête.

— Je n'ai rien d'un héros, je t'assure.

— Je ne pense pas que Donovan McDougal et sa famille seraient d'accord avec toi, dit-elle en se redressant. Et je ne le suis pas non plus.

— Tu ne sais rien de moi.

— Axel a confiance en toi, sinon il ne m'aurait pas proposé de t'héberger.

— Nous avons travaillé ensemble.

— Je sais que tu as dû surmonter beaucoup d'épreuves, pas seulement en tant qu'enfant, mais aussi en tant qu'adulte, continua-t-elle.

S'approchant de lui, elle laissa courir l'index sur sa cicatrice.

— Et je sais aussi que, même si tu t'efforces de le cacher, tu as des trésors de gentillesse et de douceur en toi.

Il lui saisit le poignet pour l'éloigner de son visage.

— J'ai fini ma scolarité en prison après avoir été arrêté pour cambriolage. Pas très glorieux, n'est-ce pas ?

— Qu'est-ce que tu volais ?

— Quelle importance ?

— Ça en a pour moi.

Il haussa les épaules.

— C'était le magasin de parents adoptifs que j'avais eus ; je voulais prendre ce qu'il y avait dans la caisse avant qu'ils le déposent à la banque. Je devais être un piètre voleur parce que ce coup manqué m'a valu de passer quelques années derrière les barreaux. Mais ça a été l'occasion d'être remarqué par Cole ensuite, parce qu'il recrutait toujours ses agents dans la lie de la société, comme on dit. J'étais doué pour deviner ce que les gens avaient en tête, et j'avais l'art aussi de manipuler les situations à mon avantage. Mais pas assez, parce que certains de ceux que j'étais censé protéger ont failli perdre la vie ; quant à moi, j'y ai gagné cela, dit-il en montrant ses cicatrices. Ensuite, j'ai commencé à devenir accro aux antalgiques. Et en perdant ma femme, j'ai bien failli perdre mon job aussi.

Sa femme ? Il avait été marié ? Elle en resta un instant sans voix.

— Et… Pourquoi avais-tu besoin de l'argent que tu voulais prendre dans la caisse ?

— Pour permettre au garçon qui vivait à cette époque avec mes ex-parents adoptifs de partir très loin d'eux. Je me demande comment on peut confier des enfants à des religieux fanatiques comme eux. De vrais monstres…

— Oh ! Mason…

— Ne me prends surtout pas en pitié. Je suis un voleur, rien de plus.

— Pour sauver les autres, oui. Qu'est-il arrivé à cet enfant ?

— Comment veux-tu que je le sache ? J'étais en prison. N'essaie pas de me comprendre, Courtney. En ce qui te concerne, je suis simplement un moyen pour toi de réaliser ton rêve. Quant à moi, si je reste ici, c'est pour éviter que Cole me raye de la liste de ses agents.

Sa franchise la fit sursauter.

— Oui… Oui, bien sûr. C'est un simple marché entre nous.

Ce qu'il se faisait fort de lui rappeler sitôt qu'elle l'oubliait.

— Bien… Je vais essayer de dormir. Ne ferme pas la porte, Mason ; je veux t'entendre si tu as besoin de moi.

Désarçonné par sa froideur soudaine, Mason la dévisagea.

— J'espérais que tu plaisantais, mais non, même pas.

Il comprenait qu'elle était épuisée, et encore sous le coup de la tragédie de la nuit. Mais, surtout, elle était manifestement blessée par son rappel rien moins que subtil qu'il était chez elle parce qu'il n'avait pas le choix. Quel idiot… Comparé à lui, l'éléphant dans le magasin de porcelaine devait être un modèle de délicatesse…

— Non, dit-elle. C'est dans mon contrat.

Mason ravala un juron. À sa place, il réagirait probablement de la même manière. Il n'avait que ce qu'il méritait, songea-t-il en clopinant jusqu'à la porte.

Arrivé sur le seuil, il se retourna. Elle avait roulé sur le côté, tournée vers le mur.

— Je t'ai averti que je n'étais pas un héros, dit-il.

— Oui. Et j'ai très bien entendu, répondit-elle distinctement bien qu'elle eut la tête à demi enfouie dans son oreiller.

Il avait souhaité mettre un peu de distance entre elle et lui ? Eh bien il pouvait être heureux car il avait réussi.

Il remonta le couloir jusqu'à sa chambre et ferma la porte pour être sûr de ne pas la réveiller.

Ouvrant les yeux, Courtney perçut vaguement un bruit d'eau qui coulait. En bâillant, elle se tourna vers le réveil et découvrit avec étonnement qu'elle avait dormi huit heures d'affilée, ce que le soleil de fin d'après-midi qui entrait dans la chambre lui confirma.

Mais elle ne se sentait pas particulièrement reposée pour autant. La façon dont sa discussion avec Mason s'était terminée, la veille, avait perturbé son sommeil.

L'eau coulait toujours.

Se redressant dans son lit, elle écouta plus attentivement et, soudain, prit conscience de ce qu'elle entendait. Aussitôt, elle bondit de son lit, enfila son peignoir et courut dans le couloir. La salle de bains était fermée, mais une fine vapeur passait sous la porte.

— Mason ? appela-t-elle en frappant avec violence. Que fais-tu ? Mason !

Elle savait qu'il avait très envie d'une douche. Mais de là à en prendre une… avec ses plâtres ?

Elle cogna encore à la porte, l'imaginant déjà assommé dans la baignoire après y avoir glissé. N'y tenant plus, elle ouvrit… et fut accueillie par un nuage de vapeur qui sortait au-dessus du rideau entourant la vieille baignoire qu'elle avait achetée dans une vente aux enchères et qu'elle avait faite rémailler.

Attrapant le rideau, elle le tira brusquement, en proie à une anxiété qui lui faisait oublier toute circonspection, et se retrouva devant des fesses fermes et un dos balafré, puis un torse musclé ruisselant alors que son pensionnaire, couvert sur une bonne moitié du corps de sacs plastique, se retournait vivement.

— Bon sang, Court ! s'exclama-t-il en agrippant le rideau pour s'en protéger avec un sursaut de pudeur presque comique. Mais qu'est-ce que tu fais ?

Se sentant rougir, elle s'efforça de se rappeler qu'elle était infirmière et, qu'à ce titre, il n'était pas le premier homme qu'elle voyait nu, mais rien n'y fit.

— Ce serait plutôt à moi de te le demander.

Se penchant, elle ferma le robinet, frôlant sans le vouloir sa cuisse nue et mouillée. Tous deux frémirent, même si Mason ne pouvait pas faire grand-chose pour l'éviter étant donné qu'il se tenait sur un pied tandis que sa jambe plâtrée, emmaillotée de grands sacs-poubelles, était posée sur le bord opposé de la baignoire.

— Si tu mouilles ne serait-ce qu'un seul de ces plâtres, tu seras bon pour refaire un tour à l'hôpital, déclara-t-elle avec irritation.

D'un geste vif, elle attrapa un drap de bain épais sur le porte-serviettes.

— Tu es pire qu'un enfant, marmonna-t-elle en lui essuyant avec une vigueur dénuée de tendresse le torse et les épaules.

Il avait fixé un autre plastique avec du scotch autour de son bras et sur le bord du plâtre, et elle l'épongea en priant que l'eau ne se soit pas infiltrée dessous.

— Je tourne le dos deux minutes, et voilà le résultat…

— Je ne suis pas un enfant ! rétorqua-t-il en lui arrachant la serviette des mains.

Dans la mesure où elle était face à son mètre quatre-vingt-six nu, elle pouvait difficilement en douter…

Par ailleurs, même s'ils avaient passé une nuit ensemble, le spectacle qu'il lui offrait lui coupait le souffle. Pas seulement en raison des muscles qui sculptaient parfaitement son corps ou de l'ecchymose arc-en-ciel qui subsistait de ses côtes à son ventre, mais à cause du réseau de fines cicatrices qui lui quadrillait les épaules et le dos.

Elle ne les avait pas vues auparavant.

Leur seule nuit ensemble était gravée dans son esprit, mais ils l'avaient passée dans l'obscurité de la chambre. Mason n'avait pas voulu qu'elle allume une lampe, et devant son regard très contrarié, à cet instant, elle pensait comprendre pourquoi.

Elle se força donc à se concentrer sur son souci immédiat : que ses plâtres restent secs. D'un geste vif, elle lui reprit la serviette qu'elle lui enroula autour des hanches.

— Tiens-la en place si tu veux sauvegarder ta dignité, dit-elle.

— Quelle dignité ?

Attrapant une autre serviette sur le portant, elle essuya le plâtre de sa jambe.

— Si tu voulais tant que cela te doucher, tu aurais pu m'appeler à l'aide.

— Je ne veux pas d'aide.

— Pas d'aide du tout, ou spécifiquement la mienne ?

Sans attendre de réponse, elle se pencha au-dessus de la

baignoire pour considérer son pied chaussé lui aussi d'un sac plastique. Il était bien protégé, mais c'était un miracle que Mason n'ait pas glissé sur l'émail mouillé.

— Puisque tu as réussi à entrer dans cette baignoire, tu devrais pouvoir en sortir tout seul aussi, dit-elle en ramassant la pile de vêtements qui traînait par terre et qu'elle emporta dans la chambre — qui serait bientôt celle du bébé — pour les jeter dans le panier à linge sale.

Elle ouvrit ensuite au hasard les tiroirs de la commode pour chercher des affaires propres qu'elle posa sur le lit.

Elle attendit dix bonnes minutes avant qu'il ne la rejoigne, au cours desquelles elle dut ronger son frein pour ne pas aller lui porter assistance.

Quand il apparut enfin, la serviette était solidement fixée autour de ses hanches, même si elle s'ouvrait sur son plâtre en raison des contorsions auxquelles le forçait le maniement des béquilles.

Ses lèvres se pincèrent quand son regard se posa sur le linge qu'elle avait sorti pour lui.

— Je sais, tu détestes avoir besoin de moi, mais tu vas devoir t'y faire dans l'immédiat, dit-elle. Ou alors tu cherches quelqu'un d'autre que tu pourras supporter.

Il secoua la tête.

— Je n'ai jamais dit que je ne te supportais pas. Mais ce travail de garde-malade n'est peut-être pas assez bien payé pour le travail qu'il exige, finalement. Tu préférerais que je m'en aille ?

— Non ! s'écria-t-elle spontanément.

Elle prit une discrète inspiration, s'obligeant à rester calme et patiente.

— Ce n'est pas cela du tout, Mason. C'est juste qu'il faut encore attendre un mois pour qu'on te retire ton plâtre du bras, et quelques semaines de plus pour celui de la jambe. Si tu veux que tout se passe bien, il va falloir que tu cesses de t'opposer à moi, sinon ce séjour va devenir un vrai cauchemar pour nous deux.

Elle essuya ses mains humides sur son peignoir.

— C'est en partie ma faute, je le sais. Personne n'aime qu'on vienne fouiller dans sa vie, et je m'abstiendrai dorénavant de te poser des questions et de chercher à savoir plus que ce que tu consens à me dire. Le bon fonctionnement de notre cohabitation temporaire relève autant de ma responsabilité que de la tienne.

Mason leva son bras plâtré.

— Arrête, Courtney. Tu n'as pas à t'excuser. C'est moi, l'idiot, ici.

— Je n'ai jamais dit ça !

— Non, c'est moi qui le dis. J'ai besoin d'aide, même si je n'en ai pas envie. Mais avec toi, c'est à double tranchant — et ne fais pas semblant de ne pas comprendre.

Gênée, elle s'éclaircit la voix.

— Parce que nous… avons passé une nuit ensemble ?

— Nous avons fait bien plus que ça. Cette nuit-là a été physiquement très forte pour nous deux, tu le sais bien.

Oh oui… À cette évocation, une chaleur importune montait déjà dans son ventre.

— Et prétendre qu'il ne s'est rien passé serait stupide, ajouta-t-il. Le problème, c'est que j'ai très envie de recommencer.

Elle se félicita d'être restée assise ; ses jambes n'auraient pas pu la porter plus longtemps…

— Mais tu as programmé ton avenir, avec ce bébé et le reste, poursuivit-il en s'adossant contre le mur. Donc, il n'est pas question que toi et moi… récidivions. Ce serait une très mauvaise idée.

Courtney essaya vainement de calmer les battements sourds de son cœur.

— Une très mauvaise idée, c'est vrai, répéta-t-elle en hochant la tête pour s'en convaincre elle-même. Oui. Tu as raison.

— Maintenons notre relation dans le cadre de la stricte nécessité. Et j'essaierai d'être le moins embêtant possible, ajouta-t-il avec un petit sourire.

— Tu n'es pas embêtant. Il faut juste que nous gardions à l'esprit la raison de notre cohabitation.

— Exact.

Elle soupira, soulagée qu'ils soient parvenus à une sorte d'accord puis prit le boxer-short sur le couvre-lit.

— Prêt ?

Il s'avança vers le lit où il s'assit en soupirant.

— Ai-je le choix de ne pas l'être ? demanda-t-il avec un sourire qui démentait sa mauvaise humeur.

8.

— Alors ? demanda Lisa en venant s'asseoir près de Courtney sur le canapé de la salle de repos. Comment ça se passe avec ton « monsieur Hyde » ?

— Pas de problème, répondit-elle.

Non, pas de problème... Sinon qu'ils marchaient tous les deux sur des œufs pour s'efforcer de ne pas enfreindre les règles qu'ils s'étaient imposées. Mais d'une certaine façon, cela fonctionnait plutôt bien. Le train-train confortable qu'ils avaient adopté leur avait permis jusque-là d'éviter d'autres catastrophes. Le matin, quand elle rentrait après un service de nuit, ils prenaient leur petit déjeuner ensemble, puis elle l'aidait à se préparer pour une douche — seulement s'il le lui demandait. Ensuite, elle allait dormir tandis qu'il s'installait pour lire ou regarder un film, et s'occuper de Platon.

Le saint-bernard s'était pris d'une vive affection pour lui, et la patience que Mason avait pour lui lancer sa balle pendant des heures dans le jardin n'y était sûrement pas étrangère.

Elle allait ensuite courir pendant trois quarts d'heure, rentrait se doucher et préparer le repas qu'ils prenaient ensemble de nouveau puis repartait travailler.

Une routine bien huilée, même s'il était évident que le moindre écart pourrait faire tout basculer.

Par ailleurs, elle avait enfin arrêté son choix sur un donneur. Le numéro 37892... Elle avait donc pris un rendez-vous dans quelques semaines avec sa belle-sœur, Mallory, à qui elle comptait demander si elle acceptait d'être son obstétricienne et de l'aider à mettre son plan à exécution.

Jusqu'à présent, seul Mason était au courant de son projet. Projet qu'ils prenaient bien soin, elle et lui, de ne pas aborder, de même qu'ils maintenaient leurs discussions sur des sujets résolument neutres.

— Tu ne vas pas me faire croire qu'il ne cherche pas à te draguer, même un petit peu ? insista Lisa. Tu es célibataire, lui aussi, vous vivez sous le même toit, et il est de notoriété publique, du moins à l'hôpital, que vous vous embrassiez dans le couloir quand il est venu faire ses radios.

Courtney eut un petit sourire un rien crispé.

— Oui, mais c'était il y a un mois.

— Mmm... Alors que faites-vous pendant toutes ces heures que vous passez ensemble ? Et n'essaie pas de me faire croire que vous jouez au scrabble !

— Pas de danger, j'ai horreur de ça. D'ailleurs, nous n'avons pas trop l'occasion de rester ensemble. Avec mes horaires de nuit, nous ne faisons la plupart du temps que nous croiser.

Elle regarda sa montre ; les aiguilles lui parurent avancer au ralenti.

— Je dois bientôt l'amener ici pour que le Dr Jackman lui ôte son plâtre du bras... Tu crois qu'il va neiger ? demanda-t-elle en se tournant vers la baie vitrée.

— J'espère que ça attendra après Halloween, en tout cas, répondit Lisa. Annie sera déçue si elle doit cacher son costume sous un manteau.

Courtney sourit à l'évocation de l'adorable fillette de six ans.

— J'imagine, oui.

— Tu vas y aller ? s'enquit Lisa, évoquant la grande fête que la ville organisait tous les ans dans le gymnase de l'école.

Courtney devait travailler le soir d'Halloween, mais pas celui du festival.

— Je n'y ai pas réfléchi...

Ce qui était faux. À vrai dire, elle ne faisait que cela en se demandant si elle devait en parler à Mason, et maintenant, à une semaine seulement de l'événement, la question se faisait pressante. À force de tergiverser et de temporiser, elle allait bientôt devoir le mettre en demeure de choisir dans l'heure…

Ce serait une manière pour lui de briser la monotonie de sa convalescence. Et s'il n'était pas intéressé, cela importait peu. Elle irait sans lui, de toute façon, car elle avait promis à sa nièce Chloé qu'elle passerait.

— Il faut que je te laisse, dit-elle en se levant. J'ai un patient qui doit sortir de sa séance de rééducation d'ici deux minutes…

Il faisait encore nuit quand elle rentra la voiture dans le garage, deux heures plus tard. Mason, comme d'habitude, avait allumé la lampe éclairant les trois marches du perron.

Platon l'attendait, gémissant d'impatience, et elle lâcha son sac pour s'accroupir devant le gros chien en riant alors qu'elle s'efforçait d'éviter ses grands coups de langue. Le prenant par le cou, elle enfouit la tête dans son épaisse fourrure et resta ainsi pendant quelques secondes de plaisir partagé. Toutefois, dès qu'elle se releva, Platon retourna s'installer sur le lit de Mason.

Elle remarqua le rouleau de scotch posé bien en évidence sur le comptoir dès qu'elle entra dans la cuisine après être allée se changer, et sourit. Le message était clair : Mason n'attendrait pas un jour de plus pour prendre une douche.

Là aussi, ils avaient mis un système au point. Son rôle à elle était de rester de l'autre côté du rideau fermé, de lui verser du shampooing dans la main quand il en avait besoin, de lui porter assistance lorsqu'il le lui demandait et, surtout, de ne rien laisser paraître de son anxiété.

Y penser suffisait à la rendre nerveuse. En soupirant, elle saisit le sandwich posé en évidence sur une assiette à son intention — Mason avait aussi pris l'habitude de le lui préparer — et alla s'asseoir devant son ordinateur.

Le logo du site apparut et, automatiquement, elle fit apparaître la page du donneur qu'elle avait choisi.

— Bonjour, 37892, murmura-t-elle. Comment vas-tu, ce matin ? Nous allons bientôt faire un bébé, tous les deux.

Cependant, l'excitation qu'elle avait éprouvée au début de ses recherches s'était quelque peu émoussée. Les problèmes que Mason, avec sa manie de jouer l'avocat du diable, avait évoqués n'étaient pas nouveaux pour elle, mais elle se rendait compte qu'elle les envisageait plus sérieusement. En l'occurrence, elle avait toujours plus de mal à garder en tête que l'important était de devenir mère, et non la méthode employée pour y parvenir.

Dix minutes plus tard, un cliquetis de griffes sur le parquet du couloir annonça l'arrivée de Platon qui vint poser sa grosse tête sur sa cuisse.

— Qu'y a-t-il, Platon ? demanda-t-elle distraitement. Tu as un problème ?

Le chien repartit vers le couloir et s'arrêta pour se tourner vers elle en gémissant.

Intriguée, elle le suivit en allumant la lumière du couloir.

La chambre de Mason était plongée dans l'obscurité, mais elle pouvait distinguer sa silhouette sur le lit.

— Mason ? murmura-t-elle. Ça va ?

Comme il ne répondait pas, elle glissa la main sous le collier de Platon pour l'entraîner.

— Viens. On va le laisser dormir.

— Attends.

Elle se figea sur le seuil de la pièce. La voix de Mason était anormalement faible. Aussitôt alarmée, elle retourna auprès de lui. Il avait les yeux ouverts.

— Mason ? Que se passe-t-il ?

— Mon dos, dit-il, les dents serrées. Des spasmes.

Elle posa une main sur son épaule. Ses muscles étaient si tendus qu'elle eut l'impression de toucher un roc.

— Il y a longtemps que ça a commencé ?

— Oui. Des heures… Bon sang !

— Peux-tu te retourner ? Je pourrais essayer de te masser.

— Je ne crois pas pouvoir bouger.

Elle imaginait sans mal l'effort que cet aveu lui coûtait.

— Je peux t'aider, si tu le souhaites.

— Au point où j'en suis, tu pourrais aussi bien m'assommer à coups de marteau, je m'en moque.

Après s'être déchaussée, elle posa un genou sur le lit et lui ôta précautionneusement l'oreiller.

— Je vais lever lentement ton bras au-dessus de ta tête, d'accord ?

Elle positionna le plâtre là où elle le voulait puis, comme il ne semblait pas trop souffrir, elle glissa une main sous la cuisse de sa jambe plâtrée et l'autre sous ses épaules. Normalement, elle aurait tourné Mason vers elle, mais il était trop près du bord, et elle n'aurait plus de place pour elle. Aussi le fit-elle basculer lentement de l'autre côté.

— Ça va ? demanda-t-elle. Tu supportes ?

— Ce n'est pas pire, en tout cas. Voilà ce qu'on gagne à jeter ces fichus cachets dans les toilettes.

— Ils n'auraient pas empêché les spasmes musculaires.

— Peut-être, mais j'aurais moins souffert.

Elle monta sur le lit en s'efforçant de le faire bouger le moins possible et s'agenouilla au niveau de sa hanche.

— Ça ira ? insista-t-elle. Tu es suffisamment bien installé ?

— Je survivrai.

— D'accord. Où est la douleur, exactement ?

— Partout. Pour m'en débarrasser, il va falloir que tu aies recours au vaudou ou que tu me tires une balle dans la tête, marmonna-t-il.

— Je vois.

Elle posa les mains sur le bas de son dos.

— Je suppose que ça t'ennuierait que je découpe ton T-shirt ?

— Et puis quoi, encore ? Il est tout neuf.

— D'accord.

Très doucement, elle lui explora le dos et découvrit sans mal le muscle contracté, dur comme du bois sous ses doigts. Mason étouffa un juron et se raidit quand elle commença à exercer de légères pressions autour.

— Ce serait vraiment plus facile sans le T-shirt, insista-t-elle.

Et avec une lotion. Tes cicatrices ne me gênent pas, si c'est ce qui t'ennuie. Je suis infirmière, au cas où tu l'aurais oublié.

— Mon ex aussi. Et elle ne les supportait pas.

Cette confidence la surprit au point qu'elle s'immobilisa un instant. À part cette fois où il avait mentionné avoir été marié, il n'y avait jamais refait allusion, et malgré sa curiosité, elle n'avait pas osé lui poser des questions qui auraient risqué d'outrepasser les limites de leurs accords tacites.

— Je ne suis pas ton ex, dit-elle calmement.

— J'ai cru m'en rendre compte, oui.

Elle ferma les yeux une seconde, ne sachant comment interpréter son commentaire.

— Ce genre de chose, je veux dire les spasmes, t'arrive souvent ? s'enquit-elle.

Elle le sentait qui respirait avec précaution tandis qu'elle continuait de dénouer les contractions.

— Quand je reste allongé trop longtemps. Et si je ne fais pas assez d'exercice.

— Quel genre d'exercice ?

— La chasse aux truands, aux voleurs, aux kidnappeurs…

Quand il ne se faisait pas renverser par eux, songea-t-elle. Elle jugea plus prudent de changer de sujet.

— J'ai confirmé ton rendez-vous après-demain pour te faire ôter ton plâtre du bras.

— Tant mieux.

Progressivement, elle appliquait un peu plus de pression dans ses doigts.

— Si tu as envie de te changer les idées, le festival de Weaver est samedi prochain. En fait, c'est le carnaval d'Halloween, mais il y a un grand festin, de la musique, un bal…

— Axel m'en a parlé.

Évidemment. La femme de son cousin faisait partie des commerçants qui sponsorisaient l'événement.

— Tu vas de nouveau tenir un stand où les hommes pourront t'embrasser ? demanda-t-il.

— Non ! C'était juste cette fois-là, afin d'obtenir un peu d'argent pour l'école.

— Si ma mémoire n'exagère pas le monde qu'il y avait devant ton stand, tu as dû récolter une petite fortune.

C'était le cas, mais elle avait aussi eu droit à quelques remontrances de sa famille.

— Pas seulement moi. Toute la fête a été une réussite.

— Mais ce week-end, ce ne sera pas la même chose.

— Non. C'est juste une fête. Les gens se déguisent s'ils le veulent. Tu veux venir ?

— Tu vas te costumer, toi ?

— Je ne sais pas encore.

— Tu devrais te costumer en ange, murmura-t-il. Mon dos est déjà bien moins douloureux.

Elle sourit.

— Ce n'est pas pour autant que je suis un ange.

— Il faut en être un pour me supporter.

— N'exagère pas. Tu n'es pas si épouvantable, dit-elle d'un ton léger, consciente qu'il avait éludé sa question.

Sans doute devait-elle en déduire que ce genre de fête ne l'intéressait pas.

— Pourquoi m'as-tu invité à venir chez toi, ce soir-là ? s'enquit-il, la prenant au dépourvu.

— Pourquoi y être venu ?

— Je suis un homme…, ironisa-t-il.

— Et je suis une femme. Que crois-tu ? Que les hommes ont le monopole du désir ?

— En tout cas, tu n'avais pas envie d'être enceinte, à l'époque. Nous avons utilisé des préservatifs.

Elle avait la sensation d'avoir les joues en feu.

— Non, un bébé n'avait pas encore sa place dans mes projets.

— Et ton frère n'était toujours pas rentré, à ce moment-là, je crois ?

— Non, c'est vrai, répondit-elle, s'efforçant de se concentrer sur les massages.

— Et puis il rentre, et soudain, tu décides d'avoir un enfant.

— Ce n'est pas vraiment ça. Mais j'avoue que son retour m'a confortée dans l'idée qu'on ne devait pas remettre à plus tard ce que l'on souhaite vraiment.

Le T-shirt la gênait, et elle avait de plus en plus envie de le lui arracher. Pas seulement parce qu'il entravait son massage, mais parce qu'elle éprouvait le besoin de toucher sa peau.

Comme s'il avait perçu ses pensées, il se retourna sur le dos, lui prouvant ainsi non seulement qu'elle était parvenue à apaiser ses spasmes, mais qu'il avait également recouvré un peu de son agilité au cours des semaines passées.

Ce qui rendait son rôle auprès de lui de moins en moins utile.

— Tu as l'air de te sentir bien mieux, commenta-t-elle en posant les pieds par terre.

Mais la main de Mason se referma sur son poignet alors qu'elle s'apprêtait à s'écarter du lit. Elle se figea, le cœur battant soudain plus fort.

— Qu'y a-t-il ? demanda-t-elle.

— Rien. Je voulais juste… te remercier.

— De rien. C'est mon travail.

— Courtney… Dis-moi franchement : tu as hâte que je m'en aille pour transformer cette pièce en chambre d'enfant ?

Il lui suffisait d'acquiescer. Qu'y avait-il de si difficile à cela ?

— Hâte d'installer la chambre d'enfant ? Oui. Hâte que tu t'en ailles ? Bizarrement, non.

Avant d'en dire trop, ce qu'elle venait déjà de faire, elle tourna les talons et ressortit de la pièce pour aller se réfugier dans sa chambre.

Elle en refermait la porte quand elle vit une petite boîte enveloppée dans du papier d'emballage ordinaire et posée sur son lit. Intriguée, elle la prit et la retourna dans ses mains. Pas d'étiquette, pas de tampon, rien. Elle ôta le Scotch, découvrit une boîte blanche, sans rien qui puisse là non plus en indiquer l'origine.

Lentement, elle souleva le couvercle et, sentant ses jambes

céder sous elle, elle s'assit pesamment sur le lit, les yeux fixés sur le hochet en argent niché au creux d'un petit lit de satin rose sombre.

Le prenant entre ses doigts tremblants, elle vit alors l'inscription qui y était gravée :

« Pour le petit ange de maman ».

Les larmes lui montèrent aux yeux et, sans réfléchir, elle courut jusqu'à la chambre de Mason puis, hochet toujours à la main, s'assit sur le lit à côté de lui.

— Même si c'est une très mauvaise idée, je m'en moque, dit-elle en se penchant vers lui pour presser ses lèvres sur les siennes.

Un feu d'artifice aurait aussi bien pu éclater sous ses paupières closes quand il répondit à son baiser. Puis, comme elle allait se redresser, ce fut lui qui, enfouissant une main dans ses cheveux, l'attira de nouveau contre lui.

Le hochet glissa de ses doigts alors qu'elle gémissait sous la force des sensations qui déferlaient dans tout son corps. Se faisant violence, elle posa les mains à plat sur son torse pour le repousser doucement.

— Dis-moi ce que je dois faire, Mason, murmura-t-elle. Tu veux me tenir à distance, mais tu m'offres ça, alors que tu n'es même pas d'accord avec mon projet.

— Tu as inscrit un hochet sur ton bon de commande.

— Parce que tu as espionné les sites que j'ai consultés sur le Web, en plus ? dit-elle, l'air faussement sévère. Et tu ne crains pas de me l'avouer avec ce cadeau !

— C'est juste une babiole, dit-il d'un air presque innocent. Et ce n'est pas de l'espionnage étant donné que tu ne fermes jamais les fenêtres de tes recherches.

Il avait toujours les doigts enfouis dans ses cheveux, et elle posa le front sur son menton en soupirant.

— Je n'attends rien en retour, tu sais, ajouta-t-il.

— Même pas que je me jette de nouveau dans tes bras ?

— Tu ne t'es jamais jetée dans mes bras.

— Comment appelles-tu ça, alors ?

Il lui caressait doucement la nuque, ce qui la perturbait fortement.

— Une nuit miraculeuse, répondit-il à voix basse.

Courtney sentit sa gorge se serrer.

— Méfie-toi, Mason… Je finirai par croire que tu es un incurable romantique.

— Et par voir au-delà d'un visage dur qui fait peur aux enfants ?

Il ne plaisantait pas, et elle eut mal pour lui.

— Je ne pense pas que ce soient les cicatrices qui effraient, répondit-elle en laissant courir le bout de son index sur la balafre irrégulière qui lui barrait la joue. C'est ton expression sévère. Mais tu m'as souri quand tu as payé pour ton baiser…

Et elle avait craqué. Toutefois il ne souriait pas, à cet instant. Son regard exprimait plutôt les regrets.

— Tu devrais te coucher, dit-il en lui prenant la main.

Elle haussa les sourcils.

— Quelque chose me dit que ce n'est pas une invitation…

Sans attendre l'évidente réponse, elle se laissa glisser du lit pour ramasser le hochet.

— C'est un merveilleux cadeau, Mason. Mais bien trop coûteux.

— C'est un cadeau, Court. Tu n'es pas censée t'occuper du prix.

— Mais…

— J'ai les moyens de te l'offrir, O.K. ? Ce n'est pas parce que je suis au chômage forcé en ce moment que mon compte en banque est vide.

— Ce n'est pas ce que je voulais dire.

Elle secoua la tête.

— On efface tout, et je recommence : merci, Mason, pour ce cadeau qui me touche énormément. Il me sera toujours très cher.

— Tu veux dire qu'il le sera pour le bébé.

Elle eut un petit sourire triste.

— Non. Pour moi.

Avant de trop se dévoiler, elle quitta la pièce puis referma la porte, le hochet pressé contre son cœur.

9.

— Qu'est-ce qui te tracasse, Courtney ? demanda Mason dans la voiture alors que tous deux rentraient chez elle.

Courtney tourna brièvement la tête vers lui. La fête, au gymnase, avait été aussi réussie que les précédentes. Elle avait été très heureuse que Mason accepte d'y participer, et, sur l'insistance de Tara, il avait même dansé avec elle malgré sa jambe plâtrée. De son côté, elle avait poussé Wyatt à aller inviter Dee qu'il dévorait des yeux sans oser le faire, et tous deux, ensuite, ne s'étaient plus quittés pendant le reste de la soirée.

Cependant, Mason, sans le dire, avait bientôt manifesté des signes de fatigue qui n'avaient pas échappé à Courtney, laquelle avait pris la décision d'écourter leur présence et de rentrer. Elle était d'autant plus prête à le faire qu'elle avait eu toutes les peines du monde, pendant presque trois heures, à esquiver les interrogatoires en règle auxquels ses frères, ses belles-sœurs et ses amis tentaient de la soumettre. Les hypothèses et scénarios fantaisistes allaient bon train dans la famille qui, c'était évident, voulait à toute force voir l'ébauche d'une belle histoire d'amour entre elle et son pensionnaire. Ce qu'elle avait démenti avec force — de toute évidence en pure perte.

— Rien, répliqua-t-elle.

— Allez, je commence à bien te connaître, et tu as ta mine des mauvais jours. Autant te libérer tout de suite de ce qui te préoccupe plutôt que de le ressasser en silence.

Elle hésita puis se rangea à son avis. Se connaissant, elle risquait de ne pas dormir de la nuit…

— J'ai discuté avec Axel.

— Et… ?

— Et il voulait savoir ce qui se passait entre nous. Il refusait de me croire quand je lui disais qu'il n'y avait rien, et il a fini par me dire qu'il t'avait conduit à la pharmacie et que tu avais acheté des préservatifs.

— Et alors ? C'est ça qui t'ennuie ?

Ses mains se crispèrent sur le volant.

— Pourquoi en as-tu besoin, Mason ?

— Parce que je n'en ai pas trouvé chez toi.

— Ah… Parce que tu as fouillé ?

— Oui.

Il répondait avec un tel calme qu'elle en était presque désarçonnée.

— Que comptes-tu en faire ? insista-t-elle.

Même à la faible lumière du tableau de bord, elle put voir son haussement de sourcils ironique.

— Pas des ballons pour les enfants, en tout cas, répondit-il, moqueur.

— Et avec qui vas-tu les utiliser ?

Comme il ne répondait pas, elle s'impatienta.

— Franchement, Mason, je ne sais pas quoi penser, et…

— Avec toi.

Elle s'interrompit net et tourna la tête vers lui.

— Du moins, je les ai achetés à cause de toi, rectifia-t-il. Parce que j'ignore les limites de mon self-control, Courtney. Et puis comment l'a-t-il su, d'abord ? J'y suis entré seul, dans cette pharmacie.

— Bienvenue à Weaver, Mason… On ne peut rien faire ici sans que quelqu'un le remarque et le partage avec toute la ville.

— Charmant…, commenta-t-il en soupirant.

— Mais tu ne voulais pas que nous… gardions nos distances ?

— Si, mais il ne suffit pas de le dire. Il faut encore le faire. Or je ne suis pas certain d'en avoir la force. Et si je craque, eh bien… je veux limiter les dégâts.

Elle resta un instant silencieuse avant de reprendre :

— Ce ne serait pas plutôt par peur que je te tende un piège pour que tu me fasses un enfant ?

— Ce n'est pas ce que j'ai dit.

— Mais c'est vrai tout de même, non ? insista-t-elle tandis que ses doigts se crispaient sur le volant.

Elle l'entendit soupirer de nouveau.

— J'ai du mal à croire qu'on ne peut rien faire sans que toute la ville le sache, ici.

C'était une réponse très indirecte, mais qu'elle n'eut malgré tout aucune peine à interpréter. De toute façon, elle avait déjà compris.

— Peut-être que j'ai changé d'avis aussi. Peut-être que je n'ai pas envie de refaire l'amour avec toi, finalement.

— Alors nous ne le ferons pas.

C'était dit si facilement. Comme si, pour lui, cela n'avait aucune importance.

Une boule se logea dans sa gorge, et ce fut en silence qu'ils finirent le trajet jusqu'à la maison. Il descendit de la voiture avant qu'elle ne la mette au garage, et quand elle rentra à son tour, il avait déjà disparu dans sa chambre. Elle ne vit pas Platon qui, c'était cette fois évident, était résolument passé dans le camp de l'ennemi.

Par acquit de conscience, elle remonta tout de même le couloir sur la pointe des pieds jusqu'à sa chambre.

Mason l'attendait, adossé au mur. Platon était assis à ses pieds, presque appuyé contre son plâtre.

Parce que cela lui était plus facile, elle s'adressa au gros chien.

— Tu as oublié qui te prépare tes pâtées ? dit-elle alors que le saint-bernard lui léchait la main.

— Il ne t'est pas infidèle, intervint Mason. Il me tolère parce que j'ai une patience d'ange pour lui lancer sa balle.

Elle ne put s'empêcher de sourire quand Platon, comme pour se faire pardonner, roula sur le dos en lui présentant son ventre pour qu'elle le caresse.

— Je ne pense pas qu'il se contente de te tolérer. Tu vas lui manquer quand tu repartiras.

— Est-ce pour nous rappeler à tous les deux que notre cohabitation ne sera pas éternelle que tu dis cela ?

— Je n'ai pas besoin de pense-bête. Je suis tout à fait consciente que tu dois repartir, et que le fait que tu achètes une boîte de préservatifs n'y change rien.

Elle releva soudain la tête.

— D'ailleurs, qui te dit que ce n'est pas ce que je souhaite, moi aussi ? Après tout, nous pouvons prendre du plaisir et nous quitter sans regret, non ?

Il esquissa un sourire.

— Je te parie ce que tu veux que cela ne marche pas de cette manière pour toi.

Il avait raison, mais elle n'avait aucune envie de lui donner la satisfaction de l'avouer.

— Je t'ai déjà dit que je ne cherchais pas un mari, et pas davantage un père pour mon enfant. Le 37892 me suffit. C'est le numéro du donneur que j'ai choisi, ajouta-t-elle devant son regard interrogateur.

— Tu t'en tiens vraiment à cette méthode, alors ?

— Pourquoi pas ? J'ai les moyens et je suis suffisamment responsable pour élever un enfant seule. De plus, j'ai une famille fantastique pour me donner un coup de main si j'en ai besoin. Oh bon sang, Mason, arrête de t'inquiéter pour moi ! J'ai pris la décision bien avant que tu resurgisses dans ma vie. En fait, c'est depuis que je me suis rendu compte qu'on ne doit jamais remettre à demain ce qu'on peut faire le jour même parce qu'on ne sait jamais ce qui peut arriver. D'ailleurs, tu en es un parfait exemple.

— Moi ?

— Oui, toi. Tu aurais pu être tué par ce SUV. Et il y a sûrement des choses que tu aurais regretté de ne jamais avoir pu faire si tu n'avais pas eu la chance de survivre, non ?

Comme il gardait une expression impassible, elle soupira.

— Ah, c'est vrai, j'avais oublié que tu t'interdis toute émotion et tout sentiment. Seul ton job t'intéresse.

— Mon job était… est la seule chose que je sache faire. Il ne m'a jamais trahi. Et je ne l'ai jamais trahi.

— Alors qui as-tu trahi, Mason ? Ton ex-femme ? Celle qui n'aimait pas tes cicatrices ? Celle qui n'a pas attendu de te voir surmonter ton addiction aux antalgiques ?

— Ne perds pas ton temps à m'analyser, Courtney.

— Et ne perds pas le tien à vouloir me convaincre d'attendre le prince charmant pour réaliser mon rêve, rétorqua-t-elle. Je vis à Weaver, Mason. Je connais pratiquement tous les hommes de cette ville, et s'il y en avait un capable de me donner des palpitations, je le saurais.

— Il n'y a pas que Weaver, dans le monde.

— Tu crois peut-être que je l'ignore ? J'ai vécu à Cheyenne, j'ai parcouru les États-Unis avec mes parents et voyagé en Europe avec une amie. Mais j'ai choisi Weaver, là où se trouvent ma famille et mes amis. Eux sont tous mariés, avec des enfants, alors je ne désespère pas. Un jour, moi aussi, je serai comme eux.

Elle retint son souffle dans l'attente — dans l'espoir — qu'il dise quelque chose. N'importe quoi… Mais il resta muet. Seule sa main se crispa sur sa béquille, et un petit muscle tressaillit dans sa mâchoire.

Son silence lui fit mal. Rassemblant son courage, elle s'écarta de lui.

— Il est tard, dit-elle d'une voix rauque. Je vais me coucher.

Elle s'abstint de lui demander s'il avait besoin de quelque chose avant de sortir. Elle savait que, même si c'était le cas, il ne lui dirait rien.

10.

Elle était sortie avec le Dr Flannery.

Après avoir clamé sur tous les tons qu'aucun homme ne l'intéressait à Weaver, elle avait mis sa courte petite robe noire, s'était maquillée avec soin, puis était montée dans la voiture de sport du médecin qui l'avait emmenée Dieu seul savait où.

Il était près de minuit, et Mason ne tenait pas en place. Que pouvaient-ils bien faire, depuis quatre heures qu'ils étaient partis ?

Sans doute ce que lui-même avait envie de faire depuis qu'il avait revu Courtney. Et ce qui l'avait poussé à acheter des préservatifs — pour le cas où…

Le pire était qu'il n'avait pas manqué d'occasions pour les utiliser. Il y avait eu, entre autres, le jour du hochet, où il l'avait tenue dans ses bras. Et le soir d'Halloween, où elle avait appris la nature de ses emplettes à la pharmacie…

Soupirant, il se passa une main dans les cheveux. Il n'était pas encore habitué à la sensation de ne plus avoir le plâtre qu'on lui avait retiré huit jours auparavant. Son bras, plus maigre et plus blanc que l'autre, lui donnait l'impression d'être un élément rajouté.

— Où sont-ils, Platon ? demanda-t-il au chien qui, assis sur le canapé à côté de lui, remua mollement la queue. Oui, je sais, cela ne me regarde pas, et c'est ce qu'elle ne manquerait pas de me dire.

Attrapant sa béquille, il se releva avec l'intention d'aller dans la cuisine, mais changea d'avis en passant devant l'ordinateur dont il agita la souris. Le fond d'écran disparut, cédant la place à la page consacrée au numéro 37892.

Un mètre soixante-dix-huit. Quatre-vingt-deux kilos. Cheveux bruns raides. Yeux verts. Avocat.

— Encore un de ces phraseurs prétentieux, marmonna-t-il en claudiquant vers la cuisine.

Courtney lui avait laissé son repas qu'elle avait déjà glissé dans le four à micro-ondes, et il n'avait plus qu'à presser le bouton. Elle prenait son rôle très au sérieux. À telle enseigne qu'à son retour — si elle rentrait — elle vérifierait qu'il avait mangé. Dans le cas contraire, elle voudrait qu'il lui fournisse des explications.

Aussi, même sans le moindre appétit, avala-t-il son repas debout devant le comptoir avant de rincer son assiette qu'il glissa dans le lave-vaisselle. Il rejoignit ensuite Platon qui quémanda quelques caresses avant de se rasseoir près de lui sur le canapé et de poser la tête sur sa cuisse.

— Il n'y a plus qu'à s'armer de patience, mon vieux, dit Mason avec un profond soupir que le chien imita aussitôt

Courtney n'était pas très fière d'elle alors qu'elle poussait la porte de la maison. Pierce Flannery venait de la raccompagner après qu'elle eut refusé de prendre un dernier verre avec lui. En fait, pour être honnête, si elle avait enfin accepté son invitation, c'était dans l'unique espoir de faire réagir Mason. Maintenant, elle se sentait d'autant plus coupable que Pierce s'était révélé d'une compagnie très agréable, et qu'il n'avait à aucun moment insisté, lui laissant pour finir le choix de le rappeler si elle changeait d'avis…

Pieds nus, en jean et T-shirt gris, Mason l'attendait à la porte du salon contre laquelle il était appuyé, et rien que de le regarder, elle en eut le cœur comme chaviré.

— C'est ta faute ! marmonna-t-elle en jetant son sac et son manteau sur une chaise. Pierce Flannery est un homme très correct et très gentil, et je ne serais pas sortie avec lui si tu ne m'y avais pas poussée !

— S'il est si gentil que ça, pourquoi es-tu furieuse ?

— Parce que je ne veux pas d'un homme gentil ! s'écria-t-elle, haussant le ton. C'est toi que je veux !

Et voilà, c'était dit, et elle s'en voulait d'avoir laissé échapper cet aveu tout autant qu'elle lui en voulait de… d'être là à la regarder en silence. Encore heureux, il ne se moquait pas d'elle.

— Tu as acheté ces fichus préservatifs, mais si nous les utilisions, tu finirais par te le reprocher. Même si j'ai très envie de toi, je ne veux pas rajouter une raison à toutes celles que tu as déjà de le faire.

Il secoua la tête en soupirant.

— Tu mérites plus que ce que je pourrai jamais t'offrir, Courtney.

Sa contrariété s'atténua, remplacée par quelque chose de bien plus dangereux. Un sentiment qui essayait de se frayer un chemin dans son cœur depuis des semaines, et qui, si elle le laissait émerger, menacerait de balayer toute logique et toute raison — il lui ferait en l'occurrence oublier que la présence de Mason chez elle n'était que temporaire…

— Je suis adulte, dit-elle. Et assez grande pour décider moi-même de ce que je mérite ou non. Et de ce que je veux.

Elle s'avança vers lui d'un pas assuré.

— Aurais-tu oublié que je suis une femme, Mason ? Que je ne suis pas plus une petite fille que tu n'es un petit garçon ?

Le regard vert de Mason parut devenir presque métallique.

— Aucun risque, mais méfie-toi, Courtney. Tu joues avec le feu, en ce moment.

Le fait qu'elle puisse l'exciter la rendit d'autant plus audacieuse. Elle s'approcha davantage encore de lui, si près qu'elle sentait sa chaleur.

— Si ce n'était pas ton problème, pourquoi serais-tu entré dans cette pharmacie, Mason ? Pourquoi voudrais-tu être prêt ?

— Parce que j'ai le sens des réalités, et que j'ai l'habitude de parer à toutes les éventualités. Et je ne peux pas rester longtemps avec toi sans avoir envie de te faire l'amour, même si mon bon sens me crie que ce n'est pas du tout conseillé.

Sa réponse, à défaut d'être romantique, avait le mérite d'être honnête.

Rassemblant son courage, elle s'humecta les lèvres et fit un pas vers lui.

— Et en ce moment, là, tout de suite, tu as envie de me faire l'amour ?

Les mâchoires de Mason se crispèrent.

— Ne pose pas des questions idiotes.

Ignorant les battements sourds de son cœur, elle choisit d'aller au bout de son défi.

— Et si je te demandais de me faire l'amour, Mason ? Maintenant.

— Courtney…

— Tu veux bien ? insista-t-elle.

— Oh bon sang, Court…

L'attirant soudain contre lui, il s'empara de ses lèvres, et elle s'abandonna à son baiser avec un gémissement de plaisir et de soulagement mêlés. Mais sa béquille tomba sur le parquet du couloir, les faisant sursauter.

— Ça ne va pas être facile, dit-il contre sa bouche.

— Tant que nous sommes debout, non, mais je connais une excellente solution au problème…

Après lui avoir redonné sa béquille, elle lui prit la main pour l'entraîner vers sa chambre.

Arrivée devant le lit, elle posa les mains à plat sur son torse puis elle les glissa sous son T-shirt qu'elle l'aida à ôter. Quand le reste de ses vêtements, ainsi que les siens, jonchèrent le sol, elle enfouit les doigts dans ses cheveux épais pour l'attirer contre elle. Ils s'embrassèrent encore, et elle gémit en sentant l'évidence de son désir, aussi fort que celui qui brûlait au creux de son ventre quand elle se pressa contre lui.

Puis ils basculèrent sur le lit… et le monde se mit à tourner plus vite.

Ce fut comme si tout le temps écoulé entre la première fois et cet instant n'avait jamais existé. Comme s'ils poursuivaient ces moments intenses sans que rien ne soit jamais venu les interrompre.

Leurs mains redécouvraient d'elles-mêmes tous les endroits secrets qui n'attendaient que d'être éveillés de nouveau. Leurs bouches se cherchaient, se trouvaient, réapprenaient le goût de la peau, la jouissance du baiser…

Une infime partie de l'esprit de Courtney, toutefois, refusait de basculer tout à fait. Malgré la tyrannie de son désir, elle savait qu'elle ne pouvait se permettre de s'abandonner totalement à lui.

— Attends, dit-elle en se faisant violence pour l'arrêter alors que, du bout de la langue, il traçait des arabesques sur ses seins puis sur son ventre. Les préservatifs… Ils sont dans ta chambre ?

Visiblement à contrecœur, il se pencha pour attraper son jean et sortit d'une poche la petite boîte qu'il jeta sur la table de nuit avant de se soulever sur ses bras tendus au-dessus d'elle.

— Je ne veux pas te faire mal, dit-il. Avec le plâtre…

— Pas de problème, murmura-t-elle en le poussant afin qu'il se retourne sur le dos.

Ils s'embrassèrent encore, avides l'un de l'autre, et comme incapables d'assouvir le besoin qu'ils avaient de prendre et de se donner ce plaisir qui flambait toujours plus entre eux.

Quand ils furent incapables de contenir plus longtemps l'exigence impérieuse de leurs corps, Courtney s'assit à califourchon sur lui et tous deux gémirent lorsque, enfin, ils s'unirent, ne faisant plus qu'un dans ce tourbillon d'étourdissantes sensations et de plaisir vertigineux dont ils redescendirent une éternité plus tard, le cœur battant et les yeux pleins d'étoiles…

La boîte de préservatifs était toujours sur la table de nuit.

Intacte.

Mason se traita de tous les noms en regardant la petite boîte. Il l'avait oubliée ! Ce n'était pourtant pas faute d'avoir tout prévu.

Courtney s'étira langoureusement contre lui en se passant une main dans les cheveux. Puis elle releva la tête, et son regard ambre s'arrêta sur lui.

— Tu penses que je l'ai fait exprès, je suppose ?

— Non, même pas.

C'était lui qu'il accusait. Personne d'autre.

Il la regarda descendre du lit et sortir d'un placard un kimono noir qu'elle referma sur son corps parfait.

— En tout cas, rassure-toi : ce n'est pas du tout la bonne période du mois pour concevoir, ajouta-t-elle.

Il se raidit légèrement.

— Tant mieux, ironisa-t-il. Ce serait dommage de me mettre en travers du chemin de monsieur 37892.

Non sans mal et sans jurons étouffés, il parvint à attraper son boxer et à le remettre.

— Fichu plâtre, marmonna-t-il entre ses dents.

Il ne saurait pas avant deux semaines combien de temps il devrait encore attendre pour qu'on le lui ôte, et il n'était pas certain de ne pas devenir fou avant.

Courtney le regardait faire en se mordant les lèvres. Elle était étrangement pâle.

— Mason…, commença-t-elle.

Mais il leva la main.

— Non. Inutile, c'était ma faute. Je savais que ce serait une mauvaise idée, mais je me suis laissé emporter.

— Parce que tu crois être seul responsable ? répliqua-t-elle, reprenant des couleurs. Si ma mémoire est bonne, c'est moi qui ai insisté pour…

Son rire sans joie l'interrompit.

— Crois-moi, je l'avais remarqué.

Son corps, surtout. Au point qu'il en avait oublié de se protéger. Pour elle.

Une douleur sourde se réveilla entre ses yeux.

S'il était resté dans le Connecticut, s'il avait choisi de faire confiance aux médecins et aux journalistes, tout cela aurait pu être évité.

Courtney n'aurait pas eu l'argent nécessaire pour rencontrer 37892, et peut-être aurait-elle considéré plus attentivement une éventuelle relation avec le « gentil » Dr Flannery qui pourrait lui offrir une vie, sinon palpitante, du moins bien rangée.

— N'empêche, dit-il. Bonne ou mauvaise période, si tu devais être enceinte, alors…

— Pas de danger. Ce n'est même pas la peine d'en discuter.

— … alors je ferais le nécessaire, ajouta-t-il.

Elle ouvrit des yeux ronds.

— Le nécessaire ? C'est-à-dire ?

— Que j'assumerais. Il est hors de question qu'un éventuel enfant de moi grandisse en ignorant d'où il vient, comme ça a été le cas pour moi.

— Et c'est tout ce que cet enfant serait pour toi ? Une responsabilité à assumer ?

Il pesta intérieurement.

— Un enfant est une responsabilité. C'est ce que j'essaie de te faire entendre depuis que j'ai découvert tes projets.

Elle garda les lèvres pincées un long moment puis l'orage qui menaçait dans ses yeux ambre s'apaisa — du moins en apparence…

— Rassure-toi, Mason. Je peux te garantir que ta responsabilité ne sera pas sollicitée, dit-elle froidement avant d'aller s'enfermer dans la salle de bains.

Certain qu'elle n'en ressortirait pas tant qu'il serait dans sa chambre, il prit ses vêtements et sa béquille puis se leva.

Platon, assis dans le couloir, le regarda un instant, puis le croisa pour se diriger vers la chambre de Courtney.

Comment lui en vouloir ? Lui aussi, s'il avait la possibilité de fuir sa propre compagnie, irait dormir ailleurs…

11.

— Comment va ta jambe ?

Dans la petite véranda chauffée à l'arrière de la maison, Mason regardait Platon courir dans la neige qui était tombée au petit matin.

Courtney était sortie de bonne heure. Sans doute pour aller faire brûler un cierge à l'église en priant le ciel que leur égarement de la veille n'ait aucune conséquence fâcheuse pour elle, songea-t-il avec une ironie amère.

— Mase ?

Il se concentra de nouveau sur la voix de Cole et pressa le portable à son oreille.

— Excuse-moi, la ligne est mauvaise… Ma jambe va bien, oui. On devrait m'ôter le plâtre d'ici quelques semaines.

Il ne voulait surtout pas envisager que l'os pourrait ne pas être encore suffisamment ressoudé, même si Courtney ne lui avait pas caché que c'était une éventualité.

— Parfait. Tu devrais donc être sur pied pour reprendre du service après Thanksgiving.

— Je l'espère. Je pourrais même être déjà rentré dans le Connecticut d'ici là.

Il aurait dû être plus enthousiaste à cette perspective. Son inactivité forcée, depuis toutes ces semaines, l'avait par moments rendu fou.

— Aucune urgence, dit Cole. Je serai dans le Wyoming pour les fêtes, de toute façon, car ma bru m'a invité. Nous reparlerons de tout ça quand je serai sur place. Mais au moins, je vois que tu as pris ton mal en patience.

Quelle autre option avait-il ? Après cette première semaine mouvementée avec Courtney, où il avait plus qu'à son tour rué dans les brancards, avec pour effet de fêler son plâtre, il avait été un patient modèle. Enfin, presque modèle…

— Je n'ai pas vraiment le choix…, soupira-t-il. Donc, à Thanksgiving, alors. Mais après, même si je dois jouer les gratte-papier pendant quelque temps, je rentre à la maison, Cole. Garde-moi ma place au chaud.

Après avoir salué son chef, Mason glissa le téléphone dans la poche du blouson fourré que lui avait prêté Axel. Il siffla Platon, mais le saint-bernard continua de gratter dans un coin du jardin en ignorant ses appels.

Intrigué, Mason prit ses béquilles et ouvrit la porte coulissante de la véranda.

— Hé, Platon, qu'est-ce que tu fabriques ?

Prenant soin de ne pas mouiller son plâtre, il rejoignit le gros chien et, reportant tout son poids sur une béquille, il le repoussa à l'aide de l'autre.

— Montre-moi, Platon…

Un chaton tout maigre et mouillé était allongé dans la neige.

Mason grimaça.

— Il a fallu que tu trouves un petit chat mort…

Mais Platon, en gémissant, continua à gratter la neige autour de lui. De crainte qu'il ne le prenne pour un jouet, Mason parvint tant bien que mal à se baisser pour soulever le chaton et le placer au creux de sa paume.

Le petit corps était encore chaud. Encore vivant.

Un sourire inattendu monta à ses lèvres et, de son pouce, il effleura la minuscule tête.

Remuant la queue, Platon le précéda vers la maison et se retourna pour l'attendre.

— Bon chien…, le félicita Mason en le rejoignant.

Une fois dans la cuisine, il saisit l'essuie-mains propre et bouchonna le chaton jusqu'à ce que son poil cendré, sur lequel tranchait un beau plastron blanc, semble presque sec. Puis, le gardant au creux de son coude, il sortit une bouteille de lait du Frigidaire et en versa un peu dans le fond d'une tasse avant d'ajouter quelques gouttes d'eau chaude de la bouilloire qu'il avait fait chauffer quelques instants plus tôt.

Enfin, il s'assit et, trempant son petit doigt dans la tasse, en effleura la bouche du chaton.

— Allez, petit tigre, murmura-t-il. Montre-moi que tu es bien décidé à vivre, que j'ai une raison d'aller chercher ta mère. Et tes frères et sœurs, aussi, peut-être…

Depuis le seuil, un poing pressé sur l'estomac, Courtney observait la scène en silence. En la voyant, Platon remua la queue, ce qui, visiblement, alerta Mason, concentré sur le chaton qu'il avait à présent posé au creux de sa main.

Relevant les yeux, il croisa son regard.

— Je ne t'ai pas entendu rentrer, dit-il.

Doucement, et prenant garde de ne pas faire de bruit, elle ôta son écharpe et son manteau qu'elle posa sur le dos d'une chaise.

Depuis qu'elle s'était enfermée dans la salle de bains, la veille, elle ne lui avait pas adressé la parole. Le matin, avant de sortir, elle s'était lâchement assurée qu'il n'était pas encore levé, mais elle lui avait quand même laissé une note pour le prévenir qu'elle s'absentait une heure.

— D'où vient-il ? s'enquit-elle à voix basse.

— C'est Platon qui l'a trouvé dans la neige, près de la clôture, dans le fond du jardin.

Courtney regarda par la fenêtre. Ses voisins, à droite, avaient une chatte, mais qui avait près de quinze ans et était donc probablement trop âgée pour avoir encore une portée, et ceux de gauche n'avaient que deux chiens.

— Il était tout seul ?

— Je n'ai pas eu le temps de chercher.

— Je vais me changer et aller voir.

Elle avait cependant du mal à se détacher du tableau que Mason et le chaton lui offraient. C'était un aspect totalement inattendu qu'elle découvrait en lui. Cet homme en apparence dur, que sa carrière exposait à des dangers où il risquait sa vie, lui révélait à son insu un aspect vulnérable et sensible qui lui serrait le cœur.

Malheureusement, cette découverte ne l'aidait pas à prendre ces fameuses distances qu'elle voulait s'imposer avec lui, bien au contraire. Comment aurait-elle pu imaginer que le voir ainsi, penché presque tendrement sur une petite créature sans défense, susciterait en elle un sentiment qui n'avait rien à voir avec la passion ?

Au bord des larmes, elle s'enfuit dans sa chambre pour enfiler un jean et un épais pull en mohair émeraude. Avant de sortir, elle croisa son propre reflet dans le miroir du couloir.

— Rien n'a changé, chuchota-t-elle pour elle-même.

La femme en face d'elle lui retourna un regard sceptique. Tout avait changé, au contraire, et ce depuis que Mason s'était installé chez elle. Par ailleurs, la pente sur laquelle elle se sentait glisser depuis s'était accentuée quand il lui avait offert ce superbe hochet en argent.

Elle était certaine qu'ils n'avaient pas fait un enfant, hier soir car ce n'était pas du tout le moment de l'ovulation, mais elle souhaitait très fort se tromper. Pas seulement parce qu'elle voulait être enceinte, mais pour avoir un enfant de lui.

Rien n'avait changé puisque Mason repartirait bientôt.

Pourtant, tout avait changé, et son reflet lui adressa un petit sourire triste avant qu'elle ne se détourne.

Le froid vif la fit frissonner quand elle ressortit dans le jardin en cherchant d'éventuels chatons, mais sans y croire car Platon les aurait découverts. Elle fit néanmoins consciencieusement le tour, et s'assura avant de rentrer qu'aucune chatte n'était venue dans le garage mettre ses petits à l'abri.

Le chaton était à présent bien installé dans la corbeille à pain que Mason avait vidée pour en faire un confortable petit nid avec un moelleux torchon rouge.

— Il a bu un peu ? demanda-t-elle, attendrie

— Oui, plus que je l'aurais pensé.

— Nous pourrions le confier à Evan, le mari de ma cousine. C'est le vétérinaire de Weaver.

— Pour s'en débarrasser ? demanda Mason sur un ton réprobateur.

— Non, pour qu'il l'examine. Il ne faudrait pas qu'il ait attrapé un refroidissement.

— Il n'a pas dû rester dans la neige très longtemps. Il n'aurait pas survécu, sinon.

— Oui, c'est vrai.

Du bout des doigts, elle caressa très doucement la fourrure du chaton endormi.

— Tu as eu des animaux, quand tu étais jeune ?

— Oui, un chat.

Son visage se ferma une seconde, et il reporta son attention sur Platon en secouant la tête. Le chien, assis sur une des chaises, avait posé sa grosse tête sur la table et fixait le locataire de la corbeille, si minuscule à côté de lui.

— Jamais vu un chien installé comme ça sur une chaise, remarqua-t-il.

— Il savait déjà faire plein de choses quand je l'ai adopté, dit Courtney. Une de mes amies l'avait eu tout petit. À sa mort, je l'ai recueilli.

Il fronça les sourcils.

— Qu'est-il arrivé ?

— Tu veux dire à Margaret ? Cancer du pancréas. Elle avait été une de mes professeurs à l'école d'infirmières de Cheyenne. Elle était une mère adoptive pour les humains aussi, pas seulement pour la gent canine. Et ton chat, qu'est-il devenu ?

— Mon ex l'a emmené.

Ah... La fameuse ex, de nouveau. Elle étudia distraitement ses ongles.

— Vous avez été mariés longtemps ?

— C'est quoi ? Un interrogatoire en règle ?

— Non, juste de la curiosité. Pourquoi ne veux-tu pas en parler ? Tu l'aimes encore ?

Il poussa un soupir agacé.

— Tu prends plaisir à évoquer tes échecs, toi ?

— Non. Tu as raison. Désolée…, soupira-t-elle à son tour. Donc, tu veux qu'Evan examine ce petit matou ?

— Oui. Et non, je ne suis plus amoureux de Greta.

Elle n'avait aucune raison de se sentir soulagée, pourtant elle l'était, c'était indéniable. D'autant qu'elle ne doutait pas de sa réponse. Quand il ne souhaitait pas révéler quelque chose, il se taisait, c'est tout.

— Il y a un déjeuner familial chez mon oncle Dan. Tu pourrais y venir et amener le chaton. Leandra et Evan y seront sûrement.

— Un déjeuner ? Je pensais aller à son cabinet. Mais tu pourras l'emmener, toi.

— C'est toi qui l'as sauvé. Mason… Qu'y a-t-il de si terrible à participer à un simple repas ?

— Vous êtes en famille.

— Oui, et alors ? Tu y serais le bienvenu, je peux te le garantir.

— C'est surtout qu'ils veulent te voir, toi, parce que tu as refusé d'aller à ces repas depuis que je suis chez toi.

Elle haussa les épaules.

— Je n'y vais pas chaque fois, de toute façon. Le dimanche est le seul jour où je peux faire ma lessive, le ménage, et me détendre. Ils sont habitués à ne pas me voir.

Il n'avait pas l'air entièrement convaincu.

— Bon, d'accord, dit-il enfin, et elle se retint de sourire. Mais juste pour montrer le matou à ce Evan.

— O.K. Départ dans deux heures.

Avec une tendresse qui la fit fondre, Mason remonta le torchon sur le petit corps endormi puis, attrapant ses béquilles, il se releva. Paraissant se raviser, il souleva la minuscule boule de poils qu'il glissa doucement dans la poche de son blouson en polaire.

— Rien de tel que la chaleur du corps, dit-il avant de se diriger vers sa chambre.

Platon ne quitta pas Mason des yeux jusqu'à ce qu'il disparaisse dans le couloir, tout comme Courtney qui se pencha pour gratter le chien entre les oreilles.

— Je sais…, murmura-t-elle. Moi aussi, je l'aime.

Puis elle alla s'asseoir devant son ordinateur et agita la souris. Le numéro 37892 occupa bientôt l'écran. Après l'avoir observé pensivement quelques secondes, elle quitta le site et éteignit l'appareil.

— Elle m'a l'air en très bonne santé, annonça Evan plus tard, dans l'après-midi, après être allé chercher sa mallette de vétérinaire dans son 4x4.

Il tenait le chaton dans la main et chatouillait son ventre arrondi par le nouveau repas qu'il venait de prendre.

— Un peu trop jeune encore pour être sevrée, mais Mason a de toute évidence trouvé une solution au problème.

Il releva les yeux vers Courtney et Mason assis à la table de la cuisine et entourés des enfants anxieux de voir le petit rescapé.

Tous les autres convives étaient installés devant la télévision du salon pour suivre un match de football dans une joyeuse cacophonie, une moitié étant pour une équipe, et l'autre pour le camp adverse.

— C'est curieux que la mère n'ait pas été dans le coin, remarqua Evan.

— Oui, dit Courtney. Je suis allée voir les voisins avant de venir ici, et personne n'a vu de chat errant dans le quartier.

— Il ne devrait pas y avoir d'autres petits ? s'enquit Mason.

Evan eut une moue dubitative.

— Pas nécessairement, surtout si la mère était elle-même très jeune et que c'était sa première portée.

Il se leva et prit Lucas, son fils de trois ans, dans les bras. Le petit gigota en riant et tenta d'attraper le chat qu'Evan s'empressa d'écarter.

— En attendant, j'ai l'impression que la famille vient de s'agrandir d'un nouveau membre…, plaisanta-t-il avant d'emmener Lucas dans la pièce voisine.

— Tu vas l'appeler comment, tante Court ? s'enquit Chloe qui, à dix ans, était la plus âgée des enfants.

— Elle n'est pas à moi, mais à Mason. C'est lui qui l'a trouvée.

— Non, c'est Platon, rectifia ce dernier. C'est donc à lui de lui donner un nom.

Les enfants pouffèrent.

— Il peut pas, il sait pas parler ! déclara Shelby, sensiblement du même âge que sa cousine.

— Il pourra l'appeler que « ouaf » ! s'exclama Chloe.

— Ouaf…, répéta Mason en souriant. Pourquoi pas ? Ou Ouaffy ? C'est sympa, non ? Bonne idée, Chloe.

Chloe, toute fière, rayonnait.

— Tu vas te marier avec tante Court ? demanda-t-elle, sans doute enhardie par son succès.

Une expression effarée passa sur les traits de Mason, et Courtney, sans hésiter, souleva Chloe dans ses bras en la chatouillant pour la faire rire.

— Non, répondit-elle avant de la reposer par terre. Personne ne va m'épouser. Mason est juste un ami, d'accord ?

Chloe fronça le nez en observant Mason. Puis, en hésitant, elle toucha son plâtre.

— Elle te fait mal, ta jambe ?

— Plus maintenant, non.

— Et ta figure ? intervint Shelby en le fixant avec insistance.

Mason sentait la vibration très faible de la petite chatte roulée en boule sur son bras. Elle ronronnait…

— Lucy m'a dit que c'est un camion qui t'a cassé ta jambe. Mais ta figure, c'est quoi ?

Il n'y avait aucune peur, aucun dégoût, dans son ton. Rien qu'une simple curiosité d'enfant.

À cet instant, Courtney lui tendit ses béquilles.

— Je crois qu'il est temps d'y aller, dit-elle.

L'ignorant, il répondit à la fillette.

— C'est un morceau de verre cassé qui m'a coupé. Il y a longtemps, dans un autre accident…

— Mon papa, un jour, il a cassé une glace dans la cuisine et y a un bout qui s'est planté dans son pied. Il criait beaucoup, mais maman, elle lui a mis un gros pansement. On t'en a mis un, à toi aussi ?

— Oh oui.

— Dis, on peut écrire des trucs, sur ton plâtre ? demanda-t-elle. À l'école, y a Mary-Ann qu'en a eu un sur le bras, et tout le monde a écrit son nom dessus.

— Oh oui ! intervint Chloe. On peut, dis ?

Courtney crut opportun d'intervenir.

— Bon, les filles…

— Allez chercher des feutres, alors, dit Mason.

Il vit les yeux ambre de Courtney s'écarquiller, puis s'éclairer d'une lueur dangereuse, et il commença à regretter de ne pas avoir saisi la perche qu'elle lui avait tendue pour s'échapper.

— Un accident ? dit-elle quand ils furent seuls. Quel genre d'accident ?

— Une explosion. J'ai dû tuer le terroriste — du moins un pauvre malade qui se prenait pour un terroriste —, mais sa bombe a explosé tout de même. J'avais heureusement eu le temps de faire évacuer le bâtiment, un centre de soins pour femmes et enfants.

Il savait alors qu'il n'aurait pas le temps de quitter les lieux après s'être assuré qu'il n'y avait plus personne sur place. Sa seule consolation avait été que le terroriste, lui non plus, n'en sortirait pas indemne.

Elle secoua la tête, visiblement écœurée.

— Tu es un héros, en fait, dit-elle.

Il haussa les épaules avec une moue fataliste.

— C'était un simple travail.

— Oui, bien sûr…, commenta-t-elle avec un sourire un rien ironique.

Les deux filles revinrent armées de feutres de différentes couleurs et se ruèrent sur son plâtre pour dessiner des fleurs et des cœurs avant de signer avec moult fioritures.

— À toi, dit Chloe en tendant un des feutres à Courtney.

Celle-ci s'agenouilla et inscrivit quelque chose aussi, mais derrière, presque sur son mollet, qu'il ne parvint pas à lire.

Bientôt, alertée par les fillettes, ce furent tous les membres de la famille qui défilèrent dans la cuisine pour apposer leur paraphe.

Quand ils purent enfin s'échapper, le plâtre était presque entièrement couvert de dessins, de messages et de signatures, et Courtney arborait un sourire ravi.

Elle attendit qu'ils soient tous les deux installés à l'arrière de la voiture, Mason la jambe étirée sur la banquette et Ouaffy dans sa corbeille douillettement garnie de tissu chauds et moelleux, pour demander en le regardant dans le rétroviseur :

— Alors ? Ce n'était pas si terrible que ça, n'est-ce pas ?

— Je croyais que tu voulais rentrer avant que la neige recommence à tomber ?

Les premiers flocons étaient réapparus environ une heure plus tôt.

— Tout le monde peut changer d'avis.

Mason baissa les yeux sur le chaton. S'il l'avait pu, il aurait attribué la douleur sourde dans son cœur à des griffes de chat. Cela aurait été tellement plus simple.

Mais Ouaffy dormait contre lui en ronronnant…

12.

— Donc, tu es certaine ? insista Mason en la dévisageant avec attention.

Si elle mentait, il était sûr de le voir dans ses yeux.

— Oui, répondit Courtney. Je ne suis pas enceinte.

Il y avait six jours qu'ils avaient fait l'amour.

Elle posa un sandwich thon-mayonnaise devant lui avant de se retourner vers l'évier.

— Je t'avais dit que ce n'était pas la bonne période… Tu vois, j'avais raison.

Il l'observa tandis qu'elle lavait leurs assiettes. Elle portait le survêtement gris qu'elle réservait à son jogging matinal. Ses cheveux étaient relevés en queue-de-cheval, et elle avait noué une écharpe rouge autour de son cou.

Non, elle ne mentait pas. Mais il était incapable de voir si elle était déçue ou non.

— Alors, il n'y a plus rien en travers du chemin de 37892, dit-il.

— Exact, répondit-elle avant de s'essuyer les mains et d'enfiler les gants posés sur le comptoir. Je serai rentrée pour te conduire à l'hôpital. Tu as besoin d'autre chose avant que je sorte ?

Question de pure routine. Même si c'était le cas, il ne le lui dirait pas, et ils le savaient l'un et l'autre.

— Non. Merci pour le sandwich.

Elle répondit d'un léger sourire et se dirigea vers la porte, s'arrêtant le temps d'un rapide câlin à Platon entre les pattes duquel s'était couché Ouaffy, puis sortit. De la fenêtre, Mason la vit s'échauffer comme elle en avait l'habitude par des mouvements de flexion avant de s'élancer dans la rue qu'une fine couche de neige couvrait encore.

Reposant son sandwich à moitié entamé, Mason claudiqua jusque dans le salon. Il avait rendez-vous à l'hôpital dans l'après-midi où, dans le meilleur des cas, on lui annoncerait que son plâtre lui serait retiré la semaine suivante. Au pire, il aurait droit à un plâtre plus léger avec lequel il pourrait plus aisément se déplacer.

Mais quel que soit le verdict du médecin, il n'aurait plus besoin de rester chez Courtney. Il pourrait retourner dans son pied-à-terre et reprendre le travail. Du moins pour des missions physiquement faciles.

Cette perspective aurait dû le réjouir ou à tout le moins le soulager. Or il n'éprouvait ni plaisir ni réconfort à cette idée.

Il s'apprêtait à s'asseoir devant l'ordinateur pour tuer le temps quand son portable sonna.

— Hyde…, s'annonça-t-il.

— Salut, Mason, c'est Axel. Tu es occupé ?

— Pas pour l'instant.

— Courtney est sortie ?

— Faire son jogging, oui.

— O.K. Nous serons là dans une minute.

Mason eut en effet tout juste le temps d'atteindre la porte d'entrée quand le 4x4 d'Axel se gara devant la maison. Le « nous » annonçait en fait la présence de l'oncle d'Axel, Tristan Clay, et les deux hommes, après lui avoir serré la main, s'installèrent sans plus de cérémonie avec lui dans le salon.

— Que se passe-t-il ? demanda Mason, intrigué par cette visite presque solennelle.

Tristan posa devant lui le dossier qu'il avait apporté.

— Axel m'a parlé des enquêtes sur lesquelles tu as travaillé.

— Participé, seulement, rectifia-t-il avant de se tourner vers Axel. Qu'es-tu allé raconter ?

Il avait en effet à plusieurs reprises aidé Axel dans le travail de profilage criminel lors d'enquêtes particulièrement difficiles.

— Je voudrais que tu travailles pour moi, dit Tristan.

— Je travaille déjà pour Hollins-Winword, répliqua Mason, surpris.

— Oui, avec Cole, dans la partie internationale. Mais nous avons besoin de personnel pour la partie domestique aussi. En l'occurrence à un poste qui, je pense, pourrait tout à fait te convenir : profileur.

Mason secoua la tête.

— Il y a longtemps que je ne le suis plus.

— Depuis l'attentat du centre de soins, je sais, dit Tristan.

En tant que numéro 2 de l'agence, il savait également ce qui s'était passé ensuite, songea Mason.

— Mais ces dossiers-là, déclara Tristan en frappant de l'index la chemise cartonnée qu'il avait posée devant lui sur la table basse, prouvent que tu n'as pas perdu la main. Grâce à ton intervention, deux des dossiers sur lesquels la police se heurtait à un mur ont pu être résolus.

Il esquissa un faible sourire.

— Évidemment, ta base serait à Weaver et…

Mason ne le laissa pas poursuivre.

— Non, merci. Hors de question.

— Têtu, hein ? Axel m'avait prévenu.

— J'apprécie l'offre, mais Weaver, ce n'est pas pour moi.

— Dommage.

Tristan échangea un regard avec son neveu puis se leva pour se diriger vers la porte.

— Tu serais pourtant un élément très utile, ici. Si tu changes d'avis, fais-le-moi savoir. J'aurai toujours quelque chose à proposer à un gars de ta valeur.

— Réfléchis-y à tête reposée, lui conseilla Axel avant de suivre Tristan dehors.

— C'est tout réfléchi. Je ne peux pas rester ici.

— À cause de Courtney ?

— Qu'est-ce qui te fait penser ça ?

Une lueur amusée passa dans les yeux de son ami.

— Tu es à Weaver, ici, mon vieux. Tu l'as embrassée dans un lieu public, et à moins que tu veuilles faire des ballons de tes préservatifs, il est évident que tu ne te contentes pas de jouer au Monopoly avec elle. De plus, il faudrait être aveugle pour ne pas voir les étincelles qui jaillissent entre vous deux quand vous êtes ensemble.

Mason ravala un juron.

— On ne peut pas avoir de vie privée, ici.

— Mais si, c'est possible. Tara est de nouveau enceinte de quatre mois, et personne ne le sait. J'espère qu'elle le portera jusqu'au bout, cette fois.

— Comment fais-tu ? Je veux dire… Comment peux-tu avoir une vie normale ?

Il avait vu Axel en pleine action. Celui-ci ne prenait pas de risques inutiles, mais il n'avait pas besoin d'être téméraire pour se mettre en danger. Une situation, malgré toutes les précautions dont ils s'entouraient, pouvait à tout instant virer au drame.

— Parce que c'est une vie normale, Mase.

— Tara sait parfaitement que tu n'élèves pas des chevaux.

— Mais si, détrompe-toi, j'élève bien des chevaux. Mais elle sait que je travaille aussi pour Tristan, et elle l'accepte, parce que ce qui compte, c'est que nous soyons ensemble, dans tous les domaines. Ce n'est pas parce que Greta ne l'acceptait pas que Courtney en est incapable aussi…

— Pourquoi ramener le sujet sur elle ? marmonna Mason. De toute façon, elle est bien trop jeune. J'ai treize ans de plus qu'elle !

Axel secoua la tête en riant.

— Elle a un corps de vingt-six ans, mais une âme de plusieurs siècles. C'est Tara qui me l'avait dit, un jour. Elle l'appelait « une vieille âme ». D'après elle, c'est ce qui fait de Court une aussi bonne infirmière, parce qu'elle a une expérience immémoriale qui lui permet d'aider chacun à être ce qu'il est vraiment. Et puis, entre nous, les différences d'âge ne sont un problème que si tu veux qu'elles le soient. À ta place, je réfléchirais vraiment à l'offre de Tristan. Ce travail de profileur te mettrait au moins à l'abri des objets volants un peu trop dangereux… Ce n'est pas non plus un poste de tout repos, mais dans notre métier, tu trouveras difficilement plus rangé.

Mason, sur le perron, regarda Axel rejoindre son oncle dans le 4x4 qui s'éloigna quelques secondes après, puis referma la porte et revint dans le salon.

Platon prit alors tendrement la petite Ouaffy dans sa gueule et la posa délicatement sur le canapé où il monta à son tour pour s'installer autour d'elle.

Malgré lui, Mason sourit. L'amour, dit-on, est aveugle. Et si un gros chien pouvait aimer une minuscule minette, pourquoi ne pourrait-il pas aimer Courtney ?

Comme s'il l'avait entendu, Platon remua la queue en ouvrant un œil qu'il referma aussitôt avec un soupir de bien-être.

— Tout va bien, annonça le Dr Jackman en observant la radio de la jambe de Mason. Vous voyez, ici, et là, c'étaient les foyers de la fracture, ajouta-t-il en montrant les endroits du bout de son stylo. Et tout a l'air de s'être parfaitement remis.

Le médecin aux cheveux argentés se tourna avec un sourire vers Courtney.

— Bon travail, mademoiselle Clay.

— Je n'y suis pour rien, docteur, dit-elle. Mon rôle s'est borné à lui préparer quelques repas et à m'assurer qu'il prenait bien ses remèdes.

Elle avait fait bien davantage, songea Mason, mais cela ne regardait en rien l'orthopédiste.

— Et vous êtes prêt à me libérer de ce plâtre plus tôt que prévu ? demanda-t-il.

— Je le pense, oui. Bien sûr, vous aurez droit à quelques semaines de rééducation pour retrouver votre tonus musculaire...

Mason avait du mal à le croire.

— Vous pensez qu'on pourrait me l'enlever aujourd'hui ?

Le médecin hocha la tête.

— Je vais appeler mon technicien pour m'arranger avec lui.

— J'ai vu Rodney aux urgences quand nous sommes arrivés, dit Courtney. Je peux aller le trouver, si vous le souhaitez.

— Comme vous voulez, répondit le Dr Jackman en inscrivant quelques notes sur le dossier de Mason avant de le lui tendre. Bonne chance, monsieur Hyde. Et évitez si possible de vous jeter sous les voitures pendant quelque temps...

— Comptez sur moi, répondit Mason en serrant chaleureusement la main qu'il lui tendait avant de suivre Courtney dans le couloir.

— Bien joué, dit-elle. D'ici une heure, tu seras de nouveau un homme libre et indépendant. Cela te fera deux choses à fêter, maintenant.

— Pourquoi deux ? Je n'ai aucune envie de fêter le fait que tu ne sois pas enceinte.

— Chut ! dit-elle en regardant nerveusement autour d'eux. Inutile de le crier sur les toits. En plus, ne fais pas semblant d'être déçu. Ce serait pousser le bouchon un peu loin, non ?

Il accéléra le pas tant bien que mal pour la rattraper.

— En fait, c'est toi qui devrais te réjouir. Maintenant, tu peux mettre ton projet à exécution et avoir ton enfant avec 37892. Ton plan se déroule à merveille.

Elle fit une brusque volte-face qui l'obligea à s'arrêter net.

— Et toi, tu vas pouvoir retourner à ta vie trépidante, répliqua-t-elle, presque comme une accusation. C'est tout ce qui compte pour toi.

Il dut ensuite accélérer l'allure pour la suivre jusqu'au service des urgences comme toujours très animé, et s'installer sur une des rares chaises libres dans la salle d'attente prise d'assaut.

— Je vais voir si Rodney peut te recevoir assez vite, dit-elle.

Il avait envie de la retenir, de lui dire que… Que quoi ? Leur histoire était presque terminée. Elle ne lui avait pas caché qu'elle organisait sa vie comme elle l'entendait, et il serait sûrement de bon aloi pour lui d'en disparaître aussi vite que possible.

Il n'avait plus qu'à se réinsérer dans la sienne, là où elle s'était par force interrompue, et à reprendre le collier.

S'asseyant sur la seule chaise encore libre, Mason étira sa jambe devant lui et, une fois de plus, tenta de lire ce que Courtney avait écrit sur le plâtre. Sans succès, bien sûr.

— On dirait que vous avez beaucoup d'amis, commenta l'homme assis à côté de lui en désignant les signatures.

— Quelques-uns, oui, répondit-il, peu enclin à bavarder et espérant que leur échange s'arrêterait là.

Toutefois son voisin était manifestement dans une disposition plus cordiale…

— Ça compte, les amis…

— Oui, dit Mason qui se sentit obligé de faire un effort. Vous êtes ici pour quoi ?

— Emphysème. J'ai fumé ma première cigarette à onze ans, et c'est contraint et forcé que j'ai dû arrêter il y a six mois, expliqua l'homme entre deux respirations sifflantes. Je venais de fêter mes soixante-seize ans.

Il tapota l'étroite bouteille d'oxygène fixée sur une sorte de petit chariot à côté de lui.

— Maintenant, je ne peux plus me passer de ce copain-là qui me suit partout comme mon ombre…

À cet instant, Mason se félicita de n'avoir jamais succombé à l'attrait vénéneux du tabac.

— Vous n'êtes pas d'ici, n'est-ce pas ? insista l'homme.

— Non. Du Connecticut.

— Ah… c'est vous qui habitez chez la fille Clay, alors.

Mason commençait à ne plus s'étonner du bouche à oreille très efficace qui fonctionnait à Weaver…

— Oui. Vous êtes venu seul ? demanda-t-il.

L'homme toussa dans son grand mouchoir à carreaux et secoua la tête.

— Oui. J'ai personne. Pas pris le temps de fonder une famille, faut croire.

Il toussa encore puis inspira une grande bouffée d'oxygène. D'après la forme du tube, il aurait probablement dû l'avoir dans le nez en permanence et non suspendu à son cou comme un collier.

— J'habite à Braden, mais je suis obligé de venir ici pour voir le médecin.

— Mason ?

Il releva les yeux pour voir Courtney qui lui faisait signe depuis la porte.

— Tu peux venir…

Il attrapa ses béquilles — pour la dernière fois, espérait-il — et se leva.

— Bonne chance, dit-il au vieux monsieur qui sourit en regardant Courtney.

— Bonne chance à vous, surtout. C'est une sacrée aubaine, cette fille-là. Elle vaut la peine qu'on prenne le temps de s'arrêter, croyez-moi.

— C'est sûr, répondit Mason, heureux que Courtney soit trop loin pour les entendre.

Elle s'écarta pour le laisser franchir la porte de la salle d'examen.

— Ce type, avec son emphysème, a un besoin de soins plus urgent que moi, dit Mason.

— Le cas de M. Martin est du ressort d'un autre médecin, et il sera appelé très vite. Rodney va s'occuper de toi d'ici une minute.

— Hé ! Tu t'en vas ? dit-il alors qu'elle tournait les talons.

— Il y a tellement de monde qu'on m'a demandé de prendre mon service plus tôt.

— Ce ne serait pas plutôt un prétexte pour m'éviter ?

Ce qu'il aurait mauvaise grâce à lui reprocher.

— J'essaie juste de faire mon travail, dit-elle d'un ton sec. Et ce n'est pas toi qui pourrais y trouver à redire. Mais ne t'inquiète pas ; j'ai appelé Axel qui viendra te chercher. Passe-lui un coup de fil dès que ce sera terminé.

Assis sur le bord de la table, Mason considéra pensivement ce plâtre dont il allait enfin, après deux longs mois, être débarrassé. Curieusement, pourtant, une partie de lui le regrettait.

Parce qu'alors, il n'aurait plus de raisons de rester à Weaver...

Courtney avait enchaîné avec son service de nuit, si bien qu'il était 6 heures passées lorsqu'elle rentra la voiture dans le garage. Elle avait remarqué que la lumière du porche était allumée, comme toujours.

Un fol espoir jaillit en elle. Mason serait donc encore là ?

Le cœur battant, elle se précipita dans la maison. Platon et la petite Ouaffy dormaient sur la moquette du salon. Le saint-bernard se leva à son arrivée pour venir quémander une caresse, mais sans remuer la queue.

Elle s'agenouilla devant lui.

— Il est parti, n'est-ce pas ?

Platon garda la tête pressée contre elle.

La mort dans l'âme, elle se redressa et se dirigea vers la chambre de Mason. Le lit avait été fait avec un soin quasi militaire et tous ses livres avaient disparu.

La seule chose qui n'était pas à sa place était une enveloppe blanche posée en évidence sur la table de chevet. Elle l'aurait bien déchirée, mais la curiosité — et l'espoir — l'en dissuadèrent.

Elle y trouva un mot et un chèque. Elle ignora le chèque, qu'il laissait comme convenu en règlement de la pension, et déplia le papier.

« Elever une famille revient cher. Et un enfant, un chien et un chat, c'est presque une famille nombreuse. »

Les jambes soudain en coton, elle se laissa glisser au pied du lit. Puis ses yeux tombèrent sur le montant du chèque — qui n'était pas du tout ce qui avait été prévu. Avec ce qu'il lui laissait, c'était pratiquement un orphelinat qu'elle pourrait ouvrir pour recueillir tous les petits malheureux, tous les abandonnés de la région…

— Oh ! Mason ! murmura-t-elle d'une voix tremblante.

Platon entra dans la chambre, portant comme toujours Ouaffy dans sa gueule qu'il déposa dans son giron avant de s'asseoir devant elle.

Une main posée sur la petite chatte, la tête enfouie dans la fourrure épaisse du chien, Courtney pleura alors toutes les larmes de son corps…

13.

Assis dans la salle d'attente de l'aéroport de Cheyenne, Mason contemplait le puzzle qu'il avait réussi à mettre bout à bout sur ses genoux. Avec l'aide de Rodney, le médecin, il avait emporté les morceaux de l'arrière de son plâtre et venait enfin de déchiffrer le message que Courtney avait écrit.

Même les meilleurs plans peuvent changer quand on trouve une solution préférable à 37892.

Il ferma les yeux alors qu'une douleur, plus insoutenable que tout ce qu'il avait pu endurer, lui broyait le cœur. Mais il n'avait que ce qu'il méritait, parce qu'il avait refusé de voir ce qu'il avait sous les yeux depuis tout ce temps.

La voix suave de l'hôtesse annonça le départ prochain du vol pour Hartford, dans le Connecticut, et quelque chose en lui se rebella. Non, il ne retournerait pas chez lui. Chez lui était désormais ailleurs.

Déterminé, soudain, il se leva, alla jeter le sac de morceaux de plâtre dans une poubelle et ressortit du terminal. Une fois dans le taxi, il ouvrit son portable et appela Cole.

Courtney eut du mal à terminer les cent derniers mètres de son jogging. Un point de côté l'obligeait à ralentir l'allure et à marcher légèrement penchée. Elle avait sans doute trop forcé pour tenter de dissiper l'autre douleur, celle du côté de son cœur. En pure perte, bien sûr.

Elle traversa le petit jardin dont elle avait dégagé la neige à la pelle le matin même, de très bonne heure puisqu'elle ne pouvait pas dormir.

Ôtant ses gants, elle gravit les quelques marches du perron et poussa la porte.

Son cœur cessa brusquement de battre — du moins est-ce la sensation qu'elle éprouva devant la scène qui s'offrait à ses yeux.

Mason était assis devant son ordinateur, Platon et Ouaffy couchés à ses pieds.

— Tu as couru plus longtemps que d'habitude, aujourd'hui, dit-il d'un ton naturel, comme si sa présence chez elle, à cet instant, était des plus normales.

— Que fais-tu ici ? s'enquit-elle, presque étourdie, mais refusant de laisser libre cours à l'espoir qui montait en elle.

Il était rasé de frais et était de toute évidence allé chez le coiffeur. Ses cheveux épais, qui commençaient à rebiquer sur le col de ses chemises, dégageaient à présent son visage dont elle avait appris à découvrir la tendresse derrière la dureté apparente. Il portait une chemise blanche qui faisait ressortir son teint mat, et un jean noir.

— Tu vas refermer la porte, ou tu comptes me la faire franchir dans l'autre sens ? ironisa-t-il.

Prenant conscience qu'elle avait laissé la porte ouverte derrière elle, elle la repoussa aussitôt.

— Tout dépend de la raison de ta présence ici, dit-elle.

Sans répondre, il se tourna vers l'ordinateur.

— Tu l'avais éteint ?

— Oui. Pourquoi pas ?

— Tu ne consultes plus le site de la Cryobank ? La dernière fois où tu l'as fait, c'était le jour où Platon a découvert Ouaffy. Ça remonte…

— C'est de la déformation professionnelle, chez toi, cette manie de me surveiller ?

— Pourquoi, Courtney ? insista-t-il. Quelle solution préférable à 37892 as-tu trouvée ? Oui, j'ai enfin pu lire ce que tu avais écrit sur mon plâtre, tu vois…

— Ce n'était pas un secret… Il y a plus d'une semaine que je l'avais fait.

— Oui, mais à un endroit inaccessible pour moi.

— Mason, ne noie pas le poisson. Que fais-tu ici ?

— Je suis ici pour toi, Courtney.

Une réponse simple. Exprimée comme si c'était l'évidence même.

Mais pas pour elle…

Elle se mit à trembler ; elle avait si peur de s'autoriser à croire ce que son cœur souhaitait entendre, souhaitait comprendre.

— Pourquoi ? Parce que tu culpabilises à présent que j'ai changé d'avis pour la Cryobank ? Tu peux reprendre ton chèque, au fait. Il est sur la table, dans l'enveloppe. J'allais te le poster cet après-midi. Je n'en ai pas besoin, Mason, ajouta-t-elle en relevant fièrement le menton. Je peux très bien me débrouiller sans aide. Même avec Platon et Ouaffy — puisque tu l'as abandonnée, elle aussi.

— Tu aurais préféré que je l'emmène dans un appartement où je ne passe que pour dormir, et encore ? Et en brisant le cœur de Platon, en plus ?

Il secoua la tête en soupirant.

— Cette scène ne se passe pas du tout comme je l'avais prévu.

— Les plans peuvent changer, lui rappela-t-elle.

Son cœur se mit à battre plus fort quand il se leva pour s'approcher d'elle.

— Tu ne m'as pas répondu, Courtney. Qu'as-tu trouvé de mieux que 37892 ?

Son regard emprisonnait le sien, l'empêchant de se dérober.

— Toi, répondit-elle dans un souffle, à peine audible.

— Tu veux que ce bébé soit le mien.

Elle cligna les yeux, essayant vainement de refouler ses larmes.

— Je veux tout, murmura-t-elle. Toi, ton bébé, et le reste. Mais uniquement si toi, tu le veux aussi. Je n'ai pas besoin que tu te sacrifies pour moi, Mason. Pas besoin que tu te jettes sous une voiture pour me sauver. Je ne le supporterais pas.

Il ferma les yeux un long moment. Quand il les rouvrit, elle eut l'impression qu'ils étaient plus humides...

— Alors sauve-moi.

— Oh ! Mason...

— Je n'ai pas aimé beaucoup de choses dans ma vie, ajouta-t-il d'une voix sourde. Tout ce que j'ai possédé, je l'ai perdu, et j'ai appris à être détaché de tout, c'est plus facile. Mais je t'ai rencontrée, devant ce stand où tu vendais tes baisers... Je ne veux pas finir comme ce gars, à l'hôpital, qui se retrouve vieux et seul parce qu'il n'a pas pris le temps de s'arrêter et de construire quelque chose. Quelque chose qui compte. Et c'est toi qui comptes pour moi, Courtney. S'il n'est pas trop tard.

Incapable de se contenir plus longtemps, elle se pressa contre lui.

— Non, tu ne m'as pas perdue.

Ses bras se refermèrent sur elle.

— Pas encore, dit-il.

— Jamais. C'est une des caractéristiques de la famille, ajouta-t-elle en relevant la tête vers lui. Nous sommes terriblement tenaces. Et une fois que nous avons trouvé ce que nous voulons, c'est pour la vie.

Tendrement, il lui repoussa une mèche de son front.

— Ce ne sera peut-être pas facile. Il paraît que je suis assez borné, quand je le veux.

Elle se mit à rire.

— J'avais remarqué ! Mais cela ne m'empêche pas de t'aimer.

— J'ai treize ans de plus que toi, et je ne vais pas rajeunir. Par ailleurs, il y a mon job. Mais je ferai ce que je pourrai pour rester à Weaver. Tristan m'a proposé un travail qui m'évitera de trop voyager.

— Tu vois ? Tout s'arrange. Je t'aime, Mason. Je t'aime tel

que tu es. Ne change rien. Et si tu dois vieillir, eh bien, j'en ferai autant, ainsi nous serons à égalité. Mais autant ne pas perdre de temps, il passe si vite…

— Tu as raison.

Il s'empara tendrement de ses lèvres.

— Mmm… Je n'ai plus les idées très claires quand tu m'embrasses comme ça, murmura-t-elle.

— J'ai envie de toi. Maintenant. Et toujours.

— Tu le jures ?

De ses pouces, il essuya les larmes qui roulaient sur ses joues.

— Je le jure sur ce que j'ai de plus cher.

— Quoi ?

— Toi.

Elle éclata de rire.

— Ce n'est pas du jeu ! Mais je m'en contenterai.

Lui prenant la main, elle l'entraîna vers la chambre, sous les yeux confiants de Platon entre les pattes duquel Ouaffy dormait en ronronnant.

Épilogue

Ils se marièrent le 31 décembre et fêtèrent ensuite l'événement dans le salon éclairé aux chandelles de la maison familiale. Courtney ressemblait à un ange dans sa robe blanche satinée toute simple. Mason avait fait l'effort de mettre un costume sombre et même une cravate qu'il ôta toutefois sitôt après l'échange des alliances.

Platon, qui semblait très fier du collier de fleurs autour de son cou, s'en débarrassa tout de même à la première occasion.

La famille au grand complet était présente, ainsi que Coleman Black, le témoin de Mason. Celui-ci, inquiet que la cérémonie officielle, réduite au strict minimum sur son insistance, n'ait frustré Courtney, fut rassuré par son expression radieuse quand il l'entraîna discrètement dehors.

— Il fait froid, dit-elle en se pressant contre lui. Tu as l'intention de me réchauffer, monsieur Hyde ?

Il resserra ses bras autour d'elle.

— J'ai quelques secrets pour cela, oui, madame Hyde.

— Mmm… Et nous avons toute la vie devant nous pour les explorer.

Elle leva la main pour lui effleurer le visage. Sa main qui portait le superbe solitaire qu'il lui avait offert un mois plus tôt ainsi que l'alliance qu'il venait de lui passer au doigt.

— Je t'aime, murmura-t-elle.

— Je t'aime, moi aussi. Mais il me reste un autre cadeau à t'offrir.

— Encore ? Mais…

— Celui qui te sera le plus cher, je le sais.

— Tu veux dire… ?

— Oui.

— Tu es sûr ?

— Certain.

— Pauvre 37892…, chuchota-t-elle. Il ne saura jamais qu'il n'avait pas la moindre chance contre toi.

— Mon Dieu, mais que faites-vous dehors par ce froid ? s'exclama Rebecca. Rentrez vite avant d'attraper une pneumonie. On vient d'ouvrir le champagne.

Courtney et Mason échangèrent un sourire tendre puis, main dans la main, ils rentrèrent rejoindre les autres…

JENNIFER TA

Ce bonheur en plus

Traduction française de
JULIETTE BOUCHERY

BLANCHE

HARLEQUIN

Titre original :
THE BOSS WHO STOLE HER HEART

Ce roman a déjà été publié en 2017.

1.

Intrigué, Daniel Saunders considéra la jeune femme aux cheveux noirs coupés très court assise en face de lui dans son tailleur-pantalon sobre.

Pourquoi cherchait-elle ainsi à nier sa féminité ? Cette tenue quasi masculine lui enlevait une partie de son charme. Elle aurait pu être renversante, avec sa peau parfaite et ses beaux yeux gris…

Il écarta ces pensées déplacées et parcourut de nouveau le CV de la candidate.

Le Dr Eleanor Munroe aurait bientôt trente-cinq ans. Elle avait fait ses études de médecine à Cambridge et son internat à l'hôpital St. Linus de Londres. Ensuite, elle avait effectué un stage dans un gros cabinet dans le Kent, qui l'avait recrutée dans la foulée. Dans un petit mot en bas du CV, le médecin chef de la structure l'autorisait à la contacter.

Il avait appelé et avait été favorablement impressionné par la réponse. L'ancienne patronne d'Eleanor Munroe ne tarissait pas d'éloges envers la postulante. Restait à déterminer s'ils pourraient travailler ensemble.

— Je vous remercie d'être venue, docteur Munroe, dit-il en levant les yeux. C'est un CV impressionnant, et votre ancienne chef m'a dit beaucoup de bien de vous. Elle s'apprêtait même à vous inviter à vous associer à elle. Puis-je vous demander pourquoi vous avez décidé de partir alors que tout se passait si bien ?

Le regard clair d'Eleanor Munroe croisa le sien.

— Pour des raisons personnelles, docteur Saunders.

Une réponse froide, qui déclencha pourtant en lui un frisson sensuel.

Voilà des années qu'une femme ne lui avait pas fait un tel effet ! Pas depuis la mort de Camille.

Troublé, il s'éclaircit la gorge.

— D'accord. Et pourquoi postuler ici, aux Mélèzes ? Ce n'est qu'un remplacement. Sauf imprévu, Beth Andrews reviendra en septembre, à la fin de son congé de maternité.

— Je sais, oui. Votre annonce était tout à fait claire. Je n'aurais pas perdu votre temps ou le mien en postulant si ces conditions ne me convenaient pas.

Il sourit malgré lui, amusé par son attitude.

Elle le remettait à sa place ! Le Dr Munroe ne se laissait pas marcher sur les pieds, il s'en souviendrait à l'avenir.

Il décida de reprendre la main.

— Bien, puisque tout est clair, je vais vous dire quelques mots sur le cabinet : nous sommes un centre médical rural, ce qui ne signifie pas que le rythme de travail y est tranquille, au contraire. Nous couvrons une grande partie des Yorkshire Dales[1] : entre ce cabinet à Beesdale et l'antenne de Hemsthwaite, nous suivons environ 4 500 patients. Si vous pensiez que la pression serait moindre qu'à votre poste précédent…

— Je n'ai pas postulé pour une solution de facilité, rétorqua Eleanor Munroe avec une certaine brusquerie. Au contraire, si j'accepte le poste, je compte bien avoir de quoi m'occuper.

Il la toisa, stupéfait.

À l'entendre, cet entretien n'était qu'une formalité, le poste était forcément pour elle. Une approche assez nouvelle de la recherche d'emploi !

— Je peux vous assurer que le médecin qui rejoindra notre équipe aura amplement de quoi s'occuper, dit-il d'une voix égale.

Ellie sentit la sueur lui perler dans le dos.

Oh non ! Ce n'était pas du tout ce qu'elle avait voulu dire !

1. Les Yorkshire Dales sont les vallons (*dales*) de l'époque glaciaire qui sillonnent les hautes terres calcaires du Yorkshire (N.d.T.).

Elle espérait de tout son cœur que le Dr Saunders la choisirait, et elle savait que ça n'allait pas de soi. Les références ne font pas tout, il fallait qu'il ait envie de travailler avec elle, et l'arrogance de sa dernière déclaration lui avait sûrement déplu. Son commentaire jouait contre elle.

Mais bon, impossible de le reprendre. Elle n'avait plus qu'à assumer.

Elle réprima un soupir d'angoisse et se retint de justesse de lisser ses cheveux, un geste nerveux qui trahirait son malaise.

Elle avait du mal à se faire à sa nouvelle coupe mais, pour changer de vie, il semblait logique de commencer par son look. Après la séance chez le coiffeur, elle avait donné tous ses petits tops de couleur vive, ses robes, ses escarpins. Maintenant, elle portait des tailleurs-pantalons et des chemisiers bien sages. Elle n'avait plus besoin de plaire à personne. Elle se concentrait sur ce qu'elle voulait, *elle*.

Et elle voulait ce poste ! Ses espoirs venaient de s'effondrer, elle avait été trahie de façon cruelle, mais elle pouvait encore retourner la situation. S'installer dans le Yorkshire, ce serait le premier pas pour se reconstruire. Tout serait différent, maintenant. Elle, la prudente, la casanière, elle voyagerait, elle découvrirait le monde…

La voix du Dr Saunders lui parvint alors.

— Difficultés ?

Perdue dans ses pensées, elle n'avait pas saisi la question qu'il venait de lui poser !

— Je suis désolée, dit-elle, furieuse de se sentir rougir. Vous disiez ?

Il changea de position et se pencha en avant, les bras croisés sur son bureau.

— Je vous ai demandé si le fait de déménager ici ne vous créerait pas de difficultés.

Malgré elle, elle nota la largeur de ses épaules et ses yeux très bleus mis en valeur par sa chemise bleu ciel. Ce regard calme, attentif et courtois lui faisait perdre tous ses moyens.

Résolument, elle écarta ces considérations déplacées et répéta, un peu incertaine :

— Des difficultés ? Quel genre de difficultés ?

— Dans votre vie personnelle. Le Yorkshire est assez loin du Kent, cela pourrait vous imposer des contraintes.

En voilà une question ! Elle devrait laisser tomber, elle le sentait mais, vu sa situation, l'insinuation faisait trop mal.

Elle le dévisagea, outrée.

— Je n'ai pas à prendre en compte l'avis de mon entourage, lança-t-elle, furieuse. Sachez que je considère cette question comme une démarche sexiste. Renseignez-vous, aucun employeur potentiel n'a le droit de discriminer une candidate pour un motif pareil !

La riposte claqua, très sèche :

— Vous avez certainement raison, docteur Munroe mais, je vous rassure, j'aurais demandé la même chose à n'importe quel employé potentiel, homme ou femme.

Et voilà, c'était fichu, elle avait tout gâché ! C'était trop injuste, il devait la prendre pour une hystérique alors que c'était tout le contraire ! Son ex lui avait assez reproché son côté organisé et pondéré... Il ne lui restait plus qu'à s'en aller, si possible sans fondre en larmes.

Elle qui n'avait pas pleuré en trouvant son fiancé au lit avec une collègue, qui avait tenu bon alors qu'il tentait d'en rejeter la faute sur elle, il lui venait une envie subite de pleurer toutes les larmes de son corps. Sa vue se brouillait...

Vite, échapper à cette situation insupportable !

Elle repoussa sa chaise et se leva.

— Excusez-moi, bredouilla-t-elle. Je n'aurais pas dû dire ça, c'est n'importe quoi. Merci de m'avoir reçue. J'espère que vous trouverez quelqu'un de compétent pour le poste.

Elle pivota sur elle-même et se meurtrit la hanche contre un meuble de classement. Elle ne trouvait plus la porte !

Une grande main tiède, réconfortante, se referma sur son bras.

— Par ici. Revenez vous asseoir.

Elle se rassit. Impossible de faire autrement, ses jambes ne la portaient plus. Impossible aussi de se retenir, la digue se rompait, les larmes ruisselaient sur ses joues, elle ne parvenait pas à reprendre son souffle.

Daniel Saunders lui tendit un gobelet d'eau fraîche.

— Tenez.

Il se pencha sur elle, si près qu'elle capta la fragrance de son shampooing, et présenta le gobelet devant ses lèvres. Elle but. Quelques gouttes roulèrent sur son menton. Elle chercha machinalement un mouchoir, mais il les essuya du bout des doigts.

— C'est mieux ?

Elle se contenta d'un signe de tête.

Logiquement, elle devrait se sentir humiliée d'avoir craqué, mais sa gêne s'était bizarrement envolée. Le regard de Daniel Saunders n'exprimait aucun reproche. Il ne la jugeait pas. C'était réconfortant.

Il se redressa et posa le gobelet vide sur son bureau.

— Si je vous ai bouleversée, je le regrette, Eleanor. Ce n'était pas mon intention.

Sa voix grave et chaleureuse transformait ce prénom vieillot qu'elle n'avait jamais aimé. Dans sa bouche, il cessait d'être guindé pour devenir charmant, un peu mystérieux… Mais elle s'égarait.

Elle se remit sur pied, pressée de clore l'épisode.

Elle avait vraiment espéré décrocher ce poste, mais il y en aurait d'autres ailleurs, dans le pays ou même à l'étranger. Et tant pis pour la promesse faite à ses parents de rester en Angleterre. Si elle s'expatriait en Australie ou en Nouvelle-Zélande, elle ne courrait plus le risque de revoir Michael.

— Je vous fais la visite guidée ? entendit-elle. Nous avons perçu des financements pour améliorer les locaux. Vous serez surprise par les services que nous proposons à nos patients… C'est quand vous voudrez, Eleanor.

Daniel Saunders lui tenait la porte, surpris par son manque de réaction.

— Oh ! mais je croyais…

Sa voix s'éteignit.

Il n'allait tout de même pas lui proposer le poste ?

— Vous avez cru que c'était fichu ? glissa-t-il avec un sourire. Au contraire, Eleanor. Vous êtes exactement le genre de médecin que je veux voir travailler ici.

— Mais pourquoi ? J'ai complètement raté l'entretien et, pour couronner le tout, je me mets à pleurer ! Franchement, docteur Saunders, à votre place, je ne m'embaucherais pas.

— Appelez-moi Daniel. Si nous travaillons ensemble, ce serait ridicule de continuer à réciter nos titres…

En plongeant dans son regard bleu si chaleureux, elle sentit en elle comme un frémissement. Comme si les glaces dans lesquelles elle était prise depuis des mois commençaient à fondre.

— Pour ce qui est de votre embauche, enchaîna Daniel Saunders d'un ton tranquille, je dirai que vous êtes le choix idéal. Je ne veux pas d'un médecin incapable d'empathie, sans expérience des problèmes de l'existence. J'espère que vous acceptez le poste ?

2.

Daniel se renversa contre le dossier de son siège.

— En gros, Beth, je voudrais que tu aides Eleanor à s'acclimater. Chaque cabinet médical a sa façon de faire, et tout se passera mieux si nous lui expliquons la nôtre.

Son associée allait-elle trouver sa requête bizarre ?

Non, elle ne semblait rien remarquer de particulier. Mais, lui, il sentait bien qu'il attachait trop d'importance à l'accueil qu'on ferait à Eleanor. Il voulait qu'on ne lui mette pas la pression, que son installation aux Mélèzes soit la moins stressante possible. Son instinct de protection s'était réveillé face à sa crise de larmes, même si elle avait semblé très solide et sûre d'elle au début de l'entretien.

— C'est clair, lui répondit gaiement Beth Andrews. Elle débarque dans un autre monde ! Ne serait-ce que le fait que nous soyons à une heure de route de l'hôpital et devions prendre en charge des pathologies que d'autres cabinets expédieraient aux spécialistes.

Beth avait raison, ce qu'il demandait n'avait rien d'étonnant. Si Eleanor se trouvait en difficulté, cela impacterait leur travail à tous. Il ne manquerait plus qu'il soit obligé de faire des heures encore plus longues, alors que Nathan entamait sa dernière année de lycée !

Quatre ans plus tôt, à la mort de sa mère, son fils avait complètement déraillé. Il avait cessé d'aller en cours, s'était mis à fréquenter des voyous. Daniel avait eu très peur pour son avenir. Mais, depuis cet été, un cap semblait franchi, Nathan redevenait le garçon adorable d'autrefois. Cette année, il jurait qu'il allait travailler d'arrache-pied et décrocher les notes nécessaires pour entrer à l'université.

Et lui, Daniel, il serait sur le pont pour le soutenir.

Au fond, voilà pourquoi il se faisait du souci pour sa nouvelle collaboratrice, pourquoi elle occupait si souvent ses pensées : il voulait rester disponible pour Nathan.

Cette idée le détendit.

— Merci, Beth, dit-il en se levant. J'apprécie.

— C'est normal.

Lentement, en grimaçant un peu, Beth se leva à son tour.

À huit mois de grossesse, les gestes du quotidien lui devenaient de plus en plus pénibles. Camille s'était arrêtée de travailler bien plus tôt quand elle attendait Nathan. Mais voilà, Beth ne pouvait pas se permettre de se reposer. Elle serait seule pour élever son enfant. Ne pouvant compter que sur ses propres revenus, elle avait préféré prendre le plus gros de son congé de maternité après la naissance.

Il réprima un soupir et décida mentalement de demander à Marie, la responsable de l'accueil, de rediriger vers lui quelques-uns des patients de Beth. Il allégerait ainsi sa charge de travail pendant sa dernière semaine.

Une fois de plus, il se surprit à se demander comment Eleanor allait s'en sortir.

Il ne doutait pas de ses compétences, mais saurait-elle gérer le mystérieux problème qui lui avait fait quitter son poste précédent ? De toute évidence, elle venait d'encaisser un choc majeur. Une rupture ? Un homme qui l'aurait maltraitée ?

La colère qui monta en lui à cette idée le surprit.

Ce n'était qu'une hypothèse, il n'avait rencontré cette femme qu'une fois, l'entretien ne s'était même pas bien passé. Et pourtant, l'idée qu'un type ait pu lever la main sur elle le mettait hors de lui ! Une réaction absurde, qui ne lui ressemblait pas du tout.

Marie le dévisagea avec surprise quand il s'approcha de l'accueil.

— Qu'est-ce qu'il t'arrive ? demanda-t-elle avec son franc-parler habituel. Tu as une tête à faire tourner le lait.

La cinquantaine énergique, Marie travaillait aux Mélèzes depuis qu'il en avait pris la tête. Comment expliquer qu'il était bouleversé à l'idée que la remplaçante de Beth ait peut-être eu des problèmes sentimentaux ? Cela semblait si ridicule qu'il se calma.

— Désolé, je m'y prends à la dernière minute, mais essaie de m'envoyer quelques-uns des patients de Beth, tu veux ? Je voudrais qu'elle se ménage un peu pendant sa dernière semaine.

— Pas de problème. Mais la nouvelle sera là. Comment s'appelle-t-elle, déjà ? Attends, j'ai noté son nom…

— Eleanor Munroe, dit-il aussitôt.

Le seul fait de prononcer ce nom lui déclencha un frisson dans le dos.

De plus en plus bizarre !

Pour cacher son trouble, il se détourna et fit mine de consulter l'horloge.

— Elle devrait arriver d'une minute à l'autre…

— Bonjour !

C'était sa voix.

Il pivota vers la porte, et son regard la parcourut tout entière en un éclair, de ses cheveux à la coupe austère à ses pieds étroits dans leurs chaussures plates.

Qu'y avait-il de particulier chez elle pour l'affecter autant ? Il en avait presque le vertige ! Depuis qu'il était veuf, des femmes lui faisaient quelquefois des avances. Sans éveiller son intérêt. Pas une seule fois il n'avait ressenti cette étincelle. À quoi bon se mentir ? Ce qu'il éprouvait en regardant Eleanor Munroe, c'était du désir.

Ça ne l'arrangeait pas du tout ! Si elle venait de se faire plaquer comme il le soupçonnait, elle ne voudrait jamais se lancer dans une nouvelle histoire, surtout avec son patron. De son côté, il n'avait tout simplement pas le temps de sortir. L'avenir de son fils passait avant tout !

La déception éclata en lui avec force, mais il réussit à maîtriser sa réaction : bon, il n'y avait qu'à oublier cela. Il savait ce qu'il avait à faire : ignorer cette attirance et s'occuper de Nathan.

Ellie commença à paniquer en voyant que Daniel Saunders la regardait fixement, sans un mot.

Avait-il changé d'avis ? Regrettait-il de lui avoir proposé le job ?

Que ferait-elle s'il la renvoyait ? L'un des avantages de ce poste, c'était qu'il comprenait un logement. Elle avait donné son préavis pour son appartement dans le Kent, vendu ses meubles, se débarrassant au passage de tout ce qui lui rappelait Michael. Elle comptait sur cet appartement meublé au-dessus du centre médical. Voilà des mois qu'elle vivait sur ses économies. Si elle ne retravaillait pas tout de suite, elle n'aurait pas de quoi s'installer ailleurs. La perspective de se remettre à chercher un emploi était démoralisante, et où se poser alors qu'elle n'avait pas de poste ?

Les fichues larmes lui piquaient déjà les yeux.

Elle avait encore craqué plusieurs fois depuis l'entretien, l'autre jour. C'était comme si la gentillesse de Daniel Saunders avait ouvert l'écluse : tout le chagrin emmagasiné se déversait sans retenue. Eh bien, non. Cette fois, elle refusait de se laisser aller !

La dame installée derrière le comptoir se leva avec un large sourire.

— Bonjour, Eleanor, et bienvenue ! Je suis Marie, responsable de l'accueil et factotum en chef.

— Bonjour, Marie, répondit machinalement Ellie en serrant la main que celle-ci lui tendait.

Elle risqua un regard vers Daniel.

C'était à lui de dire quelque chose, maintenant. S'il avait changé d'avis, qu'il s'explique, au lieu de rester planté là à la contempler !

— Désolé, bonjour !

Il se secoua et lui tendit la main à son tour avec un sourire d'excuse.

— J'étais ailleurs. Oui, bienvenue aux Mélèzes, Eleanor. C'est bien de vous avoir avec nous.

Il ne pensait pas du tout à se débarrasser d'elle ! Quel soulagement ! La grande main de Daniel se referma sur la sienne, et curieusement elle se sentit accueillie, appréciée…

— Et, moi, je suis contente d'être là, murmura-t-elle en se dégageant discrètement.

Daniel Saunders était son patron, rien de plus, rien de moins. Il n'aurait aucun impact sur sa vie en dehors de ses heures de travail.

— Par quoi voulez-vous commencer ? Vous voudriez peut-être voir le logement ?

Pourquoi rougissait-elle ? Il n'avait rien dit de particulier. Cette réaction lui ressemblait si peu qu'elle se troubla encore davantage et se mit à bredouiller.

— Je… Comme vous voudrez, docteur Saunders.

Un bref instant, les yeux bleus capturèrent les siens.

— Daniel, corrigea-t-il. Dans ce cas, nous verrons le logement plus tard. Beth va vous expliquer nos procédures, vous pourrez vous faire une idée de la façon dont nous travaillons.

— Ce ne sera pas nécessaire. Je pratique la médecine depuis des années, je suis au courant des tâches administratives.

Elle avait parlé très vite, pressée d'en finir avec les préliminaires et de se mettre au travail. C'était la nouveauté qui la mettait dans cet état bizarre. Face aux patients, elle retrouverait ses marques.

Il lui sourit, assez froidement.

— Je n'en doute pas, mais chaque structure a ses habitudes, vous gagnerez du temps en vous familiarisant avec les nôtres. Mieux vaut prendre ce temps au tout début.

Zut, elle avait encore raté une occasion de se taire. Il ne faudrait pas qu'il la voie comme une emm…

— Oui, bien sûr. Je... je ne voulais pas faire perdre son temps au Dr Andrews, expliqua-t-elle maladroitement. Elle doit être très occupée.

— Effectivement.

D'un geste courtois, il lui prit le coude et l'entraîna dans le couloir des cabinets de soins.

Elle tâcha de maîtriser un nouveau frémissement. Le contact de la main de Daniel déclenchait une sorte de réaction en chaîne : des ondes sensuelles se répercutaient en elle. Quand il se tourna vers elle, elle eut du mal à cacher à quel point ces sensations la troublaient.

— Entre nous, lui confia-t-il, j'essaie de ménager Beth. Elle est enceinte de huit mois, c'est sa dernière semaine, et je tiens à ce qu'elle en fasse le moins possible. Tant qu'elle vous met au courant, elle ne sera pas en train de se surmener.

Bon, tout était clair : il s'inquiétait de sa collègue. Logique.

Délicatement, elle récupéra son bras.

— D'accord. Je marche.

— Je savais que vous comprendriez.

Il lui offrit un sourire absolument irrésistible et frappa un coup léger à la dernière porte du couloir.

— Beth ? Eleanor est arrivée. Si tu pouvais lui faire la visite, ce serait formidable.

Il lança un clin d'œil à Ellie.

Une chaleur délicieuse s'engouffra en elle : ils étaient comme deux complices qui partagent un secret !

Elle souriait en entrant dans le bureau, et la jolie blonde installée derrière le bureau lui sourit en retour.

— Bonjour, Eleanor. Entrez, mettez-vous à l'aise. Ce sera votre bureau à partir de la semaine prochaine.

Elle leva vers Daniel ses yeux noisette pétillants.

— Si quelque chose vous déplaît, parlez-en au patron.

— Ne va pas lui donner des idées, riposta Daniel. Je ne tiens pas à ce qu'elle vienne me trouver avec une liste de réclamations ! Comme cette chanteuse, je ne sais plus son nom, qui ne monte sur scène que si on lui fournit un panier de chatons pour jouer dans sa loge avant.

— Oh ! je ne réclamerai pas de chatons, lança Ellie avec le plus grand sérieux. Je préfère les chiots !

Ils éclatèrent tous de rire.

Incroyable, voilà des mois qu'elle ne s'était pas senti le cœur aussi léger ! Depuis qu'elle avait trouvé Michael et Stacey dans le même lit, elle errait dans les ténèbres. Tout à coup, elle avait l'impression de déboucher en pleine lumière, et c'était grâce à Daniel Saunders !

La matinée passa à une vitesse folle. Le fonctionnement des Mélèzes la surprit beaucoup : on y fournissait des services qui débordaient largement du cadre de la médecine généraliste. Elle en fit la remarque à Beth quand elles s'arrêtèrent pour boire le thé que Marie leur avait préparé.

— C'est le fait d'être aussi isolés, expliqua sa collègue. L'hôpital est à une heure de route dans les meilleures conditions, beaucoup plus longtemps par mauvais temps. Beaucoup de patients, ici et à Hemsthwaite, ne sont pas en capacité de faire le trajet. Voilà pourquoi Daniel s'est bagarré pour obtenir les financements qui nous permettent de proposer d'autres consultations.

— Résultat, c'est l'hôpital qui vient à vous ? Les spécialistes assurent des permanences ici, dont un dentiste ?

— Oui, le dentiste voit des patients ici une fois par semaine. Et un opticien aussi, le mercredi.

Elle s'interrompit avec une grimace.

— Fichues Braxton Hicks ! Les fausses contractions m'ont réveillée ce matin. Quand je pense que c'était la première nuit où je n'avais pas été obligée de me lever pour aller aux toilettes !

— C'est pénible, compatit Ellie. Le bébé est pour bientôt ?

— Trois semaines, mais les premiers bébés sont souvent en retard.

Le visage crispé, Beth changea de position sur son siège.

Alertée, Ellie fronça les sourcils.

— Vous êtes sûre que ce sont des Braxton Hicks ?

— Oh ! ça va passer, soupira Beth.

Elle se hissa hors de sa chaise… et laissa échapper un hoquet de saisissement. Un instant plus tard, un flot transparent ruisselait le long de ses jambes.

— Pas cette fois, commenta Ellie en sautant sur ses pieds. Je crois bien que le grand jour est arrivé !

Gentiment, elle passa le bras autour de la taille de Beth et l'aida à s'allonger sur le canapé.

— Détendez-vous. Je vous retire vos dessous mouillés et je jette un coup d'œil. Maintenant que vous avez perdu les eaux, votre bébé ne va plus tarder.

— Je n'y crois pas ! se lamenta Beth en se tortillant pour retirer ses sous-vêtements trempés. Je devais encore avoir trois semaines devant moi !

— On s'embrouille facilement dans les dates, murmura Ellie, apaisante.

— Je ne me suis pas embrouillée ! Je sais exactement quand je suis tombée enceinte. C'était la nuit où Callum est parti. Ça n'aurait pas pu arriver à un autre moment parce que nous ne nous étions pas adressé la parole depuis près d'un an, sans parler de faire l'amour !

Là, Ellie ne trouva aucune réponse toute faite.

Voyant son expression, Beth soupira.

— Nous nous sommes séparés l'année dernière. Cela faisait près de trois ans que nous cherchions à avoir un enfant. Depuis notre mariage, en fait. Ça n'est jamais arrivé.

— Vous avez dû avoir beaucoup de peine, murmura Ellie, le cœur serré.

— Oui. Nous avons essayé tous les traitements. C'était dur, contraignant. À force, la pression a coulé notre couple. Callum a fini par me dire qu'il n'en pouvait plus et qu'il voulait divorcer. Classique.

— Je suis désolée. Mais… une fois que vous avez su que vous étiez enceinte ?

— Oh ! j'étais folle de joie ! Abasourdie que ça ait pu arriver comme cela, tout simplement. Mais Callum…

Beth eut un petit rire dur.

— Je lui ai écrit pour le prévenir que j'étais enceinte. Il ne s'est pas donné la peine de me répondre. Je crois que sa position est claire, pas vous ? Ce bébé sera ma responsabilité, personne d'autre…

Elle s'interrompit, le souffle coupé par une contraction.

Atterrée, Ellie lui rappela de respirer à petits coups.

Comment aurait-elle réagi à sa place ?

Sauf que, dans son cas, il n'y avait vraiment aucun risque ! Michael avait tout, mais vraiment tout fait pour s'assurer qu'elle ne tombe pas enceinte. Sur le moment, elle en avait conclu qu'il voulait faire les choses dans l'ordre, d'abord le mariage, ensuite les enfants. Aujourd'hui, elle n'en était plus si sûre. Un enfant, cela vous engage… Mais le moment était mal choisi pour réfléchir à la question. Elle se trouvait en train d'assister à un accouchement !

Elle attendit la fin de la contraction et examina de nouveau sa patiente.

— Vous êtes déjà dilatée à 6 cm, Beth. Vous allez bientôt faire connaissance avec votre bébé !

Les yeux de celle-ci se mouillèrent de larmes.

— Oh non… C'est trop tôt ! Il ne faut pas. S'il lui arrivait quelque chose…

— Il ne va rien lui arriver, assena Ellie.

Elle parlait avec conviction, mais elle croisait les doigts mentalement. Un accouchement, elle savait faire dans une maternité bien équipée. Ici, on travaillait sans filet, l'hôpital le plus proche était à une heure de route.

Elle se força à sourire.

— Bon, dites-moi comment vous aviez prévu cette naissance. Je suppose que vous êtes inscrite à la maternité ?

Beth fit un effort visible pour se calmer.

— Je voulais accoucher à la maison, mais Polly m'en a dissuadée. C'est mon premier, je ne suis pas toute jeune, elle a trouvé que ce serait plus prudent d'aller à l'hôpital.

— Qui est Polly ?

— Notre sage-femme, Polly Davies. Elle m'a suivie tout au long de ma grossesse, je l'ai encore vue vendredi dernier.

— Et tout allait bien vendredi ?

— Oui. La tension, le cœur du bébé, tout était parfait...

Beth s'interrompit et réfléchit, les sourcils froncés.

— Maintenant que j'y pense, elle a trouvé le bébé positionné un peu bas.

— Voilà. Il préparait son parachute ! dit Ellie en riant.

Elle eut ce qu'elle espérait : la maman sourit aussi.

— Probablement. Petite canaille !

Voilà, Beth était déjà moins anxieuse. Parfait, plus elle se détendait, moins elle aurait de problèmes.

— Je vais téléphoner à l'hôpital pour les prévenir et demander une ambulance, dit-elle en lui pressant la main. Je vais aussi tâcher de joindre Polly : avec un peu de chance, elle pourra nous donner un coup de main. Je reviens, d'accord ?

Aux prises avec une nouvelle contraction, Beth fit oui de la tête.

Ellie sortit en coup de vent et fila vers la réception, sachant que Marie aurait tous les numéros. Elle lui expliqua la situation en baissant la voix pour ne pas être entendue de la salle d'attente.

— Non ! s'étrangla Marie. Mais elle est à trois semaines du terme ! Vous êtes sûre...

— Tout à fait sûre, coupa fermement Ellie. Vous voulez bien appeler l'hôpital ? Qu'ils nous envoient une ambulance, même si je doute qu'elle arrive avant le bébé.

— Oui, bien sûr...

Marie décrocha son téléphone, encore sous le choc.

— Appelez aussi Polly Davies.

— Je l'appelle en premier, décida Marie. Elle habite tout près. Avec un peu de chance, elle arrivera dans les dix prochaines minutes.

— Parfait, merci beaucoup…

Ellie esquissa un mouvement pour s'éloigner puis se ravisa.

— Il faudrait mettre Daniel au courant.

— Première porte à droite, lâcha rapidement Marie, avant de se concentrer sur le combiné. Polly ? C'est Marie au centre médical. Tu ne vas pas croire ce qu'il se passe…

Ellie alla frapper un coup léger à la porte de Daniel. Dès qu'il lui cria d'entrer, elle passa la tête par la porte en lançant un sourire d'excuse à la patiente, une jeune femme qui tenait sur ses genoux une toute petite fille très énervée.

— Désolée de vous déranger. Je peux vous dire un mot ?

— Bien sûr.

Le visage austère, Daniel s'excusa auprès de sa patiente et la rejoignit dans le couloir.

— Il y a un problème ? Je croyais que Beth vous mettait au courant.

— Elle le faisait, oui. Mais nous avons une difficulté.

— Une difficulté ? répéta-t-il avec impatience. De quoi parlez-vous ?

Manifestement, elle le dérangeait. Croyait-il qu'elle venait chercher un soutien ou un arbitrage, elle qui mettait un point d'honneur à faire son travail sans rien demander à personne ?

— Beth est en train d'accoucher, lâcha-t-elle froidement.

Voyant qu'il ouvrait la bouche, elle leva la main pour l'interrompre.

— Je regrette d'avoir interrompu votre consultation. Non, ce n'est pas une fausse alerte. Marie appelle l'ambulance, et aussi Polly Davies pour voir si elle peut venir m'assister. Il me semblait que vous deviez être mis au courant.

Elle retourna rapidement auprès de Beth, prise une fois de plus d'une énorme envie de pleurer.

Pourquoi ? D'accord, Daniel lui avait parlé sèchement. Et

alors ? Il était le patron, il pouvait lui parler sur le ton qu'il voulait, tant qu'il restait correct. Tout ça n'avait aucun sens !

Sauf que cela comptait. Elle tenait à ce qu'il s'adresse à elle avec cette inflexion chaleureuse qui la rassurait.

Elle était pathétique !

3.

Daniel aurait donné beaucoup pour rembobiner la scène et revenir trois minutes en arrière. Cette fois, il éviterait de prononcer cette petite phrase inepte. Sans la patiente qui l'attendait, il se serait précipité pour s'excuser.

Contrarié, il soupira et retourna dans son bureau.

— Excusez-moi, madame Walsh, dit-il en se rasseyant. Vous alliez me dire comment vous vous êtes fait mal au bras.

— Je suis tombée, docteur. J'ai buté sur… enfin, sur un jouet d'Alice.

D'une main tremblante, la jeune maman caressait les cheveux duveteux de sa petite fille.

Toutes deux étaient bien vêtues, élégantes même, et pourtant quelque chose détonnait dans leur apparence. Madeleine Walsh avait pris le temps de se maquiller, avec une épaisse couche de fond de teint, mais elle n'avait pas coiffé sa petite.

Sous prétexte d'atteindre le dossier de sa patiente, il se pencha en travers de son bureau.

Il ne se trompait pas, c'était bien une ecchymose sur sa joue. Et une autre là, sur son cou.

— Je vois, dit-il en se redressant.

Il la contempla, les sourcils froncés.

Il sentait très mal cette histoire. Ce n'était pas la première fois que Madeleine Walsh venait le voir après une mauvaise chute. C'était même sa troisième visite en six mois. Il n'avait pas remarqué de bleus les fois précédentes, peut-être parce qu'il ne les cherchait pas. Il fallait absolument tirer cette situation au clair.

— Vous vous êtes blessée ailleurs qu'au bras ? Il me semble voir des bleus sur votre visage. Vous vous êtes cognée ?

— Oh ! je… Oui, j'ai dû me cogner…

Il y eut un bref silence. Elle le fixait, une lueur effrayée au fond des yeux.

— Je suis tellement maladroite, murmura-t-elle. Toujours en train de buter ou de me cogner aux meubles.

— Cela nous arrive à tous, répondit-il d'un ton égal. Du moment que vous êtes sûre que ce sont bien des accidents. Rien de ce que vous direz ici ne sera répété, madame Walsh. Je vous le garantis.

— Bien sûr que ce sont des accidents, clama la pauvre femme en rougissant. J'ai buté sur un jouet d'Alice. Une poupée. Je suis tombée dans l'escalier. J'ai dû tendre la main pour me rattraper, et je me suis fait mal au bras.

— Voyons cela.

Quand il se leva et contourna son bureau pour s'approcher d'elle, la petite Alice, effrayée, se tassa sur elle-même.

— Tout va bien, ma jolie, dit-il gentiment. Je veux juste regarder le bras de ta maman.

— Elle est timide avec les inconnus, bredouilla Madeleine Walsh en serrant sa petite contre elle.

— Elle est à la maternelle ?

Il parlait toujours aussi paisiblement, mais son inquiétude grandissait. Alice avait quatre ans. À cet âge, la plupart des enfants ont surmonté leur timidité et ne redoutent plus de croiser des adultes étrangers à leur famille.

— Non. J'ai décidé de ne pas l'y envoyer.

La maman se mordit la lèvre et ajouta très vite :

— Elle est tellement timide ! Ce ne serait pas bien de la mettre à l'école si elle doit y être malheureuse.

— Elle devra bien y aller l'an prochain, murmura-t-il en examinant son bras.

Le poignet était enflé, violacé. Quand il le toucha, la patiente sursauta en réprimant un cri.

— Désolé. Vous avez pris un sacré choc, mais je ne sais pas si c'est une fracture ou une mauvaise foulure. Bougez les doigts ?

Grimaçant, Madeleine fit un effort et réussit à les agiter.

— Ça fait très mal…

— Je vois, répéta-t-il en se rasseyant. Dans tous les cas, il nous faut une radio. Quelqu'un peut vous conduire à l'hôpital, votre mari par exemple ?

— Non, Nigel est au tribunal ce matin, je ne peux pas le déranger. Je pensais que vous pourriez juste me mettre une bande. Ce n'est sûrement pas cassé… Je ne vous aurais pas dérangé si j'avais pu le faire moi-même.

Toujours cette petite voix rapide et essoufflée.

— La radio est indispensable. Si c'est une fracture, la bander et la laisser se réduire de travers serait la pire solution. Vous pourriez vous retrouver handicapée. Si votre mari n'est pas disponible, quelqu'un d'autre peut vous conduire. Nous avons une équipe de bénévoles, ils assurent le transport des patients qui ne peuvent pas se déplacer par leurs propres moyens.

— Je ne sais pas du tout ce que Nigel va dire…

Elle semblait si éperdue qu'il regretta presque sa proposition. Et pourtant, cette radio était nécessaire.

— Il n'en dira que du bien ! Il veut forcément que vous soyez bien soignée. J'appelle Mme Goodison. C'est une institutrice à la retraite, une femme adorable, précisa-t-il avec un sourire encourageant, en décrochant son téléphone.

— Mais… et Alice ? Il n'y a personne pour la garder !

— Vous pourrez l'emmener. Mme Goodison est une grand-mère, elle a un siège auto dans sa voiture. Elle saura très bien amuser Alice pendant qu'on s'occupe de vous.

Il ne lui laissa pas le temps de chercher d'autres objections.

Par chance, Barbara Goodison était libre, elle accepta aussitôt d'emmener la mère et la fille à l'hôpital et de les raccompagner chez elles après l'examen. Il raccompagna sa patiente, bien décidé à ne pas lâcher l'affaire.

Si cette femme était brutalisée par son mari, il ferait un signalement. La famille n'était à Beesdale que depuis un an, il ne connaissait pas Nigel Walsh, mais il lui semblait avoir entendu dire que l'homme était avocat.

Il soupira et demanda à Marie d'attendre quelques instants avant d'envoyer le patient suivant.

La violence conjugale existe dans toutes les classes sociales. Eleanor avait-elle elle aussi été battue ? Pour qu'elle plaque tout et parte s'installer à l'autre bout du pays, ce devait être grave…

Il sentit ses poings se crisper.

La seule idée qu'un compagnon, ou un mari, ait pu frapper Eleanor lui donnait la nausée.

— Vous vous en sortez comme un chef ! s'écria Ellie.

Beth inspirait et soufflait vaillamment, aux prises avec une nouvelle contraction.

Ellie consulta discrètement sa montre.

Les contractions étaient très rapprochées, le bébé arrivait comme une locomotive.

L'idée de délivrer le bébé de Beth toute seule l'impressionnait de plus en plus. Son dernier accouchement remontait à son internat, et il s'était déroulé dans une maternité bien équipée, avec une sage-femme expérimentée à ses côtés. Que faisait Polly ? Marie l'avait pourtant prévenue qu'elle était en route…

Comme la porte s'ouvrait, elle se retourna d'un élan.

Non, ce n'était pas la sage-femme, seulement Daniel. La dernière personne qu'elle avait envie de voir après leur petit accrochage.

— Alors ? demanda-t-il affectueusement à Beth. Tu joues les femmes pressées ?

La future maman hocha la tête avec un pâle sourire, puis son visage se crispa, et elle ferma les yeux.

Ellie se sentit un peu rassérénée lorsque Daniel tourna vers elle un visage souriant.

— Je regrette, pour tout à l'heure, dit-il. Je n'aurais pas dû vous parler sur ce ton. Je me fais du souci pour la patiente qui était dans mon bureau, et…

— Pas de problème, dit-elle très vite.

Surtout, qu'il ne devine pas à quel point ses excuses la soulageaient !

Elle avait toujours détesté les tensions, les disputes. Des années auparavant, un travail approfondi sur elle-même lui avait permis de cerner les causes de cette tendance à s'effacer, à donner raison à l'autre plutôt qu'à s'opposer. Enfant adoptée, elle avait toujours eu conscience de la différence entre elle et Gemma, la « vraie » fille de ses parents. Gemma n'avait pas besoin de se surveiller en permanence, de se montrer sage, conciliante et serviable pour mériter leur amour. Leurs parents l'adoraient, quoi qu'elle fasse ! Avec ses boucles dorées et ses yeux bleus rieurs, Gemma était l'enfant qu'ils avaient désirée. Avec ses cheveux noirs et raides et son visage grave, Eleanor était le coucou dans leur nid.

Elle repoussa cette pensée.

Elle n'était plus une enfant ! Elle n'avait besoin de l'approbation de personne pour valider son existence.

— Les contractions sont à deux minutes d'intervalle, annonça-t-elle. Savez-vous combien de temps mettra Polly ? Marie dit qu'elle revient de chez les Outhwaite.

— Aïe, fit Daniel avec une légère grimace. C'est loin. Il lui faut une bonne demi-heure pour nous rejoindre. Je vais l'appeler, histoire de savoir où elle en est du trajet.

Au moment de sortir, il se retourna un instant.

— Je parlais sérieusement, Eleanor. Je ne voulais pas être désagréable avec vous.

Tandis qu'il s'esquivait, elle sentit une bulle d'euphorie éclore dans sa poitrine.

Elle avait beau se dire qu'elle n'avait pas non plus besoin de l'approbation de Daniel Saunders, cela n'y changeait rien.

Prendre conscience de sa propre valeur, quel parcours du combattant ! Toute sa vie, elle s'était sentie moins importante, moins douée que Gemma. Ses parents étaient adorables avec elle, elle pouvait compter sur leur soutien, mais ils ne parvenaient tout simplement pas à cacher leur ravissement face à leur fille biologique. Gemma, si jolie, si précoce, Gemma que tout le monde adorait ! Après sa naissance, Ellie, à huit ans, s'était fondue dans le décor. C'était uniquement en partant à l'université qu'elle avait pu se faire sa propre place, son propre cercle d'amis, son premier amour. Peu à peu, elle avait pris de l'assurance. Avec son premier poste de médecin, les tourments de son enfance s'étaient plus ou moins effacés de sa mémoire. En sortant avec le Dr Michael Ross et en se fiançant avec lui, elle avait cru décrocher le gros lot. Jusqu'au fameux matin où elle était entrée chez lui et l'avait trouvé au lit avec une des infirmières du centre…

— Ohhhhh.

La plainte de Beth la ramena à l'instant présent.

Rapidement, elle se pencha, vérifia l'état de sa patiente, et son cœur se mit à battre très fort.

Le crâne de l'enfant se présentait.

— Vous y êtes presque, s'écria-t-elle d'une voix chaleureuse. Je vois la tête. C'est presque terminé !

— Pas… trop… tôt, articula la mère, les dents serrées.

Gentiment, Ellie essuya la sueur de son front. En quelques gestes, elle enfila des gants stériles, disposa les ciseaux pour couper le cordon, la serviette douce pour sécher l'enfant, le tube très fin pour dégager les voies respiratoires. Puis elle fit signe à la maman de fournir le dernier effort.

Beth inspira à fond et poussa, le visage rouge vif.

La tête émergeait !

Prestement, Ellie glissa sa main sous sa nuque et la soutint tandis qu'une épaule puis l'autre se dégageaient.

— Une dernière poussée, lança-t-elle à Beth. Allez-y !

Le bébé glissa hors du corps de sa mère : un petit être absolument parfait, qui hurlait avec entrain.

Souriante, émue, elle essuya délicatement le mucus du petit visage, enroula l'enfant dans la serviette et le déposa dans les bras de Beth.

— Félicitations. Vous avez une magnifique petite fille.

— Une fille ! s'écria la nouvelle maman en scrutant avidement le visage de son bébé. J'étais sûre que ce serait un garçon.

— Vous n'allez pas me dire que vous êtes déçue ? la taquina Ellie.

— Surtout pas. Qu'elle est belle !

En la voyant poser les lèvres sur le petit crâne hérissé, Ellie se détourna, les larmes aux yeux.

Elle aussi, elle avait toujours voulu un enfant. Un enfant de son corps… Mais ce rêve avait été balayé comme tout le reste. Elle ne pourrait plus être maman parce que la pire catastrophe pour elle serait de retomber amoureuse. Risquer une nouvelle trahison ? Merci bien ! Mais ce que ça faisait mal d'assister à cette scène qui soulignait tout ce qu'elle ratait !

— Je vois que vous vous êtes débrouillées sans moi !

Une grande rousse avenante venait d'entrer en coup de vent. Ellie se hâta de changer de visage.

Sourire, il fallait sourire. Sa vie ne se déroulerait peut-être pas comme elle l'avait espéré, mais elle vivrait tout de même.

— Polly, je présume ? dit-elle en retirant son gant pour serrer la main de l'arrivante. Je suis Eleanor Munroe, la remplaçante de Beth.

— Polly Davies.

Cordiale, elle alla se pencher sur Beth.

— Il est craquant, s'extasia-t-elle. Et pas si menu, quand on pense que vous auriez dû le garder encore trois semaines.

— Elle est adorable, non ? murmura Beth en caressant la joue fripée de son bébé.

Le visage de Polly s'illumina.

— C'est une fille ? Vous me devez dix livres !

Elle se retourna vers Ellie pour expliquer, hilare :

— Beth était sûre que ce serait un garçon, je disais que ce serait une fille, alors nous avons parié. J'ai gagné !

— Nous avons gagné toutes les deux, corrigea Beth.

Elles étaient charmantes toutes les deux, pleines de vie et d'humour. Ellie rit avec elles, alors même qu'elle se répétait en silence : « Pas d'enfant, jamais. »

La pensée la hanta pendant qu'elle aidait Polly à expulser le placenta puis à préparer la mère et l'enfant pour le transfert à l'hôpital. Beth ne tenait pas du tout à y aller, mais Polly estimait que c'était préférable pour elle comme pour le bébé.

Quand Daniel fit entrer les brancardiers, tout était prêt.

— Tiens-moi au courant et dis-moi s'ils te gardent, dit-il en embrassant la joue de son associée. Nous organiserons un planning des visites, histoire d'éviter que tout le monde vienne en même temps.

— Oui, merci…

La voix de Beth se fêla un peu quand elle ajouta, en contemplant le bébé blotti dans ses bras :

— Ce sera bien pour la petite d'avoir ses tontons et tatas autour d'elle, même si son papa s'en fiche…

Ellie recula pour laisser passer le brancard, répondit à l'au revoir rapide de Polly qui comptait suivre l'ambulance dans sa propre voiture… et se retrouva seule avec Daniel.

— C'est impensable que Callum ne veuille rien savoir de son propre enfant, soupira-t-il en suivant la procession des yeux. Ça me dépasse.

— Ce doit être terrible pour elle, murmura Ellie.

— Oui. C'est déjà assez difficile d'élever un enfant tout seul dans les cas de force majeure, mais quand l'autre parent ne veut tout simplement pas s'impliquer…

Cette tristesse dans la voix de Daniel. Parlait-il de sa propre expérience ? Était-il marié, avait-il des enfants ?

Elle hésitait à lui poser la question quand il haussa les épaules.

— Bref, merci, Eleanor. Vous avez pris un sacré départ !

Et il conclut avec un petit rire :

— Et moi qui craignais de vous mettre la pression !

4.

Et voilà, pensa Daniel, fataliste, il venait encore de dire une bêtise : qui apprécierait que l'on suggère qu'il n'est pas capable d'assumer la pression de son job ?

Eleanor n'avait manifestement pas apprécié son commentaire, car elle le toisait sans rien dire. Un silence chargé s'était abattu sur eux.

Il ne pouvait pas s'expliquer, il faudrait avouer qu'il se faisait du souci pour elle. Qu'il s'intéressait à elle...

— Bon. Je ferais bien de retourner travailler, ou les patients vont penser que nous sommes en grève. Appelez-moi s'il y a quoi que ce soit, puisque Beth n'a pas pu terminer la mise au courant.

Il tourna les talons sans donner à Eleanor le temps de répondre.

Par lâcheté ? Oui, plus ou moins. Il préférait s'éclipser avant de faire une nouvelle bourde, comme de lui demander tout net ce qu'il lui était arrivé. Elle le prendrait mal. Une femme aussi indépendante ne souhaiterait pas se confier, surtout à quelqu'un qu'elle connaissait à peine.

La matinée passa très vite. Aux Mélèzes, on recevait les patients sans rendez-vous chaque matin, et la salle d'attente était toujours pleine. Les rendez-vous étaient possibles l'après-midi, mais la plupart des patients semblaient préférer ce système qui leur laissait plus de latitude. Pour les fermiers et leurs familles, le bétail passait en premier, ils venaient voir le médecin quand ils trouvaient le temps, sans bloquer une date ou un horaire.

Il était près de 13 heures quand le dernier patient s'en alla.

Quand Daniel émergea de son cabinet, Lucy Burrows avait rejoint Marie derrière le comptoir.

Lucy venait de rejoindre l'équipe pour son stage de fin d'études de pharmacienne. Son master en poche, elle aurait pu s'installer n'importe où, mais elle était d'ici et tenait à revenir vivre dans les Vallons.

— Alors Beth a eu son bébé dans la salle de repos ? C'est dingue ! s'exclama-t-elle.

— Oui, convint-il, amusé, c'était un choc — surtout pour elle.

— Je me demande comment elle va l'appeler, enchaîna joyeusement Lucy. Elle était tellement sûre d'avoir un garçon ! Je ne sais pas si elle a cherché des noms de fille.

— Il faudra bien.

Daniel ne l'écoutait qu'à moitié car il venait d'entendre le pas d'Eleanor.

Comment pouvait-il le reconnaître avec une telle certitude ? Mystère. Son cœur se mit à battre plus vite, et il dut faire un effort pour ne pas trahir à quel point cela l'alarmait.

— Vous avez terminé ? demanda-t-il en se retournant vers elle.

Il visait un ton léger, amical. Horrifié, il entendit une phrase guindée, faussement cordiale, sortir de sa bouche. Du coin de l'œil, il vit Marie et Lucy échanger un regard. Il ne restait qu'à espérer qu'Eleanor ne le connaisse pas suffisamment pour mesurer la bizarrerie de son comportement.

— Oui, merci.

Elle parlait exactement comme lui ! D'une voix coincée, maladroite… Troublée !

Une chaleur brusque monta en lui, et il sentit son expression se décomposer.

Troublée par lui ? En tant qu'homme ? Pour lui, c'était aussi impossible d'envisager une attirance réciproque que d'écarter cette idée. Ce fut un soulagement quand Lucy vola à son secours.

— Bonjour, Eleanor ! Je suis Lucy Burrows. Je fais mon

stage en pharmacie ici, et je donne un coup de main à l'accueil quand nous sommes débordés.

— Bonjour, Lucy ! répondit cordialement Eleanor.

Cette fois, sa réaction était parfaitement normale. Il ne sut pas s'il était soulagé ou déçu.

— En général, on m'appelle Ellie, enchaîna-t-elle. J'aime mieux, c'est plus informel.

Ellie. Un nom agréable, mais qui ne lui allait pas. Ellie, c'était joli, moderne, accessible, mais il préférait Eleanor, le son, la sensation. Ellie n'était qu'une fraction du tout ; avec Eleanor, il saisissait la femme tout entière. Les aspects qu'elle souhaitait montrer comme ceux qu'elle cachait aux yeux du monde. Ceux qu'il avait si envie de découvrir.

Ellie faisait effort pour répondre du tac au tac à Lucy qui l'interrogeait sur sa première matinée aux Mélèzes. Elle avait du mal à se concentrer, car Daniel se tenait à côté d'elle, et elle sentait les rouages tourner dans sa tête, sans parvenir à deviner la teneur de ses pensées. Il pensait à elle, elle en était presque certaine…

Par chance, le téléphone sonna, ce qui détourna l'attention de Lucy.

— Je suppose que vous avez hâte de voir votre logement ? dit-il. Voilà les clés. Venez, je vous montre le chemin.

Il sortit un petit trousseau de sa poche et le lui tendit, tout tiède d'avoir été contre lui.

— Merci, mais ce n'est pas la peine de m'accompagner. C'est l'heure du repas, vous… Je peux me débrouiller.

L'idée d'être seule avec lui dans son futur lieu de vie la mettait mal à l'aise.

— Pas de souci. Je dois vous montrer une ou deux choses : le fonctionnement de la chaudière, l'arrivée d'eau.

Sans lui laisser le temps de protester, il la précéda hors du centre et s'engagea dans l'allée qui contournait le bâtiment.

Elle réprima un soupir et le suivit.

— Le logement est indépendant, expliqua-t-il par-dessus son épaule. Camille et moi l'avons habité la première année, puis nous avons déménagé quand Nathan est né. Il lui fallait beaucoup de place !

Elle sentit son cœur se serrer.

Bien sûr qu'un homme comme lui était marié, bien sûr qu'il avait une famille ! Elle était stupide d'en avoir douté.

Résolument, elle repoussa sa déception.

— Ce devait être commode de vivre sur place ?

— Oui et non.

Il s'arrêta un instant pour lui permettre de le rattraper et reprit avec un sourire :

— C'était formidable de ne pas être obligé de faire la route chaque jour pour aller travailler, mais le revers de la médaille, c'était que j'étais perpétuellement de garde. Tout le monde savait exactement où me trouver, jour et nuit.

— Je vois, marmotta-t-elle.

— Vous n'avez aucun souci à vous faire, reprit-il très vite. Nous avons réussi à dresser nos patients ! Maintenant, ils appellent plutôt que de venir tambouriner à la porte.

Il lui tapota gentiment le bras et se remit en chemin.

Elle mit un instant à le suivre. Son bras crépitait là où il l'avait touchée, et elle dut résister à l'envie de le frotter.

Daniel s'immobilisa de nouveau pour l'attendre au pied d'un escalier extérieur qui menait à l'étage.

Ce trouble que cet homme soulevait en elle était incompréhensible, elle n'avait jamais rien ressenti de pareil, même avec Michael. Avec son ex, l'attirance n'était pas tombée comme la foudre, elle s'était épanouie peu à peu. Était-ce à cause du choc qu'elle venait d'encaisser ? La trahison de Michael la laissait-elle si vulnérable qu'elle soit prête à s'attacher au premier homme attirant qui la traitait avec gentillesse ? Oui, sûrement. Ce n'était pas très valorisant, mais ça valait mieux que *l'autre* explication. La possibilité d'une véritable attirance.

Daniel s'écarta pour laisser entrer Eleanor.

— Et voici la chambre principale. Le lit est neuf, la moquette aussi. Quitte à rafraîchir le logement, j'ai préféré tout changer.

Elle se contenta de balayer la pièce d'un regard rapide, qui ne s'arrêta ni sur la moquette moelleuse couleur café au lait, ni sur les rideaux assortis.

Impossible de deviner si le décor lui plaisait.

La même scène s'était déroulée sur le seuil de chaque pièce : un regard et un hochement de tête, rien de plus. C'était probablement absurde mais il commençait à se sentir assez vexé.

C'était ridicule, elle ne pouvait pas deviner combien il avait investi de temps et d'énergie pour préparer le logement. Un week-end entier rien que pour choisir la couleur des murs, une séance cauchemardesque pour décider entre un tissu uni ou un imprimé pour les rideaux. Un vrai champ de mines ! Et ce serait pour rien si le résultat ne lui plaisait pas.

Elle se laissa tomber sur le canapé et contempla le salon lumineux et aéré.

Ici, il avait opté pour des voilages — enfin, il n'avait pas exactement opté, il avait plutôt suivi les conseils du vendeur, mais il était particulièrement content du résultat. De lourds rideaux auraient distrait l'œil du paysage. La vue spectaculaire semblait s'inviter dans la pièce, les verts et les mauves des collines se déployaient, somptueux.

Mais peut-être Eleanor aurait-elle préféré pouvoir s'enfermer le soir dans un cocon ?

— Alors ? demanda-t-il enfin. Une réaction ?

— Je ne sais pas quoi vous dire.

— Écoutez, dit-il très vite, je comprendrai si vous voulez changer quelque chose. Ne vous sentez pas obligée de vivre avec ce que j'ai choisi.

— J'adore. Les couleurs, les rideaux… Tout !

Elle releva la tête. Abasourdi, il vit que ses yeux brillaient de larmes.

— Je ne m'attendais pas à ça, Daniel ! C'est magnifique. Merci, du fond du cœur.

— Je suis content.

Sa voix s'enrouait. Il eut un rire un peu bête.

— Vous ne disiez rien, j'avais l'impression atroce que vous détestiez.

— J'étais estomaquée.

Elle s'essuya rapidement les yeux et sourit, l'air de se moquer d'elle-même.

— Désolée. Je m'attendais à un logement basique, neutre, vous comprenez ? Ici, c'est… c'est comme un vrai foyer.

— Parfait ! Ce sera votre foyer pendant les mois à venir.

Il lutta contre une envie absurde de lui dire que ce serait son foyer aussi longtemps qu'elle le voudrait. Mais c'était idiot, elle n'était là que pour le congé de maternité de Beth, il ferait bien de s'en souvenir et de surveiller ses impulsions.

Eleanor se remit sur pied. Son visage avait repris une expression distante.

— Vous avez besoin d'un coup de main pour monter vos affaires ? Avec l'escalier, ce n'est pas forcément commode.

— Merci, mais non. Je me suis débarrassée du plus gros de mes affaires en quittant le Kent, alors il n'y a rien… rien de lourd. Juste des vêtements, quelques livres, du linge de maison.

— D'accord.

Se débarrasser de tout, c'était quand même un peu extrême !

Il mourait d'envie de l'interroger, mais un dernier vestige de prudence le retint. Un rien le ferait basculer. Basculer comment ? Il ne le savait pas lui-même, peut-être en passant du rôle de collègue à celui d'ami. S'il sautait le pas, il n'y aurait pas de retour possible, et il ne pouvait tout simplement pas se permettre de s'impliquer dans les soucis d'Eleanor. Il devait réserver son attention, son énergie, son soutien à Nathan.

Il se dirigea vers la porte, le cœur lourd, avec l'impression absurde d'abandonner Eleanor.

— Je vous laisse vous installer, dit-il en se forçant à sourire.

J'ai des visites à domicile cet après-midi. Si vous avez besoin de quoi que ce soit, voyez avec Marie. Elle sait tout, elle a la solution à tous les problèmes.

— C'est bon à savoir.

Il s'en alla sur un signe cordial de la main.

Sa première visite était pour une ferme assez éloignée, un trajet de vingt minutes qui lui donnerait amplement le temps de se reprendre.

Franchement, il était ridicule ! De son côté, Eleanor ne semblait avoir aucune difficulté à garder ses distances.

Il ne comprenait rien à ses propres réactions. Ce n'était pas comme s'il cherchait à se retrouver en couple, ou même à coucher avec une femme ! Il n'avait pas fait l'amour depuis la mort de Camille. Il n'en avait pas eu envie, malgré de nombreuses occasions. Comme si le désir était mort en même temps que sa femme.

Était-ce ce qu'il ressentait pour Eleanor Munroe ? Voulait-il coucher avec elle ?

Eh bien, oui. Mais il savait que le sexe n'était pas au cœur de cette attirance. C'était davantage que cela… Mais il ne chercherait pas à cerner le phénomène. C'était trop risqué.

En fin de journée, Eleanor éteignit son ordinateur et se renversa dans son siège avec un soupir de satisfaction.

Sa première journée de consultation s'était déroulée encore mieux qu'elle ne l'espérait. Elle avait rencontré des patients cordiaux et accueillants, les autres membres de l'équipe se montraient chaleureux, soucieux de faciliter son intégration. Décidément, elle avait fait le bon choix en postulant aux Mélèzes. Ici, elle parviendrait à se reconstruire, à dépasser son chagrin. Elle n'avait qu'à se concentrer sur le travail, et tout irait bien.

— Terminé ?

Son cœur tressauta brutalement.

Daniel ! Il lui souriait depuis le pas de la porte.

Au fil des heures, elle avait oublié l'impact de sa présence. En le revoyant alors qu'elle ne s'y attendait pas, elle avait de nouveau senti ce fichu frisson sensuel. Mais pourquoi ? Il était bel homme, mais ce n'était tout de même pas son physique qui lui faisait un tel effet, ni même son évidente gentillesse ?

Les premiers temps, avec Michael, elle avait surtout apprécié son physique. Sa personnalité l'avait un peu rebutée au premier abord. Il avait des opinions très tranchées, elle avait dû accepter qu'ils soient rarement du même avis. Peut-être le problème avait-il commencé là : ne s'était-elle pas fourvoyée en taisant son point de vue de peur de le perdre ?

— Eleanor ?

La voix de Daniel l'arracha à ses pensées. Il la dévisageait avec un brin d'inquiétude.

— Désolée, j'étais ailleurs. Oui, je termine juste.

— Bien ! J'espérais que votre premier jour ne serait pas trop long.

Son cœur bondit dans sa poitrine.

Il lui souriait si chaleureusement !

Ridicule, elle était ridicule. Elle se comportait comme une adolescente.

— Eh bien, c'est réussi, dit-elle d'un ton léger en se levant.

Elle sortit son sac d'un tiroir, jeta un regard à la ronde pour s'assurer que tout était en ordre — des gestes de routine qu'elle faisait habituellement en pilote automatique, mais qui prenaient une importance démesurée parce que Daniel la regardait.

— Lamentable.

Il haussa les sourcils, interloqué.

Zut ! Elle avait dû parler tout haut. Il allait croire qu'elle n'aimait pas son bureau… Comment lui expliquer ?

Non, impossible.

Rougissante, elle se dirigea vers la porte en espérant qu'il n'était pas médium en plus de ses autres talents. Si en plus il lisait dans ses pensées…

Dans sa confusion, elle remonta le couloir au pas de charge, et Marie, toujours à son poste à l'accueil, se mit à rire en la voyant.

— Quelqu'un est pressé de s'en aller ! La journée a été si épouvantable ?

— Non, bien sûr que non.

Daniel l'avait suivie, il se tenait juste derrière elle.

— Je ne voulais pas vous retarder, enchaîna-t-elle maladroitement en se retournant vers lui. Je ne connais pas encore l'organisation…

— Oh ! pas de danger ! assura Marie en riant. Nous sommes une mécanique bien huilée. Hein, Daniel ?

— Absolument.

Ellie sentit ce dernier mot vibrer doucement dans tout son corps. Elle frémit et plongea malgré elle dans le regard bleu qui la considérait avec tant de chaleur. Elle y trouva son propre reflet, et elle eut l'impression absurde qu'elle basculait, que Daniel absorbait son essence, qu'elle devenait une part de lui.

Le plus terrifiant, c'est qu'elle n'avait envie de rien d'autre que de se perdre dans le bleu de ces yeux.

5.

Une semaine s'écoula, puis une autre. Aux Mélèzes, une nouvelle routine s'était installée. Tout fonctionnait à merveille, mais Daniel percevait très clairement la différence apportée par la présence d'Eleanor. Il n'avait rien à redire à son travail, qui était au-dessus de tout reproche. Son problème, c'était de la savoir dans la pièce voisine. Il s'efforçait de l'oublier, se concentrait sur son patient… et, au moment le plus inattendu, il se surprenait à tendre l'oreille pour capter le bourdonnement de sa voix.

Ça virait à l'obsession !

Pour se vider la tête, il décida de permuter quelque temps avec l'équipe du dispensaire de Hemsthwaite.

Sandra Nelson, qui travaillait là-bas à mi-temps, accepta avec plaisir, mais Bernard Hargreaves, le médecin à plein temps, refusa tout net de venir aux Mélèzes.

Daniel n'insista pas. À quoi bon créer des tensions ? Il se contenterait d'échanger les consultations du matin avec Sandra.

Ce lundi matin, comme souvent, la salle d'attente était pleine à craquer. Il géra les pathologies habituelles, maux de gorge et toux bronchiteuses, puis reçut un adolescent accompagné par sa mère.

Steven Applethwaite, un grand gosse monté en graine de dix-sept ans, était au même lycée que Nathan. Pâle, sans énergie, il se laissa tomber sur le siège en face de Daniel.

— J'ai eu un mal de chien à le traîner ici, docteur Saunders, mais ça ne peut pas continuer ! s'écria sa mère en s'installant sur la chaise voisine.

La famille Applethwaite gérait une grande ferme dans un vallon reculé. Replète, la cinquantaine, Diane était une femme de tête.

— Alors, Steven, demanda-t-il, quel est le problème ?

— Il dort tout le temps et est toujours fatigué, clama sa mère. Il a passé le week-end au lit, mais je n'ai pas réussi à le faire lever ce matin pour aller en cours.

— C'est exact, Steven ?

Quand la mère ouvrit de nouveau la bouche pour répondre à sa place, Daniel leva la main pour l'interrompre.

— Si ça ne vous ennuie pas, madame Applethwaite, je préfère que Steven s'explique.

— Je suis juste fatigué, marmonna le garçon, l'air affreusement mal à l'aise.

— Rien d'autre ? Pas de fièvre, mal à la gorge ?

— Rien, non. Sauf… J'ai tout le temps soif. Je n'arrête pas de boire.

— Je vois.

Daniel alla ouvrir son placard et en sortit un petit flacon.

— Je voudrais tester ton urine. Les toilettes sont à gauche dans le couloir. Remplis ce flacon et rapporte-le-moi, d'accord ?

Le visage maigre du garçon vira au rouge pivoine. Il était à l'âge où on éprouve une gêne insurmontable pour tout ce qui touche aux fonctions naturelles.

Dès que la porte se referma derrière lui, Diane Applethwaite regarda Daniel droit dans les yeux.

— Vous pensez qu'il est diabétique. Je me trompe ?

— Je me pose la question. Je ne veux pas vous inquiéter, mais c'est une possibilité. Je le saurai quand j'aurai testé son urine.

— J'aurais dû y penser, dit-elle en secouant la tête. Ma sœur Cathy est diabétique. Ça a commencé quand elle était petite. Je la revois encore, elle buvait des litres d'eau. Je n'avais pas fait le rapprochement.

— On ne peut pas penser à tout. Et puis, les adolescents ne

sont pas toujours très doués pour expliquer leurs problèmes. Je sais combien c'est difficile de les faire parler !

— Vous pouvez le dire ! J'ai cinq garçons, et pour leur faire dire quelque chose de personnel…

Elle poussa un gros soupir.

— Les filles, c'est plus facile.

Steven revint, tête basse, avec son échantillon.

Daniel l'emporta sur son plan de travail, y trempa un bâtonnet. Le révélateur montra un niveau très élevé de glucose.

— C'est ce que je pensais, ton taux de sucre sanguin est beaucoup trop élevé, dit-il en revenant s'asseoir. Nous allons faire une prise de sang pour confirmer, mais je pense que tu fais du diabète.

— C'est la maladie de tante Cathy, non ? demanda le garçon en se tournant vers sa mère.

Quand elle confirma d'un signe de tête, il pâlit brusquement.

— J'aurai des piqûres comme elle ?

— Probablement.

Pauvre gosse. En venant ici, il ne s'attendait pas à ce qu'on lui annonce qu'il avait un vrai problème.

Daniel se représenta Nathan dans la même situation et s'efforça de présenter les choses sous le jour le plus positif.

— Tous les diabétiques n'ont pas besoin d'injections. Et, si tu es obligé de te piquer, on te montrera comment faire. Tu verras, ce sera bientôt un geste comme un autre. Un geste ordinaire de ton quotidien.

— Ce n'est quand même pas franchement « quotidien » ! éclata le garçon, furieux. Mes copains ne sont pas obligés de se faire des piqûres, eux !

— Non, pas que je sache, répondit Daniel sans se formaliser. Mais ils ont peut-être d'autres problèmes de santé dont tu ne sais rien.

Peine perdue. Le garçon sauta sur ses pieds et sortit en courant, les larmes aux yeux.

— Désolée, docteur, marmonna sa mère en se levant. Il a

toujours été sensible. Mais ce n'est pas une raison pour être impoli avec vous.

— Je comprends très bien, madame Applethwaite. C'est normal qu'il soit bouleversé. Un diabète, c'est une sacrée nouvelle à encaisser. Il va falloir nous organiser. Steven doit faire une prise de sang à jeun, donc il ne devra rien avaler après son repas la veille au soir. Nous pouvons faire la prise de sang ici mais, si le diagnostic se confirme, il devra voir le spécialiste de l'hôpital.

— Je m'en occupe, dit résolument la mère.

— Parfait. Jessica vous donnera un dépliant qui explique la procédure.

Jessica était l'une des deux infirmières attachées au dispensaire.

— Pour la prise de sang, vous pouvez aller à Beesdale, si vous préférez.

— Ici, ce serait plus simple. Nous avons du travail par-dessus la tête en ce moment, tous les moutons doivent descendre des collines avant le mauvais temps.

La brave femme poussa un gros soupir.

— Steven devra aller à l'hôpital chaque semaine ?

— Non, non. Le spécialiste va prescrire son traitement, et ensuite nous assurerons le suivi ici. Nous accueillons une consultation mensuelle pour les diabétiques avec l'équipe de l'hôpital. Vous ne serez pas obligée de faire le trajet jusqu'à Beesdale.

— Je préfère ! Je me serais arrangée s'il avait fallu, mais ce sera plus facile de venir ici !

Il la raccompagna à la porte et revint presser le bouton pour prévenir l'accueil qu'il était prêt à accueillir le patient suivant.

Le reste de la matinée passa en un éclair. Après sa dernière consultation, il bavarda quelques minutes avec Bernard, sans s'attarder. Il avait hâte de rentrer à Beesdale.

À quoi bon se raconter des histoires ? Il avait hâte de revoir Eleanor.

La matinée avait été chargée, mais Ellie était contente. Les problèmes qu'elle rencontrait ici étaient assez différents de ceux qu'elle soignait dans le Kent, elle engrangeait une précieuse expérience qui lui serait utile au moment de passer à l'étape suivante de sa carrière. Elle serait encore ici pendant plusieurs mois, mais elle ne devait pas oublier que ce poste n'était pas permanent…

Cette idée entama sa bonne humeur. Elle la repoussa donc et quitta sa salle de soins au moment où Sandra Nelson émergeait du bureau voisin.

— Quelle foule, ce matin ! s'écria celle-ci cordialement.

Ellie avait tout de suite apprécié Sandra. Un peu plus âgée qu'elle, chaleureuse et pragmatique, elle s'était tout de suite sentie à l'aise avec elle. Sandra avait aussi été la première à la tutoyer.

— Alors, ça te change de travailler ici ?

— Oui ! Toi aussi, c'est un changement, non ?

— Carrément ! Au moins, ici, il y a quelqu'un à qui parler. Bernard n'est pas très doué pour papoter : il fait le boulot et rentre chez lui, point barre. Il n'a plus le feu sacré. Je ne serais pas étonnée qu'il pense à prendre sa retraite.

— Ah bon ? murmura Ellie.

Si un poste se libérait, ce serait une solution pour elle. Daniel envisagerait peut-être de l'embaucher de façon permanente… Ou pas. En avait-elle seulement envie ? Elle serait amenée à le voir souvent si elle était basée au dispensaire de Hemsthwaite. Peut-être pas tous les jours, mais très souvent. Les signaux confus qu'ils se lançaient tous les deux la mettaient mal à l'aise. Après Michael, elle s'était juré de ne plus jamais dépendre d'un homme.

Sandra la surprit en lui posant justement la question.

— Si Bernard prend sa retraite, est-ce que tu postulerais pour le remplacer ?

— Je ne sais pas.

Comme Sandra semblait surprise, elle s'expliqua :

— J'ai pris ce poste en sachant qu'il était temporaire. Je ne suis pas sûre de vouloir rester sur le long terme.

— Tu es la seule à pouvoir décider mais, à mon avis, tu pourrais trouver pire que de travailler ici. N'est-ce pas, Daniel ?

Daniel était là !

Le cœur d'Ellie trébucha. Elle ne l'avait pas vu depuis le vendredi précédent, et elle se surprit à le couver des yeux.

Pour se protéger du vent vif d'octobre, il portait une épaisse veste matelassée qui étoffait sa silhouette. Avec ses cheveux sombres en bataille et ses yeux bleus brillants, il était tout simplement irrésistible. Il la regardait d'un air interrogateur, et elle comprit qu'il venait de lui poser une question.

— Pardon ? bredouilla-t-elle.

— Je vous demandais si vous aviez l'intention de rester dans la région.

— Je n'ai pas pris de décision, répondit-elle très vite. J'ai aussi envisagé d'émigrer. Il y a beaucoup d'opportunités pour les généralistes en Australie ou en Nouvelle-Zélande.

— C'est vrai.

Il lui lança un sourire et se remit à parler à Lucy Burrows qui tenait l'accueil.

Elle passa devant eux et sortit tout droit, s'efforçant de ne pas montrer à quel point elle était blessée.

Ça devenait franchement ridicule ! Pourquoi Daniel Saunders chercherait-il à la convaincre de rester en Angleterre ? Et pourquoi l'écouterait-elle s'il le faisait ? Elle était ici uniquement pour remplacer Beth.

Pourtant, dans un recoin fragile de son cœur, sa réaction comptait, et c'était tout simplement terrifiant. Elle ne devait pas, surtout pas lier son avenir aux opinions ou aux décisions d'un homme. La dépendance, elle avait donné !

Sandra la rattrapa devant la porte.

— Tout va bien, ma grande ? demanda-t-elle avec inquiétude. Tu es partie comme une fusée.

— Désolée. Je… je n'ai pas pris le temps de manger ce matin, et je meurs de faim !

— Je connais ça ! dit Sandra en riant. Moi, je suis au régime, précisa-t-elle. C'est horrible, j'en rêve la nuit.

Ouf, elle ne se doutait de rien.

— Lamentable, confirma Ellie en souriant.

— Je réveille mon mari en marmottant le décompte de calories de mes desserts préférés… Bon, bref ! On oublie mes problèmes, je t'invite à notre barbecue d'automne. Nous en organisons un chaque année à cette époque, avant qu'il ne fasse trop froid pour profiter du jardin. Le 19. Tu es libre ?

— Tiens ! C'est le jour de mon anniversaire.

— Incroyable ! Tu as déjà organisé quelque chose ?

— Non, rien.

C'était plus fort qu'elle, elle revoyait la fête de l'année précédente, avec Michael. À l'époque où la vie lui donnait tout ce qu'elle désirait.

— Génial ! s'exclama Sandra. Tim et moi, nous tenons à ce que tu viennes.

Arrivée à sa voiture, elle se retourna pour lancer :

— Si tu veux amener quelqu'un, pas de problème !

— Merci ! répondit Ellie en souriant.

Inutile de préciser qu'elle n'avait personne à amener.

Elle fit un signe de la main à Sandra, monta chez elle, mit un grand bol de soupe au micro-ondes et se planta devant la fenêtre pour patienter.

Quand allait-elle enfin cesser de mesurer le temps en fonction des événements vécus avec Michael ? Était-elle encore amoureuse de lui, malgré tout ?

Elle ferma les yeux et chercha à revoir son visage.

Curieusement, rien ne vint. Elle se représentait chacun de ses traits séparément : les yeux noisette, les cheveux châtain clair, la bouche aux lèvres assez minces, mais cela refusait de former un tout. Plus étonnant encore, un tout autre visage se présenta à elle spontanément : Daniel.

Stupéfaite, elle fixa les cimes des arbres sans les voir.

Ses traits à lui s'étaient assemblés sans aucun effort. C'était peut-être un signe… Mais de quoi ? Elle pensait trop à lui, ça, elle le savait déjà. Conclusion, si elle voulait s'éviter un nouveau chagrin, elle devait arrêter tout de suite.

Si elle le pouvait encore.

Daniel repensait sans cesse à la brève conversation avec Eleanor, à l'accueil.

Elle envisageait donc d'émigrer à la fin de ce contrat !

Cela ne devrait pas le troubler à ce point, il devrait même se ficher radicalement de ce qu'elle choisissait de faire de sa vie. Mais la nouvelle le choquait. Si elle partait à des milliers de kilomètres… Cette idée lui mettait comme un poids sur la poitrine. Il aurait voulu en discuter avec elle, ou lui demander tout net de rester aux Mélèzes. Mais de quel droit ? Il n'était que son employeur, rien de plus ! Après tout, ses projets ne le regardaient en rien !

L'après-midi fut aussi chargé que le matin, ils dépassèrent largement l'heure habituelle de fin des consultations. Pour une fois, il n'était pas obligé de rentrer dare-dare, car Nathan avait basket le lundi soir. Quand il proposa de faire la fermeture, Marie s'éclipsa sans demander son reste, trop contente.

Il branchait l'alarme quand il remarqua le trousseau de clés de Beth accroché au tableau : il avait donné les clés du logement à Eleanor, mais pas celles du centre !

Il les décrocha, indécis.

Devrait-il monter les lui remettre tout de suite ? Il ne voulait pas la déranger. D'un autre côté, ce serait ennuyeux que Marie et lui soient tous deux en retard demain matin et qu'il n'y ait personne pour ouvrir les portes. Eleanor était sur place, mieux valait qu'elle ait les clés.

Il émergea dans le vent coupant, verrouilla soigneusement derrière lui et contourna le bâtiment.

Début octobre, on sentait déjà venir l'hiver dans le Yorkshire. Était-ce pour cela qu'Eleanor envisageait de partir ? Voulait-elle du soleil toute l'année ?

Non, se dit-il en grimpant les marches d'un pas lourd, sa décision était sûrement liée à la catastrophe qui l'avait poussée à fuir son poste précédent. L'expérience avait dû être traumatique...

Perdu dans ses pensées, il avait sonné, et la porte s'était ouverte dans la seconde.

Eleanor et lui se dévisagèrent un instant, aussi surpris l'un que l'autre, puis il se ressaisit et lui tendit le trousseau de clés.

— Désolé de vous déranger, mais j'ai oublié de vous donner vos clés du centre. Je dois aussi vous expliquer le fonctionnement de l'alarme.

— Ah. D'accord. Entrez.

Elle le précéda dans le salon, l'invita du geste à s'asseoir et, dans un effort transparent pour se montrer accueillante, enchaîna :

— J'allais me servir un verre de vin. Vous en prenez un ?

— Il vaut mieux pas. Je dois prendre le volant pour aller chercher Nathan tout à l'heure à son entraînement de basket.

Il avait ajouté cette précision pour dire quelque chose, il ne pensait pas vraiment que ça l'intéresserait. Il meublait parce qu'il se sentait gêné de l'envahir pendant ses heures de repos.

— Il joue dans l'équipe du lycée, et il adore ça.

Eleanor se servit un verre de vin et s'installa en face de lui.

— Nathan, c'est votre fils ? Quel âge a-t-il ?

— Dix-neuf ans.

— Il est encore au lycée ? s'étonna-t-elle en portant son verre à ses lèvres.

— Oui, dit-il sans se formaliser. Il a décroché à seize ans, et il a dû rattraper son retard.

Elle but une gorgée.

Malgré lui, il resta le regard rivé à sa bouche. La lueur humide sur la pulpe de sa lèvre lui donnait un léger vertige.

S'il l'embrassait maintenant, ses lèvres auraient le goût du vin… Ça alors ! La seule idée d'un baiser pouvait encore lui fouetter le sang, faire vibrer son corps !

— Il a été malade ?

Il se força à détourner les yeux.

— Pardon ?

— Votre fils, il a manqué l'école à cause d'une maladie ?

Le léger bruit qu'elle fit en posant son verre le fit sursauter. L'illusion se dissipait, il sentait une sorte de dégoût éclater dans sa poitrine. Une culpabilité.

— Non…

Comment avait-il pu seulement imaginer que ce désir soit plus puissant que celui qu'il avait eu pour Camille ? Atterré, et très conscient du fait qu'il cachait mal sa réaction, il enchaîna.

— Il a déraillé au moment de la mort de sa mère. Il a fini par se reprendre en main, mais ça a été très dur. Nathan est… Il est ma priorité absolue, il le sera toujours. En souvenir de Camille, je dois tout faire pour que notre fils s'épanouisse, pour qu'il vive heureux.

6.

Ellie s'était bien gardée de s'intéresser à la vie privée de Daniel Saunders. Cela lui fit un choc d'apprendre qu'il était veuf. A en juger par son expression, il avait encore beaucoup de peine.

Que répondre à cela ?

Il fallait pourtant dire quelque chose, mais toutes les phrases convenues lui semblaient plates, banales. Comment réconforte-t-on quelqu'un après un deuil aussi terrible ?

Affreusement gênée, elle reprit son verre.

— Je suis absolument désolée, articula-t-elle enfin.

— Merci, dit-il en inclinant légèrement la tête.

— Je ne me doutais pas, pour votre fils. Ou votre femme. Je ne me serais jamais permis de vous interroger si j'avais su…

Ses joues s'embrasèrent, sa voix s'éteignit.

— Tout va bien. Je vous assure.

Daniel lui souriait très naturellement, mais une lueur triste brillait toujours dans ses yeux. Non, ça n'allait pas tant que ça !

Au supplice, elle se mordit la lèvre, mais les mots justes ne venaient toujours pas.

Spontanément, il se pencha en avant et posa la main sur la sienne.

— Ne vous inquiétez pas, Eleanor, dit-il avec gentillesse. Voilà quatre ans que Camille est morte. J'ai dépassé le stade où je fondais en larmes quand quelqu'un mentionnait son nom.

— Ce doit quand même être dur, dit-elle à mi-voix.

— Oui. Mais, avec le temps, on apprend à accepter un peu.

Il pressa légèrement sa main et la lâcha en ajoutant :

— Je ne sais pas comment je m'en serais sorti si je n'avais pas eu Nathan. J'ai été obligé de me concentrer sur lui, surtout les premiers temps. La mort de sa mère l'a démoli.

— Mais il va bien, maintenant ? demanda-t-elle.

Elle avait subitement envie de tout savoir, tous les détails qu'elle refusait de connaître jusqu'ici.

— Oui, vraiment bien. Il compte partir à l'université l'an prochain si ses notes le lui permettent. Cela, je ne l'aurais même pas imaginé il y a deux ans !

— C'est bien. Je suis contente qu'il ait repris le dessus.

— Merci. Mais vous ? Est-ce que vous avez surmonté ce qui vous a amenée ici ?

— Comment savez-vous que… ?

Elle s'interrompit.

Quelle réaction idiote ! Elle aurait dû dire qu'il ne s'était rien passé.

— Comment je sais qu'il vous est arrivé quelque chose ? On ne lâche pas une carrière en plein essor pour déménager à des centaines de kilomètres si on ne cherche pas à échapper à une situation très douloureuse.

— Non, je suppose.

— Vous avez envie d'en parler ? Je suis très doué pour écouter, vous savez ?

Il lui souriait, chaleureux, sympathique. Séduisant.

— Il n'y a pas grand-chose à dire, lâcha-t-elle en haussant les épaules.

À quoi bon révéler les détails sordides ? Elle ne se sentirait pas mieux quand Daniel saurait tout de son humiliation !

Et pourtant, un flot de paroles se déversa d'elle. Elle raconta tout, comme si elle se purgeait.

— C'est une histoire banale au possible, conclut-elle.

— Vous n'êtes pas la première à qui c'est arrivé, mais quel choc, dit-il avec douceur.

— Oui. J'aurais dû deviner, tous les indices étaient là. Mais je n'ai rien vu.

— Quels indices ?

— Michael se comportait bizarrement depuis des mois. Il annulait des sorties au dernier moment, ou il m'annonçait qu'il sortait boire un verre avec de vieux copains. Et moi, comme une imbécile, je le croyais.

— Vous étiez fiancés, c'était normal de le croire sur parole.

— C'est ce que m'ont dit mes parents, soupira-t-elle. Je m'en veux tout de même. Comme Gemma me l'a dit, tout le monde avait compris que Michael me faisait marcher.

— C'est assez désagréable, comme commentaire. Qui est Gemma ?

— Ma sœur. Ou plus exactement ma sœur adoptive... Enfin, c'est moi qui suis adoptée.

Elle s'expliquait de plus en plus mal, c'était tellement difficile de parler de tout cela ! Mais Daniel n'avait pas besoin qu'elle lui jette ses émotions au visage.

Elle inspira à fond et s'ordonna de redevenir l'Eleanor habituelle, calme, rationnelle.

— Mes parents ne parvenaient pas à avoir d'enfant. Ils m'ont adoptée quand j'étais bébé. Sept ans plus tard, ma mère s'est aperçue qu'elle était enceinte, et Gemma est arrivée.

— Et vous vous êtes bien entendues ?

— Pas franchement. Nous étions très différentes, même petites. Moi plutôt timide et introvertie, Gemma très expansive. Les parents ont fait leur possible pour ne pas faire de favoritisme, mais ils ne pouvaient pas s'en empêcher. Gemma était l'enfant qu'ils avaient désirée, ils l'adoraient.

— Vous leur en vouliez ?

C'était curieux, jamais elle n'avait réellement cherché à cerner son ressenti.

Elle lança à Daniel un sourire douloureux.

— Leur en vouloir... Ce n'est pas le mot juste. Je crois que j'acceptais. Mes parents m'aimaient, mais ils aimaient Gemma davantage. Je me souviens juste de la conclusion que j'en ai tirée : je devais être plus sage que Gemma, je ne devais leur causer aucun souci.

— Vous avez cru que vous deviez mériter leur amour.

— Je suppose.

Daniel la contemplait avec une telle compassion qu'elle sentit tomber ses dernières réticences.

— Une fois que je suis partie faire mes études, nous ne nous sommes plus beaucoup vues, Gemma et moi. Elle a sa vie, j'ai la mienne. Je lui ai présenté Michael quand je l'ai emmené faire la connaissance de la famille, et la rencontre a été cordiale. Je ne me doutais pas qu'elle ne l'appréciait pas.

— Où l'avez-vous rencontré, lui ?

— Au travail. Nous étions collègues.

Elle haussa les épaules.

— En fait, il ne m'a pas particulièrement plu, pour commencer. Il avait toujours un avis sur tout, il pouvait se montrer, disons, péremptoire. Puis le médecin en chef nous a invités à dîner tous les deux, et c'est là que tout a commencé…

Elle eut besoin d'un instant avant d'avouer la suite.

— Nous avons commencé à sortir ensemble, nous nous sommes fiancés. Michael disait en plaisantant que ce serait bon pour nos carrières. Notre hiérarchie préférait que le personnel se marie plutôt que de simplement vivre ensemble, pour la stabilité des effectifs.

— Hum. Je vois, murmura Daniel.

— Vous vous demandez si ce n'est pas pour cela qu'il tenait à ces fiançailles, ironisa-t-elle. Je me trompe ?

Sans lui laisser le temps de répondre, elle enchaîna.

— Je me suis posé la même question. Ce n'est pas très flatteur.

— Et pourquoi avez-vous rompu, en fin de compte ?

— Je l'ai trouvé au lit avec une de nos infirmières un samedi matin. Il m'avait dit qu'il voyait des copains de fac la veille au soir. J'ai voulu lui faire la surprise, lui apporter du café au cas où il aurait la gueule de bois, bref, m'occuper de lui. J'avais la clé, je suis montée…

La sensation d'un choc au plexus, et les larmes ruisselèrent sur ses joues.

— C'est là que tout s'est effondré : la porte de sa chambre était ouverte. Depuis l'escalier, je les ai vus tous les deux dans le lit. Ils avaient passé la nuit ensemble.

Sans réfléchir, Daniel sauta sur ses pieds et alla prendre Eleanor dans ses bras.

Ce qu'elle venait de décrire le glaçait, c'était inconcevable qu'on puisse lui faire cela.

— Ça va passer, murmura-t-il. Cela fait très mal maintenant, mais ce sera plus facile bientôt.

— Vous croyez ? demanda Eleanor.

Ses beaux yeux gris levés vers lui avaient une expression déchirante. Une larme brillait, suspendue à ses cils.

— Oui, dit-il de toute la force de sa conviction. On finit par se remettre.

Transpercé par le besoin de la réconforter, il releva son menton et effaça ses larmes du bout des doigts.

Le contact de sa peau satinée lui fit comme une décharge électrique. Il s'aventurait sur un territoire dangereux.

— Il vous faut juste encore un peu de temps. Tôt ou tard, cette histoire sera derrière vous. Un jour, vous rencontrerez quelqu'un d'autre, et ça n'aura plus d'importance.

Elle secoua la tête.

— Je ne veux pas rencontrer quelqu'un. Je ne veux plus jamais prendre le risque.

— Vous changerez d'avis. Tôt ou tard, vous parviendrez à prendre du recul, et tout s'apaisera.

— J'en doute, dit Eleanor en se dégageant, un éclair dans les yeux. Je sais exactement ce que je veux faire de ma vie : il n'est plus question pour moi de me mettre à la disposition d'un homme. Je ne rendrai plus jamais de comptes à personne !

Tristement, il laissa retomber les bras.

Elle tournait le dos à l'amour. Elle se préparait à vivre seule, sans mari, sans enfants. Une telle existence pour une femme pareille, c'était à vous briser le cœur.

— Eleanor…

La sonnerie de son portable l'interrompit. Machinalement, il le sortit de sa poche.

Nathan ! Normalement, l'entraînement devait durer encore une demi-heure. Il avait dû arriver quelque chose.

Il se détourna en portant l'appareil à son oreille.

— Nathan, tout va bien ?

L'explication tint en quelques phrases.

— D'accord. J'arrive.

Rassuré, il coupa la communication.

— C'était Nathan. Un fusible a sauté au gymnase, ils ont dû arrêter plus tôt. Je dois aller le chercher.

— Très bien.

Eleanor se dirigea vers la porte, tête haute, et il perçut l'effort qu'elle faisait pour ne plus montrer d'émotion.

Il réprima un soupir.

Manifestement, elle regrettait ses confidences. Toute petite, elle avait pris l'habitude de cacher ce qu'elle ressentait. On ne gagne rien à réprimer ses émotions, mais cela, elle n'admettrait pas qu'il le lui dise.

— Vous me laissez les clés ? dit-elle.

— Les… ? Ah, oui, bien sûr !

Il sortit le trousseau de sa poche.

— C'est très simple : la clé plate ouvre la porte principale, l'autre la porte de derrière. Le panneau de l'alarme est derrière l'accueil, il faudra noter le code : 7826. Une fois la porte ouverte, vous avez quarante-cinq secondes pour le composer…

C'était un soulagement de se concentrer sur des questions pratiques. Allait-elle vraiment partir à l'étranger ? Il n'y pouvait rien, ce n'était pas comme s'il avait autre chose à lui proposer. Il n'avait rien pour l'arracher à la vie solitaire à laquelle elle se destinait.

— Je vous note le code ? se hâta-t-il d'ajouter.

— Mais non. 7826, je m'en souviendrai.

— Parfait !

Cette petite exclamation faussement joviale lui arracha une grimace. Eleanor lui tenait la porte, elle attendait qu'il s'en aille.

Il passa devant elle en boutonnant sa veste.

— Faites attention sur la route, dit-elle tout bas. Le vent est violent.

— Oui…

Il se surprit lui-même : au lieu de sortir tout droit, il se pencha pour poser un baiser sur sa joue.

Parce qu'elle venait de lui demander de faire attention à lui ?

Ses lèvres se posèrent sur sa peau rien qu'un instant, mais l'onde de choc se répercuta cette fois encore dans tout son corps.

— Bonne nuit, Eleanor.

Il ne reconnut pas sa propre voix, et elle tarda tant à répondre qu'il était déjà en bas des marches quand elle s'y décida.

Il se hâta vers le parking, monta dans sa voiture et resta assis au volant à contempler le vide.

Après la mort de Camille, quelque chose s'était engourdi en lui. Épuisé par ces longs mois de lutte contre le cancer, il s'était senti vide de toute émotion, de toute colère. Il lui restait un seul moteur : protéger Nathan. Il n'avait jamais cessé de vivre ou de s'intéresser à ses patients, mais sur un plan plus personnel il ne voulait rien, n'attendait rien. Cela serait-il en train de changer ?

Il démarra brusquement et roula vite, en se concentrant sur les petites routes sinueuses.

Eleanor n'y changeait rien, il ne pouvait pas se permettre de dévier de sa trajectoire. De penser à lui. Dans quelques mois, elle quitterait Beesdale pour partir Dieu sait où. Il ne devait pas l'oublier.

Le lendemain matin, Ellie s'enferma dans son cabinet de consultation avant que Daniel n'arrive et ouvrit son placard pour s'assurer qu'elle avait tout le nécessaire.

Elle avait passé une nuit agitée à se repasser en boucle leurs échanges de la veille au soir. Pourquoi l'avait-il embrassée ? Une tentative de réconfort ? Un geste machinal, un de ces baisers automatiques que tout le monde échange sans y penser ? Daniel ne lui faisait pas l'effet d'un homme qui embrasse machinalement. S'il embrassait une femme, cela signifiait quelque chose…

Elle frissonna.

La tiédeur de ses lèvres s'était imprimée en elle, elle mettrait longtemps à s'en débarrasser. Mais surtout, surtout, il ne fallait pas faire l'erreur de penser que Daniel l'avait embrassée pour elle ! Les hommes ont un talent pour déguiser la vérité, elle était bien placée pour le savoir.

On frappa un coup bref à sa porte, et elle se retourna.

Daniel se tenait sur le seuil. Son expression prudente, un peu désemparée, fit bondir son cœur.

Il pensait donc aussi à son baiser ?

— Bonjour, dit-il. La salle d'attente est pleine, je crois que ce sera encore une grosse journée.

— Oui. Je… Bonjour, bredouilla-t-elle.

— Bon courage ! Je file, je ne veux pas prendre du retard dès le matin.

Et il disparut en lui décochant un sourire rapide.

Elle prit place à son bureau. Elle n'y penserait plus, décida-t-elle en pressant le bouton pour appeler son premier patient. Il ne serait plus question de baisers, de pourquoi ou de comment.

Et pourtant, sans qu'elle sache comment, elle voyait bien que tout avait changé.

Le premier patient s'appelait Nigel Walsh, c'était un bel homme de quarante-cinq ans, assez imposant malgré son expression inquiète. C'était fou ce que les gens les plus sûrs d'eux perdaient de leur superbe quand ils devaient consulter !

Elle lui offrit un sourire encourageant.

— Je ne suis pas venu pour moi, dit-il d'une voix tendue. C'est ma femme, Madeleine. Je me fais beaucoup de souci pour elle.

— Ah. Le problème, c'est que je ne peux pas vous parler d'une patiente, même s'il s'agit de votre femme, expliqua-t-elle avec gentillesse. Je suis désolée.

— Et si je vous dis que je crains qu'elle ne se fasse du mal ? *Vraiment* du mal, souffla Walsh en passant une main fébrile dans ses cheveux bien coupés. Je ne sais plus quoi faire, docteur ! Je ne sais plus comment l'aider !

Elle fronça les sourcils, perplexe. Ce n'était pas du tout ce qu'elle s'attendait à entendre.

— Pourquoi pensez-vous qu'elle va se faire du mal ?

— Son comportement. C'est de pire en pire. Au début, elle se coupait. Depuis quelques mois, c'est tout et n'importe quoi. Elle s'est jetée dans l'escalier la semaine dernière. Hier, je l'ai trouvée dans la cuisine, le bras au-dessus du gaz allumé.

Il s'interrompit en avalant douloureusement sa salive.

— Il faut faire quelque chose. Je n'en peux plus, et Alice, notre fille… Elle ne peut pas continuer à regarder sa mère se torturer !

Ellie réfléchissait à toute allure. La déontologie lui interdisait de discuter du comportement d'une patiente avec qui que ce soit mais, si ce que disait M. Walsh était vrai, sa femme avait besoin d'une prise en charge urgente.

— Votre femme a déjà eu ces comportements par le passé ?

— Oui, pendant son adolescence. D'après ses parents, elle a été suivie, et tout s'est arrangé, mais voilà, après la naissance d'Alice, elle a recommencé. Les premiers temps, c'était encore discret : des coupures, des bleus. Elle disait qu'elle était maladroite, mais nous n'en sommes plus là !

— Vous avez essayé de l'emmener voir un psy ?

— Bien sûr ! explosa Walsh. J'ai pris rendez-vous pour

elle, mais elle refuse d'y aller. Je suis venu vous voir pour vous demander de la raisonner.

— Je peux toujours lui demander de venir me voir, dit-elle avec précaution mais, si ce que vous dites est vrai, elle a vraiment besoin d'être suivie par un spécialiste.

Cette fois, l'homme se fâcha tout rouge.

— Bien sûr que c'est vrai ! Pourquoi est-ce que j'inventerais... Oh ! je vois, vous pensez que c'est moi qui la tabasse ! Vous croyez que si elle se présente couverte de plaies et de bosses...

Hors de lui, il sauta sur ses pieds.

— Je ne bats pas ma femme, docteur !

Elle n'eut pas le temps de le retenir, il était déjà sorti, fou de rage, en claquant la porte. Elle eut beau se précipiter dans le couloir pour le rattraper, il avait disparu.

Elle retourna dans son bureau à pas lents.

Impossible d'en rester là, elle allait devoir parler à Daniel, voir s'il connaissait la patiente, s'il avait des propositions.

À la seule idée de travailler ensemble pour résoudre ce problème, son cœur se dilata. C'était stupide, et pourtant...

Avec un soupir, elle pressa le bouton d'appel.

Elle devait absolument cesser de nourrir ce genre de pensées. Oui, Daniel Saunders lui plaisait, mais ça n'irait pas plus loin. Elle avait planifié son avenir, et l'amour n'était pas au programme.

7.

Ce soir-là, en allant déposer à l'accueil une liasse de demandes de rendez-vous à l'hôpital, Ellie eut la surprise de trouver Daniel derrière le comptoir.

Il était plus de 18 heures, Marie était partie.

Quand elle s'approcha, il tourna vers elle un visage fatigué.

— Eleanor ! Je ne savais pas que vous étiez encore là.

Elle décida que la seule façon de gérer la situation était de se montrer très correcte, très professionnelle. Hier soir, elle avait largement débordé du cadre en lui parlant de Michael. Il était temps de poser de nouvelles limites.

— *Idem.*

Il la regarda, perplexe.

— En fait, je suis contente de vous croiser, dit-elle d'un ton plus formel. Je voulais vous parler d'une patiente.

— Qui donc ?

Quand son regard bleu se concentrait sur elle, elle ne trouvait plus ses mots. Elle rassembla ses pensées et commença son récit.

— Un patient est venu me voir ce matin, pas pour lui mais pour sa femme. Il semblerait qu'elle se blesse délibérément. La situation empire, et il ne sait plus quoi faire.

— Je vois, dit-il en fronçant les sourcils. C'est une de nos patientes ?

— Oui. Madeleine Walsh, vous la connaissez ?

— Tout à fait. Elle est venue me voir la semaine dernière après une chute dans l'escalier. Je craignais une fracture du poignet, mais ce n'était qu'une mauvaise foulure.

Le visage très sombre, il ajouta :

— Si je comprends bien, son mari affirme qu'elle est responsable ?

— Oui. Vous pensez qu'il ment ? demanda-t-elle, surprise.

— Ce n'est pas exclu. Il ne serait pas le premier à reprocher ses propres violences à sa victime. Cela m'ennuie de vous le dire, mais c'est un grand classique.

Pardon ? Qu'est-ce que c'était que cette condescendance ? Il se permettait de croire qu'elle était trop naïve pour reconnaître les stratagèmes d'un pervers ? Michael aussi l'avait souvent prise de haut. Elle n'était pas stupide, il serait temps que Daniel le comprenne.

— Je suis au courant, dit-elle sèchement. Je ne pense pas que M. Walsh entre dans cette catégorie. À mon avis, il se fait réellement du souci pour sa femme, et nous devons prendre son alerte au sérieux. Il ne s'agit pas seulement de Mme Walsh, il y a une petite fille, et je compte m'assurer qu'elle n'est pas en danger. Bref, désolée de vous avoir dérangé, j'aviserai par moi-même.

Hors d'elle, elle tourna les talons.

Pas question de le supplier de la croire, il se rangerait à son avis ou pas, ce serait son problème.

— Attendez !

Elle se retourna à demi, le visage inexpressif, mais intérieurement elle se demandait déjà si sa réaction n'était pas excessive. Il n'était pas de son avis, et alors ?

Cette fois encore, Daniel se serait mordu la langue.

Il n'avait pas voulu fâcher Eleanor ! En même temps, il ne pouvait pas la laisser croire Walsh sur parole alors qu'il était évident qu'il se fichait d'elle. Cette pensée décupla sa colère, et ce fut d'un ton plus bourru qu'il ne l'aurait voulu qu'il s'exprima :

— Sur quoi vous basez-vous pour adhérer à la version de Walsh ?

— Votre opinion est déjà faite, riposta-t-elle, je ne vois pas l'intérêt de discuter.

Ses yeux flamboyaient, la colère colorait ses pommettes. Sous son apparence froide et pondérée, elle cachait une nature passionnée !

Une vague de chaleur éclata en lui. Gêné, il s'éclaircit la gorge.

— À vous de me faire changer d'avis. Moi-même, je n'ai jamais rencontré Walsh, reprit-il d'un ton neutre. Je me base sur ce que j'ai vu chez sa femme.

Comme Eleanor ouvrait la bouche pour l'interrompre, il leva la main.

— Écoutez-moi jusqu'au bout. Quand j'ai proposé d'appeler son mari pour qu'il la conduise à l'hôpital, elle a semblé effrayée. Elle est d'abord restée très vague sur la façon dont elle s'était blessée. Une chute dans l'escalier, d'après elle. Ensuite, quand j'ai insisté, elle a fourni toutes sortes de détails.

— D'accord, c'est le comportement classique d'une femme battue, soupira Eleanor. J'ai croisé quelques cas, des femmes, un homme aussi, battus par leurs compagnons. C'était difficile de les amener à exprimer ce qu'il leur arrivait.

— Exactement, convint Daniel qui commençait à regretter son premier commentaire.

Eleanor avait l'expérience de ces situations, il ferait bien d'écouter ce qu'elle avait à dire au lieu de lui faire la leçon. Il s'en voulait d'être tombé dans ce piège. La culpabilité qu'il éprouvait déjà pour la veille au soir se décupla.

Un baiser sur la joue, ce n'était pas grand-chose, mais celui-là soulevait en lui une foule d'émotions. Comment avait-il pu embrasser Eleanor ? Oublier Camille ne serait-ce qu'un instant ? Il ne se le pardonnerait jamais…

— Mais c'est un comportement tout aussi classique chez les patients qui se blessent délibérément, dit Eleanor.

— Effectivement. Ils ont honte et se sentent obligés de se punir en continuant de se blesser.

— Vous êtes sûr que Madeleine Walsh n'appartient pas à cette catégorie ?

— Vous pourriez avoir raison, mais je ne suis toujours pas convaincu. Si je ne me trompe pas, Nigel Walsh est avocat, et même un très bon avocat. Il est donc très habile pour présenter sa version des choses.

Il ne voulait pas lui donner raison. Pour se défendre, pour ne pas se ranger dans son camp ? Mais la santé d'une patiente était en jeu, il n'avait pas le droit de laisser ses sentiments brouiller son jugement.

— Écoutez…

La sonnerie du téléphone l'interrompit.

— Dr Saunders à l'appareil.

Il écouta attentivement et hocha la tête.

— Je vous retrouve là-bas.

Alors que son interlocuteur complétait son exposé, il posa le regard sur Eleanor, qui arborait un air agacé.

— Je vais trouver une solution. Je m'en occupe.

Bon, décida-t-il en raccrochant, ce petit baiser lui avait fait de l'effet, mais ce n'était qu'un épisode mineur, qu'il oublierait vite s'il cessait de le ressasser. Pour l'instant, ils avaient à régler un problème autrement plus important.

— Il s'est passé quelque chose ? demanda-t-elle.

— Oui. Un groupe d'adolescents a disparu. Ils faisaient une randonnée en plein cœur du massif — une épreuve pour se qualifier pour le prix du Duc d'Édimbourg. Ils ont quitté l'auberge de jeunesse avant 8 heures ce matin, et ils ne sont pas arrivés à destination.

Pensive, elle regarda sa montre.

— Douze heures, c'est long pour errer dans ces contrées sauvages.

— Ils ont dû se perdre, expliquait-il. Leurs référents adultes ont parcouru le chemin qu'ils devaient suivre, sans retrouver leur trace. Maintenant, on fait appel aux sauveteurs, et je fais partie de l'équipe. Je file les rejoindre. Mais il y a six jeunes dans le groupe, il nous faudrait un second médecin au cas où il y aurait plusieurs blessés. Accepteriez-vous de venir ?

Joe Thorne, le chef du détachement de sauveteurs, déploya avec difficulté une carte détaillée sur le capot de sa voiture. Le vent faillit la lui arracher des mains.

— Bon, venez tous.

Daniel se pencha pour mieux voir.

La nuit était tombée, la tempête annoncée par la météo était au rendez-vous. Ces fichus adolescents n'auraient pas pu choisir pire moment pour se perdre. Il jeta un regard à Eleanor, qui hocha la tête avec une grimace inquiète. Ce signe de connivence lui fit chaud au cœur, mais il se hâta d'écarter toute pensée parasite pour suivre la ligne rouge que Joe indiquait sur sa carte.

— Voilà l'itinéraire que devaient suivre les gosses. Nous savons qu'ils s'y sont tenus sur plusieurs milles : l'un des référents a trouvé une bouteille d'eau qui leur appartenait sur le sentier. Ils ont dû se perdre un peu plus loin, sans doute par ici.

Daniel fronça les sourcils.

Le secteur que tapotait Joe, c'était le Chaudron de la Sorcière, une sorte de cratère entouré de falaises. La vue du pourtour était spectaculaire, mais c'était l'un des coins les plus dangereux de la région, avec des chutes de pierres et des effondrements de terrain.

— Ce ne sera pas facile d'y aller par un temps pareil, et encore plus difficile de repérer les jeunes, ajouta Joe. Ils se seront mis à l'abri, et la tempête va couvrir nos appels. Les référents jurent que le groupe est bien équipé, mais je doute que ces gosses aient la moindre idée des réflexes de survie dans la nuit et le froid. Il faut les trouver, et vite.

Un murmure d'assentiment s'éleva de l'équipe.

Daniel se tourna vers Eleanor.

— Le plus gros problème, pour nous comme pour les gosses,

c'est l'hypothermie, expliqua-t-il. On ne se rend pas toujours compte que sa température corporelle est en train de chuter.

— D'accord, dit-elle en remontant le col de son ciré d'emprunt.

Comme elle n'en possédait pas, il était passé chez lui prendre une ancienne tenue de Nathan. Avec son pantalon roulé plusieurs fois et ses grosses chaussures de marche portées sur plusieurs paires de chaussettes, qui appartenaient également à Nathan, elle semblait très jeune, presque une gamine. Une gosse vulnérable, qu'il comptait bien garder à l'œil.

Il se détourna pour éviter de lui montrer qu'il se faisait du souci pour elle, tout en maudissant intérieurement Bernard Hargreaves qui avait refusé de l'accompagner.

Sous prétexte qu'il ne se sentait pas bien !

Daniel n'en croyait pas un mot. Voilà des mois que son collègue en faisait le moins possible. Il n'avait pas réagi jusque-là parce qu'il avait d'autres soucis en tête, mais cette situation ne pouvait plus durer, il allait devoir taper du poing sur la table.

La puissance de sa réaction le surprit. Voilà des années qu'il vivait en veilleuse, et tout à coup il replongeait dans la vie, s'impliquait, s'énervait. Il se sentait plus vivant, plus en contact avec ses sensations, comme s'il émergeait en pleine lumière. En fait, c'était plus dérangeant qu'agréable. Dans les ténèbres, il n'avait pas à penser à lui, à ses besoins, à ses désirs. Il lui suffisait d'exister.

Il écarta ces pensées parasites, car Joe s'était mis à former les équipes. C'était logique, ils couvriraient plus de territoire en se séparant, un médecin dans chaque groupe. Mais Eleanor n'avait aucune expérience de ce genre de terrain !

— Je me fais du souci pour Eleanor, glissa-t-il à Joe. Il vaudrait mieux qu'elle reste ici, dans une voiture.

— Et si plusieurs jeunes sont blessés, on fait comment ? Je sais bien qu'elle n'est pas d'ici mais, avec Alan à l'hôpital, nous avons besoin de ses compétences médicales.

Alan Hunter, infirmier urgentiste et pilier de l'équipe, se remettait d'une crise cardiaque, et ils ne l'avaient pas encore remplacé. Et, maintenant qu'il avait demandé à Eleanor de venir, Daniel ne pouvait plus faire machine arrière.

— D'accord, soupira-t-il. Tu la garderas à l'œil ?

— Pas de souci, il ne lui arrivera rien. Nous allons rester sur le chemin principal, elle n'aura pas trop de mal à suivre.

Joe ne dit rien de plus, mais le regard indulgent et amusé qu'il posa sur lui le fit rougir.

Il hissa son sac à dos sur ses épaules en marmonnant qu'il s'inquiéterait pour n'importe quel novice parachuté dans un sauvetage pareil. Pourtant, il savait qu'il se mentait : il était inquiet parce qu'il s'agissait d'Eleanor.

Eleanor avançait d'un pas lourd, penchée en avant pour résister au vent. La visibilité se limitait à quelques mètres, la pluie cinglait à l'horizontale.

Elle n'était jamais sortie par une tempête pareille et découvrait l'exaltation que l'on ressent à affronter les éléments. Après cela, elle pourrait surmonter tous les défis !

Joe Thorne sortit des ténèbres et se mit à marcher près d'elle.

— Ça va ?

Elle dut crier pour se faire entendre.

— Oui ! Quel vent, jamais rien vu de pareil !

— Bienvenue dans les Dales, répliqua Joe avec un bref sourire. Le climat d'ici, il faut s'y habituer. Mais vous vous débrouillez comme un chef.

Il se mit à rire et conclut :

— Au moins, je n'ai plus de souci à me faire de ce côté-là. J'ai cru comprendre que le Dr Saunders m'étriperait s'il vous arrivait quoi que ce soit.

Il disparut dans la tourmente.

Elle continua son chemin, interdite.

Daniel se faisait du souci pour elle ! Absurdement, cette idée lui faisait un bien fou. Elle ne sentait presque plus la fatigue !

Vingt minutes plus tard, l'effet dopant du commentaire

de Joe s'était complètement dissipé. Elle n'en pouvait plus. Cette piste était faite pour des randonneurs aguerris. Pour une débutante, de nuit et en pleine tempête, elle était tuante.

Quand Joe ordonna une halte, elle se laissa tomber sur un rocher en frottant ses jambes douloureuses.

Les autres s'étaient rassemblés un peu plus loin, ils discutaient, le visage grave. Elle allait se lever pour les rejoindre, quand elle crut entendre un appel.

Le son, tout de suite interrompu, venait des ténèbres tumultueuses derrière elle. Les autres, penchés sur la carte qui battait comme une mouette ivre, n'avaient rien entendu.

Elle retint son souffle et tendit l'oreille.

Ce fichu vent était aussi bruyant qu'une locomotive ! Elle commençait à croire qu'elle avait tout imaginé quand l'appel retentit de nouveau.

Elle sauta sur ses pieds.

— J'ai entendu un cri ! Là-bas.

Les hommes se retournèrent vers elle, interdits.

— OK, allons voir.

Joe passa le premier, les autres se déployèrent en ligne. Moins rapide, moins aguerrie, elle se retrouva tout au bout d'une aile, trottant, glissant, luttant pour ne pas se laisser distancer. Ce fut pourtant elle qui repéra, un peu plus haut sur la pente, à la base d'un bloc de granit, une silhouette couchée à terre.

— Ici ! hurla-t-elle aux autres.

Elle se précipita, se laissa tomber à genoux.

Collée à la paroi de pierre qui la protégeait à peine des éléments, une toute jeune fille levait les yeux vers elle, livide et grelottante de froid. Au premier regard, on voyait qu'il fallait la réchauffer de toute urgence.

— Nous sommes venus te chercher, lui dit-elle. Je suis médecin, je vais m'occuper de toi. Tu t'appelles comment !

— H-H-Hannah…

L'équipe se rassemblait autour d'elle, on l'éclairait, quelqu'un déployait une couverture de survie.

— Dis-moi où tu as mal, Hannah.

— Ma cheville. Je crois qu'elle est cassée…

Ellie se pencha sur la cheville. Enflée. Douloureuse.

— Oui, tu dois avoir très mal. Je ne vais pas essayer de te déchausser ici, nous allons déjà te mettre à l'abri. Tu as mal autre part ? Des bleus, des chocs ?

— N-non, juste ma cheville. C'est… pour… pour ça que je n'ai pas pu retrouver les autres ! Je n'aurais jamais dû partir !

La petite pleurait à gros sanglots.

— Tout va bien se passer, maintenant, dit fermement Ellie. L'important, c'est de te réchauffer.

Elle ouvrit l'anorak de la gamine. En dessous, celle-ci ne portait qu'un T-shirt détrempé.

— Retirez-lui tout ce qui est mouillé, docteur, au moins en haut, lança Joe en sortant un pull polaire de son sac.

Ils le passèrent à la patiente, ajoutèrent une doudoune puis l'enveloppèrent dans une couverture de survie. En un temps record, Hannah fut transportée jusqu'à la piste et sanglée sur un brancard, et Ellie posa une attelle gonflable pour immobiliser sa cheville.

Joe sortit sa radio et prévint l'autre équipe qu'ils prenaient le chemin du retour avec leur rescapée.

Ellie n'en pouvait plus, ses jambes fléchissaient sous elle dans les côtes. Le chemin était interminable, la pluie lui cinglait le visage, elle devait sans cesse presser le pas pour tenir la cadence sur la piste glissante. Comment les brancardiers faisaient-ils pour rester sur pied ?

Le temps de rallier les véhicules, elle était à bout de forces, mais sa détermination ne fléchit pas : tant que Hannah ne serait pas à l'hôpital, elle restait sous sa responsabilité.

Ils mirent plus d'une heure à rallier l'hôpital. Tout au long du trajet, elle surveilla étroitement sa patiente, car tout danger n'était pas encore écarté, l'hypothermie pouvait toujours frapper. Ce fut un soulagement, à l'arrivée, de la remettre entre les mains des urgentistes.

Quand elle rejoignit l'accueil après avoir fait son rapport au médecin de garde, une bonne nouvelle l'attendait.

— Ils ont trouvé les autres ! annonça Joe en brandissant son portable. Ils s'abritaient dans une grotte près du Chaudron. Ils ont froid et faim, mais ils sont indemnes.

— Ouf ! s'exclama-t-elle. On sait ce qu'il s'est passé ?

— Apparemment, Hannah s'est disputée avec une autre fille au sujet d'un garçon. Elle est partie furieuse en plantant là le groupe. Comme elle ne revenait pas, les autres sont partis à sa recherche et se sont perdus. Les joies de l'amour !

Toute l'équipe éclata de rire, Ellie comprise. Mais le commentaire l'avait glacée.

L'amour, oui. L'amour pouvait vous gâcher la vie, elle avait payé pour le savoir. Dire qu'elle envisageait presque de retenter sa chance ! Non, pas question.

— Dites, Ellie, j'ai proposé à Saunders de vous déposer chez vous. Je ne voyais pas l'intérêt de lui faire faire le détour. C'est OK pour vous ?

Elle sourit faiblement.

— Oui, bien sûr. Merci, Joe.

Surtout, qu'il ne devine pas le petit pincement de déception qu'elle éprouvait ! Elle venait de confirmer sa décision, alors à quoi bon passer du temps avec Daniel ?

Joe déverrouilla sa voiture, les deux brancardiers s'engouffrèrent joyeusement dans l'habitacle, et elle se trouva une place entre deux piles de matériel de sauvetage.

Ce n'était pas le grand confort, mais ça valait mille fois mieux que de patienter à l'hôpital en attendant Daniel.

Un instant, son visage se présenta devant elle, séduisant, intelligent, pétri de gentillesse. Elle eut un geste involontaire comme pour le repousser, et la vision se dissipa.

Voilà ! Elle ne dévierait pas de la voie qu'elle s'était tracée. Ni pour lui ni pour personne.

8.

Le temps se remit au beau pour le barbecue chez Sandra et Tim. Après tant de vent et de pluie, cela faisait du bien de retrouver un ciel limpide ! Tout le personnel du centre médical était invité, et personne ne se serait désisté : les soirées chez Sandra et Tim étaient toujours mémorables. De son côté, Daniel était assez ambivalent. Ce serait un plaisir de passer une soirée entre amis, mais il redoutait de commettre un nouveau faux pas auprès d'Eleanor.

Celle-ci se montrait froide avec lui depuis le sauvetage des adolescents. Très correcte, très polie, mais distante. Au bout de quelques jours dans l'ambiance bon enfant du centre, personne ne la vouvoyait plus, lui compris, mais ça ne les rapprochait pas. Sans comprendre ce qu'elle lui reprochait, il sentait clairement qu'il l'avait contrariée, et la perspective de passer la soirée à marcher sur des œufs le décourageait d'avance. Avec n'importe qui d'autre, il aurait demandé tout net quel était le problème. Avec Eleanor, il n'osait pas, et sa propre attitude le déconcertait.

Ils travaillèrent d'arrache-pied, terminèrent à peu près à l'heure, puis chacun rentra chez soi pour se changer. Il partit bon dernier, se sentant très loin de la joyeuse effervescence du reste de l'équipe.

Pourtant, Nathan allait être de la soirée, lui aussi. Jack, le fils de Sandra et de Tim, était son grand ami. Entre ses cours et ses activités, Nathan était généralement occupé le soir. Une soirée avec lui, c'était rare et précieux. Mais l'attitude d'Eleanor lui gâchait son plaisir d'avance…

Et alors ? Tant qu'elle ferait correctement son travail, il se fichait du reste ! Sauf qu'il ne s'en fichait pas vraiment. Il voulait être son ami. Il voulait qu'elle se confie à lui, qu'elle se tourne vers lui quand elle avait besoin de soutien.

La soirée était déjà bien lancée quand Nathan et lui arrivèrent.

Sandra les accueillit avec un large sourire.

— Enfin ! Je commençais à croire que vous étiez perdus !

— Désolé, c'est ma faute. Je me suis mis à trier des factures impayées…

Ce n'était qu'à moitié vrai. Il avait effectivement signé quelques chèques, mais c'était surtout pour retarder le moment de partir.

Il parcourut du regard les invités, repéra tout de suite Eleanor et sentit son cœur se serrer.

La vérité, la voilà : il avait traîné pour venir parce qu'il redoutait le moment où il se heurterait à la froideur de son regard gris. Il était lamentable.

— Voilà Jack, lança joyeusement Nathan. À toute, papa !

Daniel regarda son fils rejoindre le groupe des jeunes et soupira en les entendant rire.

Nathan était casé, à lui maintenant de rejoindre ses amis. Ce n'était pas parce qu'Eleanor ne voulait pas le voir qu'il allait rester à l'écart !

— Bonsoir, tout le monde ! lança-t-il.

Marie était là avec son mari Ken, Polly avec son fiancé Martin. Lucy aussi était venue, seule, car son petit ami, un pompier, était de service. Il passa en revue leurs visages souriants et se posa sur celui d'Eleanor.

Ce petit salut poli de la tête !

Le cœur lourd, il se demanda pour la centième fois ce qu'il avait fait pour l'éloigner de lui à ce point.

À la vue de Daniel, Eleanor se cuirassa mentalement.

Cette boule dans son ventre… Le moment tant redouté était arrivé, elle allait devoir bavarder avec lui. Une perspective si redoutable qu'elle avait failli téléphoner à Sandra pour se décommander.

En même temps, passer seule la soirée de son anniversaire...

Cet anniversaire, elle avait tout fait pour l'ignorer, allant jusqu'à laisser sur la console de l'entrée la carte et le cadeau envoyés par ses parents. Par-dessus tout, elle voulait éviter les comparaisons entre cet anniversaire et celui de l'année précédente. Pendant la journée, face aux patients, ça n'avait pas été trop difficile, mais maintenant... Autour d'elle, les échanges fusaient, joyeux. Polly et Martin comptaient se marier à Pâques, et Lucy les bombardait de questions. Marie les fit tous rire en racontant son propre mariage, près de trente ans auparavant.

Ellie écoutait, souriait, hochait la tête. De son côté, Daniel glissait parfois un commentaire, mais elle nota qu'il ne disait pas grand-chose non plus. Elle risqua un regard vers lui et sentit son cœur bondir en trouvant son regard bleu braqué sur elle, interrogateur.

Il ne devait rien comprendre à son attitude. Comment lui expliquer que ce n'était pas contre lui mais pour elle, pour se préserver ? Car, s'ils se rapprochaient...

En fait, le problème était entièrement de son côté. Daniel n'avait jamais indiqué par quelque signal que ce soit qu'il s'intéressait à elle. C'était même le contraire, il était toujours amoureux de la femme qu'il avait perdue...

— Un peu de silence là-dedans ! lança Tim à la cantonade. Voilà, c'est mieux. Mes chers amis, je sais de source sûre...

Il lança un regard appuyé à sa femme avant d'enchaîner :

— Que l'une des nôtres fête son anniversaire aujourd'hui. Je vous demande tous de lever vos verres... à la santé d'Ellie ! Bon anniversaire, ma belle !

Un joyeux brouhaha s'éleva.

Elle sourit, rougissante et confuse.

Elle ne s'attendait pas du tout à cette annonce, elle avait complètement oublié que Sandra était au courant, pour son anniversaire ! Malgré elle, elle se souvint de la fête de l'année précédente — les cadeaux de Michael, les roses, le champagne au petit déjeuner, la soirée à l'opéra —, et les fichues larmes lui piquèrent les yeux une fois de plus.

— Et tu n'avais rien dit ! protesta Marie, outrée.

— Pour quoi faire…, murmura-t-elle.

La réceptionniste posa un baiser sonore sur sa joue et leva le doigt d'un air sévère.

— Bon, je te pardonne pour cette fois, du moment que tu apportes un gâteau demain au travail. Affaire conclue ?

— Affaire conclue, répondit Ellie en riant malgré elle.

Les autres se pressaient autour d'elle, l'embrassaient, lui souhaitaient tous les bonheurs possibles.

Bon dernier, Daniel s'approcha.

— Bon anniversaire, Eleanor.

Il hésita un bref instant avant de l'embrasser à son tour sur la joue.

— Que cette année t'apporte tout ce que tu désires, lui dit-il tout bas.

Les autres parlaient déjà d'autre chose, mais elle resta plantée là, incapable de faire un mouvement. Machinalement, elle toucha sa joue à l'endroit où s'étaient posées les lèvres de Daniel. Les baisers des autres n'avaient laissé aucune trace, mais le sien…

Ce fut un soulagement quand Tim annonça que le barbecue était prêt.

Comme tout le monde se dirigeait vers le gril, elle suivit le mouvement. Daniel se trouvait devant elle, et elle admira malgré elle son dos solide, sa haute silhouette sportive.

Il était réellement très séduisant. Était-ce pour cela qu'elle réagissait différemment à son baiser ? Non, elle avait croisé d'autres hommes séduisants depuis sa rupture. Et même avec Michael… Franchement, avec Michael, elle n'avait jamais ressenti ces mystérieux courants souterrains. Il était plutôt beau gosse, mais elle n'avait jamais été bouleversée de désir pour lui. Au début, elle ne voulait pas faire l'amour avec lui. Après deux relations peu satisfaisantes, elle avait décidé que, pour avoir du sens, le sexe devait correspondre à un engagement. Une fois fiancés, ils avaient fait l'amour… Et elle n'avait pas trouvé l'expérience tellement fabuleuse. Peut-être que cela s'améliorerait avec le temps ?

Mais, tout à coup, elle se demandait si elle ne s'était pas trompée, si ce n'était pas l'engagement qui faisait la différence, mais le partenaire. Si par exemple elle couchait avec Daniel…

Cette seule pensée la choqua tant qu'elle oublia complètement où elle se trouvait. Quand Daniel lui tendit une assiette, elle se contenta de le contempler sans la prendre.

— Tout va bien ?

Elle rougit. Sa voix grave vibrait au plus profond de son corps, éveillait ses sens. Comment réagirait-il s'il devinait l'effet qu'il lui faisait ? Serait-il choqué, accepterait-il la situation en adulte expérimenté ? Avait-elle été naïve de croire que le sexe doit être cantonné dans des limites bien précises ? Qu'il faut s'engager pour la vie ?

Elle inspira à fond, car la question suivante soulevait une véritable frayeur : et si le moment était venu de le découvrir ?

Daniel fronça les sourcils, alarmé.

À quoi Eleanor pensait-elle pour faire une tête pareille ? Son expression commençait à l'inquiéter.

Il reprit l'assiette qu'elle tenait à peine, la remit sur la pile et l'entraîna à l'écart. Par chance, les autres s'extasiaient sur les grillades sans s'intéresser à eux. Il l'attira dans le vieux kiosque au bout du jardin.

— Assieds-toi.

Elle obéit, et il s'installa près d'elle.

Sandra avait disposé partout dans le jardin des bougies dans des bocaux, ce qui créait un effet charmant. Le kiosque en était abondamment pourvu, ce qui lui permettait de guetter les réactions d'Eleanor.

Il se pencha en avant et scruta son visage.

— Tu te sens bien ? Tu sembles tout à fait ailleurs.

— Je vais bien, oui.

Elle parlait si bas qu'il l'entendit à peine.

Il avait peut-être tort d'insister, mais il avait trop besoin de savoir d'où venait son hostilité.

— Tu es sûre ? Tu n'es plus toi-même depuis quelques jours.

— Moi ? murmura-t-elle.

Elle évitait son regard. Elle savait donc très bien de quoi il parlait. Elle l'avait tenu à distance, ce n'était pas son imagination.

— Oui. Tu es très distante depuis la nuit du sauvetage. J'ai fait quelque chose, dit quelque chose ?

Elle écarta la question d'un petit haussement d'épaules.

— Bien sûr que non. Je pense juste... Il vaut mieux que je me concentre sur mon travail.

— « Il vaut mieux » ? répéta-t-il, stupéfait. Mieux que quoi, de quoi parles-tu ?

— Mieux que trop se rapprocher, répondit-elle très vite. Je ne suis ici que pour quelques mois. Je ne veux pas... Franchement, je ne cherche pas les complications.

Il secoua la tête, désemparé.

Il saisissait la logique, bien sûr : lui non plus ne voulait pas de complications. Seulement, se couper des autres comme elle le faisait...

— Je ne vois pas en quoi ce serait compliqué que nous soyons amis.

— Peut-être, dit-elle en haussant de nouveau les épaules. Mais je préfère que nous restions de simples collègues.

— Tout le monde a besoin d'amis ! De gens sur qui compter dans les moments difficiles.

Elle soutint son regard, butée.

— Moi, pas. Je veux juste qu'on me laisse faire mon boulot tranquille.

— Oh ! Eleanor...

Tourner le dos à l'amour, c'était déjà assez terrible, mais

renoncer à l'amitié ! Il aurait été incapable de dire pourquoi cela le peinait à ce point, mais à la seule idée de l'existence sans joie qu'elle se préparait…

Instinctivement, il la saisit aux épaules.

— Je sais que tu as eu très mal. Je comprends bien qu'aujourd'hui surtout, alors que c'est ton anniversaire… Mais te couper du monde comme tu le fais, ce n'est pas la bonne réponse. Tu as toute ta vie devant toi. Il te faut autre chose que le travail pour la remplir !

Voulant lui montrer à quoi elle renonçait, il l'attira vers lui et l'étreignit chaleureusement.

Son corps resta rigide, arc-bouté sur son refus.

Il réprima un grognement de frustration. Il allait l'interpeller de nouveau quand, sans qu'il l'ait vraiment décidé, leurs lèvres se rencontrèrent.

Ce fut comme si un barrage cédait en lui, mais rien en elle ne lui répondit. Cette bouche fraîche, sans réaction… C'était insupportable. Comme elle avait dû avoir mal pour en arriver là ! S'il pouvait réussir une chose dans sa vie, que ce soit cela : libérer Eleanor de sa peine.

— Je crois que j'ai vu ton père du côté du kiosque.

La voix de Sandra ! Le présent s'imposait, balayant le rêve. Il eut juste le temps de lâcher Eleanor avant que Nathan ne fasse irruption dans le kiosque.

— Oh ! désolé, dit le garçon, un peu surpris de le trouver en tête à tête avec une inconnue.

— Tu ne nous déranges pas. Nous parlions boulot.

Heureusement qu'on n'y voyait pas très clair. Il n'osait même pas imaginer la réaction de son fils s'il l'avait surpris en train d'embrasser Eleanor. Pour lui, cela aurait signifié qu'il trahissait le souvenir de sa mère.

— Je ne crois pas que vous vous connaissez, dit-il très vite. Eleanor, je te présente mon fils Nathan. Eleanor remplace Beth pendant son congé de maternité.

— Bonsoir ! lança Nathan avec un large sourire.

Parfait, il ne se doutait de rien.

— Bonsoir, Nathan, murmura poliment Eleanor.

Alerté, Daniel dressa l'oreille.

Cette voix un peu tremblante... Se sentait-elle choquée, agressée ? Non, c'était une autre émotion, une émotion qu'il ne parvenait pas à définir...

— Pardon ? Je n'ai pas...

— Jack et les autres font un saut en ville, répéta Nathan. Il y a de la musique au Fox & Goose, Jack connaît le groupe. Ne m'attends pas, Sandra dit que je peux dormir là ce soir.

La nouvelle était bien calibrée pour lui faire oublier Eleanor : il devait lutter contre la bouffée habituelle de frayeur qu'il éprouvait chaque fois que Nathan sortait. Mais le garçon avait fait du chemin. Il devait se décider une fois pour toutes à lui faire confiance.

— D'accord. Faites bien attention à vous.

Avec un signe joyeux de la main, le garçon fila rejoindre ses amis, et deux minutes plus tard la bande bruyante quittait la fête.

Eleanor se leva brusquement.

— Je vais voir s'il reste quelque chose au barbecue, dit-elle sans le regarder.

— Bonne idée.

Il se mit sur pied à son tour.

Devrait-il s'excuser de l'avoir embrassée ? Ou ignorer tout l'épisode ? Ce baiser l'avait pris de court, il n'avait pas du tout prévu... Ou peut-être que si ?

Une chaleur subite parcourut ses veines.

En fait, il avait souvent pensé à embrasser Eleanor. C'était arrivé sans qu'il le décide, mais l'idée était présente depuis le premier jour. Les petits baisers innocents sur sa joue ? Des entrées en matière ! Ce soir, sans l'intervention de Nathan, il aurait continué jusqu'à ce qu'elle cède, jusqu'à ce qu'elle s'abandonne, tiède et confiante entre ses bras. Voilà ce qu'il voulait : qu'elle dépose les armes, qu'elle admette qu'elle avait tort de se couper du genre humain — et surtout de lui.

Ce constat lui fit l'effet d'un coup de massue. Sonné, il se laissa retomber sur le banc.

Non, ce baiser n'avait rien d'altruiste. Il avait embrassé Eleanor parce qu'il voulait qu'elle craque pour lui. Mais de quel droit ? Que pouvait-il lui offrir alors que toute son énergie se tournait vers Nathan ?

Horrifié, il secoua machinalement la tête.

Il devait arrêter tout de suite. Il risquerait de la blesser, et ça, c'était hors de question.

9.

Impossible de dormir.

Vers 4 heures du matin, Eleanor se releva et se fit du thé, le remède classique quand on cherche à prendre du recul.

Ce baiser… Elle avait beau essayer de ne pas y penser, le goût, la sensation de la bouche de Daniel restaient gravés en elle.

Bon, ce n'était qu'un baiser, pas de quoi en faire un drame. Mais, dans ce cas, pourquoi l'affectait-il autant ?

Elle emporta son thé au salon et se blottit sur le canapé.

À quoi bon se mentir ? S'ils n'avaient pas été interrompus, elle aurait embrassé Daniel en retour. Le fond du problème était là : malgré Michael, elle l'aurait embrassé. Sur le moment, la surprise l'avait paralysée mais, sans l'interruption de Nathan, elle aurait répondu. Avec passion.

La puissance de son propre désir la stupéfiait. Comment Daniel pouvait-il créer en elle des sensations aussi fortes, alors qu'elle ne ressentait quasiment rien quand Michael l'embrassait ? Elle avait cru aimer son fiancé. Et si elle avait surtout aimé l'idée d'avoir un fiancé ?

Les interrogations s'entrechoquaient dans sa tête. Elle ferma les yeux et tenta de les aborder dans l'ordre.

Et si Michael avait senti avant elle que quelque chose ne fonctionnait pas entre eux ? Au fond, côté sexe, ce n'était pas extraordinaire. Dans ce cas, elle serait en partie responsable, elle l'aurait poussé dans les bras de Stacey en étant incapable de le satisfaire… Non ! Elle refusait de culpabiliser, il avait d'autres options, à commencer par parler avec elle. Reste qu'elle n'avait jamais beaucoup apprécié l'amour physique, n'avait jamais éprouvé de désir intense. Elle… participait, oui mais, au fond, cela la laissait froide.

Mais pas ce soir ! Pas quand Daniel l'avait embrassée. Pour la première fois, elle s'était sentie réellement emportée.

Et ça lui faisait peur.

Elle ouvrit les yeux.

Elle n'avait pas allumé, et par la grande baie vitrée elle voyait la lune briller sur les collines, gommant toutes les couleurs. Comme un négatif, comme son propre paysage intérieur, terne, froid et sans relief.

Était-ce comme cela qu'elle voulait vivre ? Daniel n'avait-il pas raison de répéter qu'elle devrait vouloir davantage ?

Trop de questions. Sa tête lui faisait mal, ses paupières la brûlaient. Cette fois, elle ne pouvait pas se permettre de se tromper. Si, pour la seconde fois, elle envoyait tout promener, elle ne pourrait pas le faire à la légère. La seule idée de s'exposer à une nouvelle humiliation lui était insupportable. Vu le risque, cela valait-il la peine ?

Une semaine passa en un éclair. Le temps changea de nouveau, le froid s'installa, et Ellie vit beaucoup de patients souffrant d'infections respiratoires. Pour certains, ce n'était qu'un problème ponctuel, qu'ils enduraient avec un stoïcisme qui forçait l'admiration. Les gens des Yorkshire Dales n'étaient pas du genre à s'écouter !

Le vendredi matin, son dernier patient fut Arnold Brimsdale, quatre-vingt-dix ans, un vieux monsieur tout sec à l'épaisse chevelure blanche, qui entra dans son bureau au pas de charge, la respiration sifflante.

— Bonjour, docteur, je n'ai pas encore eu le plaisir de vous rencontrer, dit-il avec une courtoisie charmante. Marie dit que vous remplacez le Dr Andrews pendant qu'elle s'occupe de son petit ?

Souriante, Ellie se leva à demi pour lui serrer la main.

— C'est cela. Je suis contente de vous rencontrer, monsieur Brimsdale. Que puis-je faire pour vous ?

— Oh ! c'est pour mes bronches. Avec ce froid, plus moyen de respirer.

— Je vois dans votre dossier que vous souffrez de bronchite chronique.

— Eh oui, marmonna le vieil homme. J'ai fumé comme une locomotive, comme tous les gars de ma génération. On ne nous disait rien, à l'époque, pour les dégâts aux poumons. Et comme en plus je travaillais aux sablonnières… À l'époque, il n'était pas plus question de santé que de sécurité au travail. On faisait le boulot.

— Vous avez travaillé longtemps aux sablonnières ? demanda-t-elle, curieuse de cette vie si différente de la sienne et qui avait dû être si dure.

— Plus de vingt ans. Puis mon père est mort, et j'ai décidé que j'en avais assez.

Il haussa les épaules.

— Ce n'était pas comme si on avait le choix. Votre père décidait pour vous, et c'était plié. Une fois qu'il n'a plus été là, j'ai quitté les carrières, et j'ai trouvé du boulot sur une ferme. Le bon air, plus de poussière… Le paradis.

Il s'interrompit pour lui lancer un sourire espiègle.

— Mais je ne veux pas vous ennuyer, docteur ! Mes années au sable ont laissé des traces, mais je suis mieux que beaucoup d'autres. Nous ne sommes pas beaucoup de ma bande à avoir atteint nos quatre-vingt-dix ans.

— Je veux bien le croire.

Quel homme adorable, et quelle capacité à positiver ! L'existence ne l'avait pas gâté, mais il allait de l'avant, il affrontait l'adversité avec une dignité remarquable. Il lui donnait envie de l'imiter.

Son patient souffrait d'une sérieuse infection pulmonaire, complication de sa bronchite chronique. Elle fit une ordonnance, l'envoya par mail à Lucy. Il n'aurait qu'à passer prendre son traitement en sortant. Il se servait d'un inhalateur. Elle rouvrit son dossier et vit qu'il avait renouvelé l'ordonnance le mois précédent, il était donc paré de ce côté. Satisfaite, elle se leva pour lui ouvrir la porte et le raccompagna dans le couloir.

Voilà, c'était terminé pour ce matin.

Elle exhala un soupir, et ses interrogations reprirent aussitôt le devant de la scène. Elle devait prendre une décision : soit s'en tenir à son projet initial et se concentrer sur sa carrière, soit admettre qu'elle voulait autre chose dans la vie. Le choix n'était pas facile, elle ne voulait ni se tromper ni vivre dans le regret.

Depuis le soir du barbecue, Daniel avait pris garde de ne plus approcher Eleanor. L'idée qu'il pourrait lui causer du chagrin suffisait à le motiver.

Vu leur charge de travail, ce n'était pas difficile de l'éviter au centre, et à l'extérieur il n'avait guère de loisirs. Si Nathan prenait le bus pour aller en cours, il faisait le chauffeur pour l'emmener à ses nombreuses activités. Pendant sa période de délinquance, le garçon avait pratiqué les virées nocturnes avec des voitures « empruntées ». On ne lui rendrait son permis que le jour de ses vingt ans. Daniel était content de le conduire, au fond. Cela lui permettait d'affirmer sans mentir qu'il était trop occupé pour sortir.

Le week-end arriva, glacial mais ensoleillé. Une sortie scolaire avait été organisée pour la classe de Nathan. Ils iraient à York et le lendemain à Chester visiter les quartiers médiévaux. Daniel s'était proposé pour déposer Nathan et Jack au lycée. Il les laissa devant la grille avec le groupe qui attendait le car.

Il était encore tôt, les magasins ouvraient à peine, les étalages du marché hebdomadaire s'installaient. Il n'avait rien de particulier à faire aujourd'hui, et aucune envie de rentrer dans une maison vide. Il décida de profiter du marché.

Le *coffee shop* ouvrait justement ses portes. Il se commanda un expresso double et un croissant, et s'installa près de la vitre.

La rue s'animait, les chalands se hâtaient d'un étalage à l'autre. Il vit une jeune maman, visiblement à bout de nerfs, manœuvrer une poussette sur les pavés tout en tirant par la main un tout-petit qui braillait, en plein caprice. Subitement, le gosse lui échappa et fila comme une flèche droit sur la chaussée.

Une camionnette reculait !

Avec une exclamation étranglée, Daniel jaillit de son siège et se précipita.

Il était trop loin, il n'arriverait jamais à temps... Mais une femme en bonnet à pompon fondit sur le petit, l'enleva dans ses bras et bondit sur le trottoir.

Daniel s'immobilisa, les jambes tremblantes.

Impressionné, le gosse se montrait à présent silencieux. Se rendait-il compte qu'il était passé à *ça* du drame ? Sa sauveteuse le ramena à sa mère, la rassura... Elle se retourna, et il reconnut Eleanor.

Qu'elle était pâle !

Il se précipita à sa rencontre.

— Eleanor, ça va ?

Elle eut un sursaut.

— Daniel ! Qu'est-ce que tu...

— J'étais dans le café, j'ai vu ce qu'il s'est passé.

— Oui, dit-elle en réprimant un frisson. J'ai bien cru...

— Mais tu es arrivée à temps, dit-il avec énergie. Sa mère devrait le mettre en laisse. Il n'aura peut-être pas autant de chance la prochaine fois.

— Arrête, ne dis pas ça...

Elle semblait si secouée qu'il l'entraîna malgré ses réticences.

— Il te faut une dose de caféine.

Et tant pis pour les sirènes d'alarme qui se déclenchaient en lui aussi. C'est ce qu'il aurait fait pour n'importe qui, n'importe quelle passante qui aurait eu un choc. Il était médecin, tout de même !

— Tu as sûrement à faire, protesta faiblement Eleanor. Je vais bien, je t'assure !

— Tu trembles.

Comme elle ne répondait rien, il soupira.

— C'est juste un café, Eleanor, rien de plus.

Eleanor se sentit rougir.

Daniel avait raison, elle était ridicule. Et elle avait effectivement eu un choc. Un nouveau frisson la secoua. Quand Daniel lui ouvrit la porte du café, elle entra sans protester davantage. Il la fit asseoir près de la vitre, s'éloigna vers le comptoir et revint très vite avec une tasse fumante.

— Je t'ai commandé un café noir. Ça te va ?

— Oui, très bien. Merci.

Elle retira son bonnet tricoté et passa la main dans ses mèches ébouriffées pour les lisser.

Habituellement, elle ne portait pas ce genre d'accoutrement, mais il faisait vraiment très froid dans le Yorkshire, et ses cheveux courts ne la protégeaient pas.

— Là…

Daniel tendit la main pour rabattre une mèche rebelle et sourit en précisant :

— C'est mieux. Ils vont tous dans le même sens.

— Je… Merci, marmotta-t-elle.

Cette chaleur… Elle se hâta de retirer son manteau, en espérant que Daniel attribuerait sa rougeur subite à la chaleur ambiante. Surtout, qu'il ne devine pas l'effet que lui faisait le contact de sa main.

— Alors, que fais-tu à Beesdale, à part sauver des enfants ?

— J'avais envie de voir le marché. Marie dit qu'on trouve les produits des maraîchers locaux et des fermes du voisinage.

— Il est célèbre dans toute la région, renchérit Daniel.

Il but une lampée de café. Quand il reposa sa tasse, sa lèvre inférieure luisait.

Instinctivement, elle lécha sa propre lèvre. Tout à coup, elle ne pensait plus qu'à une chose : le goût qu'il aurait si elle l'embrassait. Un goût de café, riche et aromatique…

Elle fit effort pour se concentrer sur ce qu'il lui disait.

— Le marchand de fromages est exceptionnel. Il propose des produits très variés, tous fabriqués dans la région. Des fromages qui valent largement ceux qu'on trouve sur le continent ! Il a des bleus…

Il embrassa ses doigts groupés comme un Français de music-hall.

— Sublimes !

Elle éclata de rire.

— Alors, tu es un connaisseur ! Il faudra me noter le nom du marchand. Mes compétences fromagères en sont encore au niveau du supermarché.

Daniel leva les yeux au ciel.

— Je vois qu'il y a des lacunes dans ton éducation. Il faut faire quelque chose. Comment est ton café, pas trop fort ?

— Non, il est très bien.

Par elle-même, elle aurait opté pour quelque chose de moins corsé, mais ce n'était pas désagréable.

Quand il lui tendit la soucoupe sur laquelle reposait son croissant, elle secoua la tête.

— Non, c'est le tien.

— Dans ce cas, partageons.

Il déchira en deux la viennoiserie moelleuse, plaça sa moitié sur sa serviette en papier et posa la petite assiette devant elle.

— Mange. Il te faut des sucres rapides pour l'état de choc.

— C'est peut-être bon pour le choc, mais moins bon pour ma ligne, protesta-t-elle en mordant dans le croissant.

— Tu n'as aucun souci à te faire sur ce point.

Il parlait la bouche pleine, en savourant sa part de croissant.

Elle se concentra sur la sienne, bien décidée à ne pas relever le compliment. Bon, Daniel appréciait sa ligne, et alors ? Mais elle avait beau faire, le commentaire refusait de se laisser gommer. Il s'était lové au creux d'elle-même et y répandait une douce chaleur…

Le temps qu'ils terminent leur café, la salle s'était remplie. Chaque fois qu'un nouveau client poussait la porte, Daniel lui souriait, le saluait de la tête, et chaque arrivant lui disait bonjour. Il finit par lui lancer une petite grimace.

— Le désavantage quand on est le médecin local, lui confia-t-il tout bas, c'est que tout le monde vous connaît. Impossible de sortir incognito.

— Mais c'est plutôt agréable, non ? protesta-t-elle. Cela crée un lien avec les gens d'ici.

Il jeta un regard à la ronde et se retourna vers elle.

— Tu as raison, c'est un privilège de faire partie de la vie des gens. Et puis, c'est plus facile quand ils sont en difficulté : ils me connaissent déjà, je n'ai plus à gagner leur confiance.

Elle hocha la tête.

— C'était très différent là où j'exerçais avant. La population changeait très vite, les familles arrivaient, repartaient. Nous faisions rarement connaissance. Dans les zones très peuplées, les patients ont davantage de mal à se confier, et toi, tu as plus de mal à arriver à la racine du problème.

— C'est vrai.

— Tu me surprends ! Je ne pensais pas que tu comprendrais, vu le contexte dans lequel tu exerces.

Daniel secoua la tête.

— J'ai exercé en ville avant de m'installer ici. Même à l'époque, la population était assez mobile. Ce doit être bien pire aujourd'hui, les gens bougent davantage qu'avant pour chercher du travail.

— C'est pour cela que tu es venu dans les Dales ? demanda-t-elle avec curiosité.

Elle ne devrait pas poser ces questions. Elle ne pouvait pas se permettre de s'intéresser à sa vie, faire vraiment connaissance avec lui si elle ne voulait pas s'attacher.

— En partie, dit-il. Camille venait d'une région rurale en France, elle ne s'était jamais habituée à vivre en ville. Il m'a semblé que ce serait plus facile pour elle si nous nous installions ici. J'ai eu de la chance de décrocher ce poste. En fin de compte, c'était le bon choix. Elle a adoré ce coin. Nous avons été très heureux…

10.

Daniel sentit sa voix se fêler. Abasourdi, il lutta pour maîtriser son émotion.

Que lui arrivait-il ? C'était invraisemblable, il avait fait son deuil, recommencé à vivre. La présence d'Eleanor lui faisait un effet curieux, elle libérait ses émotions…

Bref, il devenait urgent de changer de sujet.

Il repoussa sa chaise.

— Bon, passons aux choses sérieuses. Si tu veux découvrir les bonnes adresses du marché avant l'heure de pointe, il faut se dépêcher. Tu vas voir, d'ici une heure, ce sera la folie, nous ne pourrons même plus voir les étalages.

— Si tu es sûr de vouloir y aller, dit-elle d'une voix contenue.

Avait-elle remarqué son émotion ?

Il risqua un regard vers elle, mais il ne put voir son visage, car elle se penchait pour prendre son sac.

Il devait se faire des idées, il compliquait une situation toute simple. Comment saurait-elle que son comportement était insolite ? Elle le connaissait à peine… Et c'était dommage, car il aimerait qu'elle s'intéresse suffisamment à lui pour le connaître !

Repoussant cette pensée au moins aussi dérangeante que la précédente, il sourit largement.

— Bien sûr que je le veux ! répliqua-t-il avec entrain. Sans moi, tu raterais forcément quelque chose. Commençons par les fromages, je te garantis que tu ne seras pas déçue.

Eleanor le suivit, souriante.

— Tu touches une commission ? Un fromage gratuit chaque fois que tu amènes un nouveau client ?

— Quelle bonne idée !

Quel soulagement ! Cette crise d'émotion bizarre était passée sans laisser de traces. À l'avenir, il éviterait de parler de lui. Il ne dirait plus rien de trop personnel, décida-t-il en entraînant Eleanor vers la place. S'il s'en tenait à des sujets dépourvus de charge émotionnelle, il s'en sortirait très bien. Il avait fait son deuil de Camille, et il refusait de penser au vide que son absence laissait dans sa vie. L'attitude mature était de se sentir reconnaissant d'avoir vécu avec elle, pas d'en demander davantage. À quoi bon rêver à une nouvelle relation ? Il avait déjà eu beaucoup de chance. Une vie, un amour, c'était assez…

Ou, du moins, il avait choisi de le croire.

Ellie bavardait gaiement, mais sans parvenir à se défaire de la tristesse qui s'était emparée d'elle.

Comme Daniel avait dû aimer sa femme ! Dire que celle-ci lui manquait encore, après tout ce temps ! Une fois de plus, elle repensa à son ex-fiancé. Elle avait été si sûre que c'était l'amour, le vrai, celui qui dure toute la vie. Mais plus elle y pensait, plus elle en doutait. En tout cas, elle ne se voyait pas aussi malheureuse que lui dans quatre ans.

Ce fut un soulagement d'arriver devant l'étalage des fromages. Daniel avait raison, la variété était impressionnante. Il lui désigna un bleu crémeux.

— C'est mon préféré. Il vient d'une ferme à trois kilomètres d'ici. Un morceau de ça avec un verre de vin rouge, et tu montes au septième ciel.

— Rien que ça !

Elle sourit à la vendeuse.

— Dites-moi combien vous payez le Dr Saunders ? Il fait un lobbying forcené pour me vendre vos fromages.

— Je ne suis même pas obligée de le payer !

Elle coupa délicatement une lamelle de fromage qu'elle lui tendit.

— Dites-moi ce que vous en pensez ?

Ellie glissa l'échantillon dans sa bouche.

— Délicieux !

Elle se tourna à demi vers Daniel pour le prendre à témoin.

— Docteur Saunders, déclara-t-elle, vous vous y connaissez en fromage.

Voilà ! C'était sur ce registre qu'il fallait rester, celui des piques cordiales. À quoi bon comparer les couples et les amours ? Elle serait forcément perdante.

— Que voulez-vous, dit Daniel avec une gravité feinte, je n'y peux rien. C'est inné.

— Ah bon ? Alors, vous n'avez aucun mérite.

Elle éclata de rire en voyant son expression déçue.

— C'est ta faute, il ne faut pas chercher les compliments.

— Tu as raison. Amy, je prendrai du Wensleydale de chez les Outhwaite, et aussi du bleu. Je me consolerai en me gavant de fromage !

Il l'entraîna plus loin, lui montra tous ses étalages préférés. Le temps de boucler le circuit, Ellie était lourdement chargée.

— J'étais juste venue jeter un coup d'œil ! gémit-elle. J'espère seulement que je pourrai tout manger.

— Moi aussi, j'ai fait trop de réserves, Nathan n'est même pas là ce week-end.

Daniel secoua la tête d'un air fataliste.

— C'est toi, tu as une mauvaise influence sur moi. Il va falloir te racheter.

— Moi ? Comment ?

— En venant déjeuner chez moi. Comme ça, on profitera ensemble de tout cela. C'est le moins que tu puisses faire, après m'avoir poussé à prendre tant de choses !

Sous son sourire, elle sentit un frisson sensuel remonter le long de son dos. Elle fut incapable de trouver une raison de refuser.

Eleanor avait accepté !

En déverrouillant sa porte d'entrée, Daniel n'en revenait toujours pas. En l'invitant, il était sûr qu'elle allait refuser. Venait-elle par culpabilité, pour ne pas gâcher tant de nourriture… ou pour prolonger leur matinée ensemble ?

Il écarta résolument cette pensée, posa les victuailles en vrac sur la table de la cuisine et se retourna.

Eleanor avait fini de garer sa voiture, elle s'avançait le long du couloir en regardant autour d'elle avec intérêt.

Il prit brusquement conscience de l'état de la maison. Le ménage était fait, c'était rangé, mais tout était figé, terni. Cette visite lui faisait poser un nouveau regard sur son lieu de vie.

— C'est une très belle maison, dit-elle en entrant dans la cuisine. Très chaleureuse et accueillante.

— Merci, dit-il avec reconnaissance. Je l'aime beaucoup, mais elle aurait besoin d'un bon ravalement.

— C'est difficile d'assurer sur tous les plans quand on a beaucoup de travail.

Une intuition lui souffla qu'elle pensait qu'il n'avait rien voulu changer depuis la mort de Camille.

Était-ce le cas ? Avait-il repoussé le moment de refaire les peintures pour que tout reste comme avant ? Il s'entendit, la veille encore, conseiller à un patient en deuil de se tourner vers l'avenir, et cela le mit mal à l'aise.

Lui aussi, il allait devoir s'y résoudre. L'année prochaine, si tout se passait bien, Nathan partirait à l'université. Et alors, tout changerait. Il serait seul.

— Bon, commençons par le commencement, décida-t-il en écartant l'idée de sa future solitude. Chauffons la soupe. Et avec la soupe, le pain frais et le fromage que nous venons d'acheter !

— Prenons le mien, proposa aussitôt Eleanor en retirant son manteau. Si je le rapporte chez moi, je n'en viendrai jamais à bout.

— D'accord. Les assiettes sont dans le buffet et les

couverts dans ce tiroir. Ah, et la planche à fromage devant toi, dans le placard.

De son côté, il ouvrait avec précaution la barquette de soupe faite par un maraîcher local.

Eleanor mit le couvert et trouva le beurrier dans le réfrigérateur.

— Serviettes ? demanda-t-elle en jetant un regard à la ronde.

Il esquissa une grimace.

— J'avoue que je ne sais pas où elles sont. Je sais que j'en ai, mais comme je ne reçois jamais…

— Pas de souci.

Elle arracha deux feuilles d'essuie-tout, les plia proprement en triangle et les disposa sur leurs assiettes.

— Tu n'es pas difficile, commenta-t-il en riant.

— Je suis pragmatique.

Ils se sourirent, et il sentit son cœur faire un petit bond. Décontenancé, il se retourna vers sa casserole et se mit à remuer sa soupe lentement, régulièrement.

C'était un sourire, rien de plus. Pas de quoi se faire des idées. Et surtout pas celle de l'embrasser…

Une goutte de soupe brûlante sauta sur sa main. La douleur fugace le ramena sur terre.

Voilà, tout était prêt.

Il remplit deux bols de grès et les posa sur la table.

— Carottes et coriandre, annonça-t-il. Je ne l'ai pas encore testée, j'espère qu'elle est bonne.

Eleanor goûta et laissa échapper une petite exclamation enthousiaste. Puis elle tendit la main, prit une tranche de pain à l'oignon et le beurra copieusement.

— Hum, tout est délicieux !

— Meilleur que le pain blanc en tranches du supermarché ?

— Oh ! quelle horreur, oui ! clama-t-elle. Mais ne sois pas snob, on n'a pas partout la chance de pouvoir acheter des produits pareils. Là où je vivais, dans le Kent, c'était le supermarché ou rien.

— Autrement dit, tu ne regrettes pas d'être venue ici ?

— Pas du tout…

Eleanor hésita.

C'était peut-être imprudent d'avouer à Daniel à quel point les Dales lui plaisaient. Pour la gastronomie, pour la population si accueillante… Elle voyait la vie différemment depuis son arrivée ici, elle était plus positive. Mais comment le dire alors que la raison première de ce changement était installée juste en face d'elle ? Pas question de lui confier que c'était leur rencontre qui l'avait changée !

— C'est bien, dit sobrement Daniel. C'était une grande décision, je suis content que tu ne regrettes pas.

Elle hocha la tête et se remit à manger.

Surtout, ne pas trop en dire. C'était si facile de parler avec lui, elle en oubliait sa réticence habituelle. Elle qui se confiait si peu, quand elle était avec lui, elle avait envie d'exprimer chaque émotion, chaque petite préoccupation. Elle n'avait encore jamais éprouvé cela, avec personne. Par quel sortilège bousculait-il toutes ses lignes de défense ?

Quand il se mit à parler de son fils, elle l'écouta, touchée par la tendresse et l'orgueil qui filtraient dans sa voix. Ses propres parents étaient affectueux, fiers de son parcours, mais elle n'avait jamais senti chez eux la joie toute simple qui éclairait le visage de Daniel quand il parlait de Nathan.

— Il a de la chance, dit-elle en souriant.

— C'est à ce point ? soupira-t-il. Désolé, je ne voulais pas te soûler avec les qualités incomparables de mon fils.

— Tu ne me soûles pas. C'est formidable que vous soyez aussi proches, tous les deux. Je ne vois pas beaucoup de parents qui s'entendent aussi bien avec leurs enfants.

— C'est probablement à cause de ce qu'il nous est arrivé. Quand Camille est morte, Nathan a complètement déraillé, j'ai même cru qu'il allait devenir un vrai voyou. Il s'en est sorti, mais ce n'était pas gagné d'avance, et je ne peux pas dire à quel point je l'admire.

De l'autre côté de la pièce, des photos étaient épinglées à un panneau de liège. Des photos de famille. Camille était encore bien présente dans cette maison.

— Ce n'était sûrement pas facile pour toi non plus, murmura-t-elle. Le chagrin, les efforts pour aider Nathan…

— C'était rude, mais tout va bien, maintenant, dit-il avec un sourire. Il faut penser à l'avenir, moi autant que Nathan.

— On dirait que tu envisages de faire quelques changements ? observa-t-elle d'un ton léger.

— Oui. Je ne m'en étais pas aperçu, mais je me suis installé dans une routine. Cette maison a besoin d'un coup de jeune. Je vais devoir m'en occuper, ou penser à déménager.

— Tu es sérieux ? dit-elle, stupéfaite. Ta maison a tant de charme ! Il lui faudrait peut-être un coup de peinture, mais…

— Nathan ne tardera pas à quitter le nid. J'en suis à me demander si j'ai vraiment besoin d'autant d'espace. Quand il n'y aura plus que moi, la maison sera trop grande.

Son cœur bondit dans sa poitrine. Daniel envisageait donc d'aller de l'avant !

— Un nouveau départ ? suggéra-t-elle.

Il la regarda, et ce qu'il prononça lui coupa le souffle.

— Je crois que je dois tourner la page, Eleanor. Je ne veux plus vivre dans le passé. Je veux un avenir.

Que répondre à cela ! Était-il en train de lui dire que… qu'elle aurait une place dans cet avenir ?

Un tourbillon d'images se déchaîna dans sa tête : la vie qu'ils auraient ensemble. Daniel, si séduisant, si adorable…

C'était facile à imaginer, mais cela suffirait-il ? Pour garantir qu'un couple tienne, il faut autre chose qu'une attirance physique et une compatibilité de surface : l'amour. L'amour profond, durable, capable de résister à tous les coups durs. Daniel l'avait trouvé auprès de Camille. Pourrait-il recommencer avec une autre ? Sa seconde femme n'aurait-elle pas toujours la seconde place ?

Une douleur lui brûla la poitrine. La douleur familière qu'elle ressentait chaque fois qu'elle craignait de n'être qu'un faire-valoir. Ses parents lui avaient préféré Gemma. Avec Michael, elle avait eu le sentiment d'être la plus importante, mais ça n'avait pas duré. Prendrait-elle le risque de revivre ça ? Au nom de quoi devrait-elle s'exposer à un tel crève-cœur ?

Elle inspira à fond.

Daniel lui plaisait, et elle sentait bien qu'elle lui plaisait aussi. Mais il ne l'aimerait jamais comme il avait aimé sa première femme.

Daniel sentit l'onde de choc se répercuter dans tout son être. Que venait-il de dire ? Avant le repas, il se demandait si le moment n'était pas venu de faire un peu de décoration, et tout à coup il parlait d'un nouveau départ !

Troublé, il se leva pour faire du café.

Tout en s'affairant, il examina cette idée en lui cherchant une explication rationnelle, de préférence sans rapport avec Eleanor. Ce serait absurde de fantasmer sur un avenir à deux. Elle sortait à peine d'une expérience douloureuse, le moment serait vraiment mal choisi. Il le savait, alors à quoi jouait-il ? Ce devait être une aberration passagère, une sorte de *bug*.

Il plaça la cafetière sur la table, sortit des tasses, trouva le sucrier. Le temps d'achever le rituel, il s'était calmé.

— Je suis repue, soupira Eleanor. Les gens font toute une histoire de repas savourés dans de grands restaurants, mais je ne me suis jamais autant régalée.

— Tant mieux, ironisa-t-il. Je me sens moins coupable de t'avoir poussée à acheter tout le marché.

Il parvenait même à sourire !

— C'est ma faute aussi. J'ai les yeux plus grands que le ventre, maman me le répétait souvent, avoua Eleanor.

— Je me demande pourquoi, dit-il d'un ton léger. Autant que je puisse voir, tu n'as pas un gramme de trop.

— Merci, dit-elle en rougissant. Ça n'a pas toujours été le cas. J'étais carrément dodue à l'adolescence.

— Ah ? C'était en rapport avec l'ambiance familiale ?

— Sûrement. Ce n'était pas une période très heureuse, et je me consolais en mangeant. Tout s'est arrangé quand je suis partie faire mes études.

— Tant mieux, répéta-t-il.

La pauvre, elle avait dû lutter pour trouver sa place. Il mesurait mieux maintenant ce que cela avait dû signifier pour elle de trouver son fiancé au lit avec une autre.

Ils burent leur café en bavardant de choses et d'autres comme s'ils venaient de passer un accord tacite : elle ne souhaitait pas s'étendre sur son passé, il préférait éviter toute mention de l'avenir. Quand Eleanor annonça qu'elle allait rentrer, il fut presque soulagé. Il avait apprécié ce moment, mais il était temps qu'il prenne du recul.

Il lui tendait son manteau quand le téléphone sonna.

— Je reviens tout de suite, dit-il.

Il passa dans l'entrée, décrocha le combiné.

Quand la voix au bout du fil s'identifia, une vague glacée filtra en lui, d'abord la poitrine, puis le ventre, les jambes.

On l'appelait des urgences de York. Le car qui emportait Nathan et ses camarades avait eu un accident. On lui demandait de venir.

— J'arrive.

Sa main tremblait si fort qu'il eut du mal à remettre le combiné sur son socle. Son cœur battait si violemment qu'il se demanda s'il n'allait pas s'épanouir.

De très loin, il entendit Eleanor s'écrier :

— Quoi ? Que s'est-il passé ?

Elle lui saisit le bras et le secoua.

— Daniel ! Dis quelque chose.

— Un accident, réussit-il à articuler. Nathan est à l'hôpital.

— Lequel ?

— York.

— Couvre-toi. On prend ma voiture.

— Rien ne t'oblige…

Elle secoua la tête, catégorique.

— Tu n'es pas en état de conduire. Il n'est pas question que tu y ailles seul. Que ça te plaise ou non, je viens avec toi.

11.

Une agitation frénétique régnait aux urgences. Le car n'avait pas été l'unique véhicule accidenté. Personne ne semblait savoir ce qu'il s'était passé, mais Daniel se fichait des circonstances : l'important, c'était Nathan. On attendait les résultats du scanner, et l'angoisse lui coupait le souffle.

— Ce ne sera plus très long, maintenant, dit Ellie.

Si elle cherchait à le rassurer, c'était mission impossible. Dans un moment pareil, les diplômes de médecine ne signifient plus rien. Il paniquait comme n'importe quel parent.

— C'est trop long, explosa-t-il en sautant sur ses pieds pour aller presser son visage au hublot de la porte des salles de soins. On aurait déjà dû le ramener ! Il doit y avoir un problème.

— Ou alors ils sont débordés par le nombre d'entrées, répliqua-t-elle avec calme.

— Oui…

Il revint vers elle, se rassit sur le siège voisin, se frotta le visage, laissa retomber ses mains.

C'était déchirant de ne rien pouvoir faire. Rien d'autre que d'être là.

— Désolé, lâcha-t-il. Je suis lamentable, je sais. J'ai tellement peur.

Spontanément, elle posa sa main sur la sienne.

Il s'empara de cette main, la serra dans les siennes.

— S'il lui est arrivé quelque chose, souffla-t-il sans la regarder.

— Daniel, non ! L'infirmier a dit que le scanner était une

simple précaution. Ils pensent à une commotion cérébrale, mais ils n'ont rien vu de grave.

— Tu as raison, mais les blessures à la tête peuvent mal tourner…

Il s'interrompit et sauta de nouveau sur ses pieds, le cœur battant. Une infirmière venait de paraître, elle lui faisait signe de la suivre.

— Vous pouvez entrer voir votre fils, docteur Saunders. Le scanner n'a rien révélé, tout va bien.

— Ah ! merci. Merci beaucoup.

Il se précipita pour la suivre puis se retourna, surpris, en voyant qu'Ellie ne bougeait pas.

— Tu ne viens pas ?

— Je ne veux pas déranger, mais si tu veux que je…

— Bien sûr que je veux !

Ellie se dépêcha de se lever à son tour, Daniel lui tint la porte, et ensemble ils suivirent l'infirmière.

Nathan reposait sur un brancard roulant. Un jeune infirmier achevait de prendre sa tension. Son visage était marqué par un énorme bleu, mais il sourit en les voyant.

— Salut, papa, Eleanor. Désolé.

L'infirmier replia son matériel et s'en alla ; aussitôt, Daniel vint prendre la main de son fils entre les siennes.

— Ce n'est pas ta faute, fit-il d'un ton bourru. Enfin, rassure-moi, l'accident, ce n'était pas à cause de toi ?

— Merci pour le vote de confiance !

Nathan se mit à rire, puis s'interrompit avec une grimace.

En plus de sa commotion cérébrale, il avait une côte cassée. Rien de grave, pensa Ellie avec reconnaissance. Une côte cassée, c'était douloureux mais ça se remettait très bien.

— Alors, qu'est-ce qu'il s'est passé ? demanda Daniel.

Sa voix avait changé, détendue, apaisante. Il s'employait à rassurer son fils.

— Si je comprends bien, un camion-citerne s'est couché sur la quatre-voies. Des voitures sont rentrées dedans et, nous, nous avons embouti l'arrière du carambolage.

— Personne n'a rien dans ton groupe ? s'inquiéta Daniel. Jack ?

— Pas une égratignure. Sandra et Tim sont en route pour venir le chercher. Il y en a quelques autres avec des bosses ou des bleus, et une fille s'est cassé un doigt, mais c'est tout. On a eu de la chance.

— Comment t'es-tu cogné la tête ? demanda-t-elle.

— Je venais de me lever pour sortir un Coca de mon sac, soupira le garçon. Si j'avais été assis comme tout le monde, je n'aurais rien eu non plus.

— Classique, jugea Daniel en lui pressant l'épaule avec un sourire. Si tu savais comme j'ai eu peur…

— Moi aussi.

Ils échangèrent un regard.

Emue, elle détourna les yeux.

Ces deux-là savaient combien ils comptaient l'un pour l'autre !

Comme l'interne entrait pour parler à Daniel, elle murmura un mot d'excuse et s'éclipsa.

Elle n'avait pas sa place ici, elle ne faisait pas partie de la famille. Si seulement…

Cette pensée la choqua tant qu'elle l'examinait encore quand Daniel vint la rejoindre.

— Ils vont le garder cette nuit en observation. C'est juste une précaution, ils ne prévoient aucun souci.

— Et toi, tu vas rester ?

Elle s'efforçait de parler le plus calmement possible, mais elle était encore sous le coup de l'émotion. Cet élan puissant qu'elle venait de ressentir… Mais faire partie de la famille de Daniel, c'était impossible, pas la peine d'y penser.

Les sourcils froncés, Daniel regarda sa montre.

— Il est déjà si tard ? Non, ça ne servirait pas à grand-chose. On va l'emmener dans une chambre, il a besoin de se reposer. Je vais rentrer, et je reviendrai demain matin pour le ramener à la maison.

Elle approuva de la tête et le précéda vers la sortie.

Une rafale de pluie l'accueillit quand elle poussa la porte extérieure. Elle rentra la tête dans les épaules en frissonnant.

— Il fait beaucoup plus froid que tout à l'heure !

— L'hiver arrive. Attends quelques semaines, et tu verras.

— C'est rassurant !

Ils coururent vers la voiture.

Elle mit le chauffage en route et prit la route de Beesdale.

La pluie rendait la route glissante, le vent jetait des paquets d'eau contre le pare-brise. Ce fut avec soulagement qu'elle se gara devant chez Daniel.

— Entre boire une tasse de thé, dit celui-ci en maintenant sa portière que le vent cherchait à rabattre. Tu n'as rien avalé depuis le déjeuner.

— Je dois rentrer, murmura-t-elle.

Prolonger ce tête-à-tête, ce ne serait pas raisonnable. Trop de pensées folles s'étaient glissées en elle aujourd'hui, elle avait besoin de retrouver ses marques.

Daniel se pencha à la portière, le regard suppliant.

— S'il te plaît ! Cette histoire m'a secoué.

— Maintenant que j'y pense, une tasse de thé me fera le plus grand bien, lança-t-elle en ouvrant sa propre portière.

Elle ne pouvait pas refuser. Pour qu'un homme comme lui demande de l'aide… c'était qu'il en avait vraiment besoin.

Ils remontèrent l'allée sous la pluie battante, et il se hâta de déverrouiller la porte.

— Quelle nuit ! Tu es trempée, entre au salon, je vais te chercher une serviette.

Il l'entraîna vers la cheminée, s'attarda le temps de craquer une allumette et sortit d'un pas vif.

En quelques instants, des flammes joyeuses jaillirent.

Elle retira son manteau mouillé, le disposa sur le dossier d'une chaise et s'assit en tendant les mains vers les flammes.

Daniel reparut avec une serviette moelleuse.

— Tiens. Je mets en route la bouilloire et je reviens.

Elle frotta ses cheveux pour les sécher. Elle aurait aimé pouvoir se recoiffer, mais elle n'avait pas de peigne. Elle lissait de son mieux ses mèches courtes devant le miroir à l'ancienne quand Daniel reparut, chargé d'un plateau.

— Tu as raté un endroit ! lança-t-il avec un sourire.

Il posa son fardeau, vint derrière elle et lissa une mèche rebelle.

En sentant sa main glisser dans ses cheveux, elle se raidit un peu, s'attendant à ce qu'il s'écarte. Mais il ne bougea pas.

— Tu as de beaux cheveux, dit-il tout bas. Doux, soyeux.

Sa voix grave vibrait, chargée d'une telle douceur qu'elle se mit à trembler. Elle retint son souffle, incapable de faire un geste.

La main de Daniel revint se poser sur ses cheveux. La caresse descendit jusqu'à sa nuque.

Sa peau s'éveillait à la chaleur qui émanait de ses doigts. Elle ferma les yeux, laissant déferler les sensations. Elle devrait lui dire d'arrêter, mais elle n'en avait tout simplement pas la force. Comment le repousser alors que c'était si bon ?

— Eleanor ? dit-il d'une voix rauque.

Il ne dit rien de plus, mais elle savait ce qu'il voulait, et l'excitation bondit en elle, accompagnée de panique.

Elle n'avait qu'un mot à dire, et il s'écarterait. Mais ce mot, elle ne le prononcerait pas. Car, si elle lui disait non, elle savait qu'elle le regretterait toute sa vie.

Elle se retourna vers lui.

La lueur des flammes jouait sur son visage régulier, éclairait son regard tendre et attentif. Quand il se pencha sur elle, elle ne ferma pas les yeux : ne rien manquer, se souvenir de chaque seconde !

L'accident de Nathan avait bousculé les lignes, déclenché ce qui ne serait peut-être jamais arrivé. Pour une fois, elle prenait ce que la vie lui offrait. Plus tard, de l'autre côté du monde, elle chérirait le souvenir des lèvres de Daniel sur les siennes.

Sous leur douceur se révéla sans tarder une passion bouleversante. Daniel ne cherchait plus seulement du réconfort en l'embrassant, c'était un élan fou de désir !

Daniel sentit le moment où son corps prenait les rênes.

Il serra Eleanor contre lui en frémissant de sentir ses seins s'écraser contre sa poitrine. Cela faisait si longtemps qu'il n'avait pas étreint un corps de femme ! Camille avait été si malade les derniers mois, et depuis… Mais ce soir, c'était pour Eleanor que ses sens explosaient.

Il la berça dans ses bras, émerveillé par la façon dont leurs corps s'accordaient, chaque contour répondant aux contours de l'autre. La tête brune d'Eleanor se nichait sur son épaule, à la hauteur idéale pour l'embrasser. Il s'empara de sa bouche, la goûta, la savoura.

Au son ténu qu'elle laissa échapper, mi-plainte mi-soupir, un frisson brutal le secoua. C'était une sensation vertigineuse de savoir que ce plaisir, c'était lui qui le lui offrait !

Il traça du bout de la langue la courbe parfaite de sa lèvre, la mordilla. Oh ! cette pulpe ferme ! Il pourrait l'embrasser pendant des heures, mais il avait d'autres délices à explorer.

Ses mains partirent à l'aventure.

Il ne l'avait encore jamais touchée, et pourtant son corps mince lui paraissait familier. Avait-il donc déjà imaginé cet instant ? Oui, bien sûr que oui ! Mais c'était tout de même une révélation : cette femme s'était installée en lui.

Une angoisse subite le prit à la gorge. Il faisait peut-être une énorme bourde…

Puis elle bougea, juste un peu. Sa main à lui atterrit sur le bombement d'un sein, et son désir flamba, irrésistible. Il reprit son pèlerinage, glissa du sein à la taille, palpa la courbe douce de sa hanche, la serra contre lui pour qu'elle sache l'effet qu'elle lui faisait.

— Daniel…

Un soupir presque inaudible, mais un puissant aphrodisiaque. Eleanor prononçait son nom avec une tendresse, un désir bouleversant. Il ne s'agissait pas seulement de lui, elle aussi voulait ce qu'il se passait entre eux. Pourquoi se priveraient-ils de ce moment de bonheur ?

Il lui prit la main et l'entraîna vers l'escalier, le cœur gonflé de joie qu'elle le suive sans hésiter.

Debout au pied du lit, Eleanor sentit les mains de Daniel trembler quand il lui retira son pull. Visiblement, il n'avait rien calculé. C'était arrivé, et il était aussi ému qu'elle.

Il lança le pull sur une chaise, saisit délicatement l'ourlet du T-shirt qu'elle portait en dessous et le lui retira aussi. Elle guetta son expression quand ses yeux se posèrent sur ses seins, à peine cachés par un petit soutien-gorge de dentelle. Son regard remonta vers le sien, les pupilles dilatées dans un visage à nu, bouleversé. Elle n'aurait pas su nommer son émotion, mais elle la reconnut : elle éprouvait la même.

— Tu es belle. Tellement belle…

Ces paroles se posèrent sur elle comme une caresse.

Il défit la pression de son jean, le fit glisser sur ses hanches, et elle ferma les yeux.

À quoi bon voir ? Elle voulait *sentir* ce qu'il faisait. Sentir ses mains abaisser l'étoffe le long de ses cuisses, prendre son pied au creux d'une paume, libérer une jambe puis l'autre.

Puis il se redressa pour la reprendre dans ses bras et la bercer contre lui, nue à part sa culotte.

— J'ai tellement envie de toi, chuchota-t-il. Je veux te caresser, te faire l'amour. Est-ce que tu es bien sûre de ce que tu veux aussi ? Si tu veux que j'arrête, ce n'est pas trop tard.

Elle ouvrit les yeux, le regarda bien en face.

— N'arrête pas, dit-elle d'une voix ferme.

Elle voulait que tout soit clair, qu'il n'y ait par la suite ni reproches ni récriminations. Il voulait lui faire l'amour, elle le voulait aussi, et tant pis s'ils le regrettaient plus tard.

Elle se laissa basculer doucement sur la couette.

Les lèvres rivées aux siennes, Daniel arracha sa chemise. Il se redressa le temps de se mettre nu et revint très vite s'allonger près d'elle en la prenant dans ses bras. Elle se blottit contre la chaleur de son grand corps, et ce furent cette fois ses mains à elle qui partirent à la découverte.

Le corps de Daniel ! Un corps nouveau pour elle, très différent de ceux qu'elle avait connus. Ses mains caressèrent des pectoraux bien développés, découvrirent la texture des poils, de la peau. Que ses épaules étaient larges ! Elle glissa sur ses clavicules et pressa la paume au-dessus de son cœur. Ce battement, cette pulsation vitale… Ici, à cet instant, le cœur de Daniel battait pour elle. Jamais de toute sa vie elle ne s'était sentie aussi proche d'un autre être.

Et, pour la première fois de sa vie, elle prit l'initiative.

Ses mains repartirent à l'aventure, effleurèrent ses côtes, les muscles plats de son ventre, ses hanches… L'une d'elles se referma sur son sexe dressé. Sans hésiter, elle le caressa, joua avec lui. C'était totalement différent de tout ce qu'elle avait vécu jusqu'ici. C'était Daniel.

— Eleanor !

Cette voix rauque ! Saisie, elle interrompit son geste.

Il se redressa d'une détente, la fit rouler sur le dos et l'embrassa avec une passion qui lui donna le vertige. Puis il s'écarta un peu, les yeux rivés aux siens.

— Je n'ai rien, souffla-t-il. Rien pour te protéger.

— Tout va bien, chuchota-t-elle en retour. Je prends toujours la pilule.

Sans un mot de plus, il reprit ses lèvres et la pénétra. Pas d'hésitation, aucun tâtonnement, ils se joignirent comme si leurs corps se connaissaient depuis toujours. Le plaisir les prit ensemble, les souleva. Ils exhalèrent une plainte unique et retombèrent lentement sur terre, comblés.

Quand Daniel posa la main sur sa joue, elle ouvrit les yeux et bascula dans son regard émerveillé.

— Je croyais ne jamais…

— Moi non plus.

Elle sentit les larmes lui piquer les yeux.

Il l'attira sur sa poitrine. Quand il se remit à la caresser, elle s'abandonna à la magie qui se recréait entre deux. La seconde fois, ils firent l'amour tendrement, lentement, mais ce fut tout aussi intense. Jamais elle n'avait vécu un échange aussi intime. Ils voguaient à des années-lumière du simple désir sexuel… C'en était presque effrayant, elle ne voulait pas tomber amoureuse !

Cette pensée doucha son euphorie.

Si elle s'autorisait à aimer Daniel, elle se donnerait complètement, sans filet. Elle lui offrirait tout son être. Que lui resterait-il si un jour il la rejetait ?

12.

Daniel se sentait complètement désorienté. L'onde de choc n'en finissait plus de se répercuter en lui.

Il chercha l'image juste.

C'était comme… comme s'il venait de subir une évolution traumatique. Comme si tout ce qu'il était, tout ce qu'il connaissait venait d'éclater et de se rassembler dans une autre configuration. En faisant l'amour avec Eleanor, il s'était métamorphosé, il n'était plus le même homme.

Quand elle s'écarta de lui, il ne chercha pas à la retenir. Il avait besoin de reprendre pied, et il ne pouvait pas le faire tant qu'elle était dans ses bras.

Il se redressa, une boule dans le ventre. Il enfila son jean, acheva de se rhabiller, le cœur serré de culpabilité.

Pour Camille, à laquelle il n'avait pas pensé un seul instant, mais aussi pour Eleanor. Elle était entrée dans ses bras et dans son lit de son plein gré, mais sans réfléchir. Pas plus que lui. Elle se remettait à peine d'une rupture ! Que ressentait-elle, comment allait-elle gérer ce qu'il venait de se passer ? Qu'allaient-ils faire maintenant ? C'était trop facile de tout mettre sur le compte du désir. Ils n'auraient pas dû céder. Surtout lui, il ne se laissait pas guider par ses émotions normalement. Mais, avec Eleanor, il pensait moins et ressentait davantage.

Il lutta pour ravaler le remords qui le prenait à la gorge.

— Je vais refaire du thé, annonça-t-il sans la regarder. Ou du café si tu préfères. La salle de bains est par ici si tu veux prendre une douche.

— Oui, merci, dit-elle d'une voix contenue.

Il se retourna vers elle, et son expression un peu incertaine lui serra le cœur.

Allons, il ne fallait pas exagérer ! Quand un homme et une femme couchent ensemble, ça n'impacte pas forcément leurs vies !

Mais il savait déjà qu'il n'oublierait pas facilement ce moment.

Il descendit dans la cuisine brancher la bouilloire électrique. La nuit était très noire. La fenêtre lui renvoya son reflet, et il eut l'impression de dévisager un inconnu.

Ce matin, il savait exactement qui il était : Daniel Saunders, veuf, père de Nathan, médecin. Quelqu'un qui s'efforçait de mener une vie intègre. Mais maintenant, quelqu'un d'autre était aux commandes, il ne savait plus du tout où il allait. Les certitudes qui gouvernaient sa vie s'étaient effacées, il n'y avait plus de cadre, une foule de choix s'ouvraient à lui. Mais que désirait-il ?

— Je ferais bien de rentrer.

Eleanor l'avait rejoint, elle se tenait sur le seuil de la pièce, rhabillée, son manteau à la main.

Il éprouva un regret poignant de ne plus pouvoir contempler son merveilleux corps nu. Une réaction inappropriée qu'il se hâta d'écarter.

— Tu ne veux pas boire un café avant de partir ? demanda-t-il platement.

— Merci, non.

Elle se redressa comme si elle rassemblait son courage.

— Pour ce soir, Daniel… Je crois qu'il vaut mieux oublier ce qui s'est passé.

— Tu crois pouvoir le faire ? demanda-t-il avec un sourire un peu amer.

— Ce ne sera pas facile, répliqua-t-elle en rougissant, mais c'est la seule attitude raisonnable. À moins, bien sûr, que tu ne préfères que je quitte le centre.

Non, surtout pas ! C'était la dernière chose qu'il voulait !

Il ravala les paroles qui lui venaient aux lèvres et s'efforça de se montrer pragmatique.

— Nous sommes des adultes, Eleanor, ces choses arrivent. C'est probablement à mettre sur le compte des émotions de la journée. Bref, il n'y a pas de quoi dramatiser, et j'aurais un mal fou à trouver quelqu'un pour te remplacer à cette époque de l'année. J'apprécierais que tu restes.

Elle lui lança un sourire qu'il trouva terriblement creux.

— Je préfère aussi ne pas avoir à chercher un autre poste tout de suite. Je serai contente de rester, en fait.

Elle hocha la tête en guise d'adieu et se détourna sans un mot de plus.

Il la suivit jusqu'à la porte d'entrée, le cœur lourd, sachant qu'il avait réagi de façon mesquine. Elle allait croire qu'il balayait ce qu'il venait de se passer comme un épisode sans importance. Il détestait cette idée, mais que faire d'autre ? Elle venait de lui indiquer très clairement qu'elle ne voulait pas savoir à quel point cela avait compté pour lui.

— J'espère que Nathan se remettra très vite, dit-elle en se retournant vers lui. Si tu as besoin de quoi que ce soit…

— Merci mille fois, mais tu as déjà fait suffisamment, dit-il très vite.

— J'étais contente de le faire.

Son regard plongea dans le sien, puis elle se détourna.

Elle regrettait déjà !

Il crispa les poings en lisant la souffrance dans ses yeux. Il voulut dire quelque chose, ne trouva pas les mots. Que dire, alors qu'il ne pouvait lui faire ni déclarations ni promesses ?

Quand elle ouvrit la porte d'entrée, la tourmente s'engouffra dans la maison. Désemparé, il la suivit des yeux pendant qu'elle s'éloignait vers sa voiture.

Certaines des frontières à l'intérieur desquelles il vivait venaient de se déplacer, mais les contraintes restaient les mêmes. Il était toujours le père de Nathan, et son fils passait en premier, aujourd'hui plus que jamais.

En descendant au centre le lundi matin, Ellie redoutait par-dessus tout de voir Daniel, mais Marie, très inquiète, lui apprit la nouvelle dès qu'elle la vit : Daniel ne viendrait pas. L'hôpital avait gardé Nathan, et il prenait sa journée pour rester auprès de lui.

— Le gosse s'est plaint de maux de tête puis a perdu conscience. Ils ont fait un autre scan, et cette fois ils ont repéré un saignement dans son cerveau. Ils ont décidé d'opérer. Daniel s'est précipité à l'hôpital très tôt dimanche matin.

— Mais... Il semblait aller très bien quand je l'ai vu !

— Tu es allé voir Nathan à l'hôpital ? s'écria Marie, stupéfaite.

— Oui, enfin...

Ellie se sentit rougir. Les images se bousculaient dans sa tête dans le désordre : le trajet vers l'hôpital, tout ce qu'il s'était passé ensuite. Elle venait de passer son dimanche à osciller entre tenter d'oublier et se souvenir. Une part d'elle voulait savourer ce qu'elle avait vécu dans les bras de Daniel, l'autre lui ordonnait de tourner la page... Mais oublier était impossible, elle allait devoir vivre avec.

— Je... j'ai croisé Daniel au marché à Beesdale, résuma-t-elle comme Marie attendait toujours sa réponse. J'étais là quand l'hôpital a appelé pour le prévenir que Nathan était aux urgences. Je l'ai conduit là-bas.

— Ça, alors !

Marie en attendait clairement davantage.

Ellie préféra couper court.

— Bref, Nathan avait l'air tout à fait normal quand nous sommes repartis. Pauvre gosse. Les blessures à la tête, c'est souvent trompeur.

— Je suppose, oui. Vous êtes rentrés tard, avec Daniel ?

— Pas très tard, non, éluda-t-elle. Alors, quelles sont les nouvelles de Nathan ?

— Pas mauvaises. Daniel m'a appelée vers 7 heures ce matin pour me prévenir qu'il ne viendrait pas travailler.

Cette fois, elle avait réussi à détourner l'attention de Marie. Tout à la joie d'en savoir plus que les autres, celle-ci enchaîna :

— Il avait déjà appelé Sandra pour lui demander de le remplacer. Elle accepte de reprendre un plein-temps tant que ce sera nécessaire. Elle devrait arriver d'une minute à l'autre.

Avec une grimace éloquente, elle ajouta :

— Bernard va faire la tête. Il fait toujours la tête quand il se retrouve seul. Mais tant pis pour lui. Cette fois, il va être obligé de se remuer un peu !

La porte s'ouvrit, livrant le passage au premier patient. Ellie en profita pour s'éclipser.

Il était temps de commencer sa journée et de cesser de penser à Daniel.

Daniel se frotta le visage dans ses mains et soupira.

Il n'avait pas dormi depuis son arrivée à l'hôpital, le dimanche vers 4 heures du matin. L'opération avait parfaitement réussi, mais il s'était imposé de rester alerte pour veiller son fils. On gardait Nathan en soins intensifs, ce qui signifiait que son état était préoccupant. Même s'il savait que l'équipe faisait tout son possible, il ne pourrait ni se détendre ni relâcher sa vigilance tant que le garçon n'aurait pas repris conscience. Nathan était sous sédation pour permettre à son cerveau de surmonter le traumatisme. Le réveil n'était pas pour tout de suite, mais peu importe, il resterait à son chevet. Au centre médical, Sandra le remplacerait le temps nécessaire, et Eleanor était là pour assurer.

Quand il pensait à tout ce qu'il s'était passé en quarante-huit heures ! L'accident de Nathan, Eleanor dans ses bras et dans son lit. Le premier événement avait servi de catalyseur pour le second mais, au fond de lui, il sentait bien que ce serait arrivé un jour ou l'autre. Dès le premier regard, quelque chose lui avait parlé chez cette femme. Il avait ressenti une seule fois dans sa vie un courant comparable : quand il avait rencontré Camille.

En même temps, le contexte était complètement différent. Camille et lui étaient tout jeunes, ils avaient la vie devant eux, l'amour était une aventure évidente, excitante. Avec Eleanor, le sentiment était plus complexe. Plus profond, dans un sens…

Interdit, il se redressa.

Quoi, qu'est-ce que c'était que cette idée ? Lui, amoureux d'Eleanor Munroe ? Il devait vraiment être très fatigué…

Il ne savait qu'une chose : il voulait être avec elle, et pas seulement au lit.

Eh bien, oui, peut-être était-il amoureux. Mais comment en être sûr ? Les pensées se brouillaient dans sa tête, aussi contradictoires que ses émotions. Pour aimer Eleanor, il devrait lâcher le souvenir de Camille, la femme qu'il avait juré d'aimer jusqu'à son dernier jour, si seulement la vie le lui avait permis. Avait-il le droit d'en aimer une autre ? Ne serait-ce pas trahir tout ce qu'ils avaient vécu ensemble ?

Et Nathan, comment réagirait-il ? Il ne pouvait pas faire cela à son fils, surtout après l'avoir laissé seul à l'hôpital la nuit de son hémorragie. Bon, sa présence n'aurait rien empêché, mais c'était à lui d'être là, près de lui. Pas occupé à se faire plaisir dans les bras d'Eleanor.

Cela n'arriverait plus, décida-t-il. Il était le premier à le regretter, mais Eleanor et lui n'avaient rien à faire ensemble.

Ellie avait travaillé d'arrache-pied toute la matinée. Le bon côté, c'est qu'elle n'avait pas eu un instant pour penser à sa vie sentimentale.

Elle venait de raccompagner son dernier patient quand Marie lui téléphona. Une certaine Margaret Hamilton, psychothérapeute, était en ligne. Elle demandait Daniel, mais Ellie pouvait-elle prendre l'appel en son absence ?

— Bien sûr, passe-la-moi… Bonsoir, ici le Dr Munroe, que puis-je faire pour vous ?

— Je suis très inquiète pour une patiente à vous, expliqua

une voix calme, posée mais chaleureuse. Madeleine Walsh. Je ne sais pas si vous participez à son suivi ?

— Indirectement, oui, mais elle voit surtout le Dr Saunders.

En quelques mots, elle raconta la visite de Nigel Walsh.

— Oh ! ses blessures sont auto-infligées, cela ne fait aucun doute, soupira son interlocutrice. Et son mari a raison de dire que cela prend des proportions inquiétantes. Je ne l'ai vue qu'une seule fois, mais il est évident qu'elle a besoin d'être suivie d'urgence. Le problème, c'est qu'elle ne s'est pas présentée aux deux derniers rendez-vous.

Elle semblait sincèrement inquiète.

— J'ai tenté de lui écrire, de lui téléphoner, sans résultat. J'espérais que le Dr Saunders pourrait parler avec elle. Madeleine semble avoir confiance en lui, il parviendrait peut-être à lui faire comprendre qu'elle a besoin d'aide.

— Il acceptera sûrement de lui parler…

Ellie hésita. Ne s'avançait-elle pas un peu trop ? Daniel penchait pour l'hypothèse du mari violent. Mais maintenant que le Dr Hamilton était impliquée ?

— Le souci, c'est que son fils est hospitalisé, reprit-elle. C'est pour cela qu'il n'est pas au centre aujourd'hui. Je ne sais pas exactement quand il reviendra. Je peux tenter de parler à Mme Walsh si vous pensez que ce serait utile, mais je ne la connais pas personnellement. Je crains de faire plus de mal que de bien.

— Oui, c'est une difficulté. Dans le meilleur des cas, les personnes qui s'automutilent ne veulent pas l'admettre. Elle pourrait très mal réagir si vous vous présentez chez elle, et il ne faut surtout pas la braquer…

Le Dr Hamilton réfléchit quelques instants et conclut :

— En effet, mieux vaut attendre le retour du Dr Saunders.

Elles prirent congé, puis Ellie raccrocha, pensive.

C'était inquiétant de devoir attendre mais, à trop se précipiter, elles risquaient de décupler le problème de la patiente. Elle consigna l'appel du Dr Hamilton dans le dossier de Madeleine

Walsh et envoya par mail un exemplaire à Daniel. De cette façon, il serait au courant dès son retour.

Mais quand reviendrait-il ? Tout dépendait de Nathan et de la vitesse à laquelle il se rétablissait. S'il se rétablissait.

Le cœur serré, elle pensa au charmant garçon rencontré l'autre soir. Le fils de Daniel. Si par malheur il ne se remettait pas…

La seule pensée de la souffrance de Daniel lui fit monter les larmes aux yeux.

Nathan reprit conscience le lendemain vers midi.

Daniel était prévenu qu'il pourrait avoir perdu le souvenir des dernières journées. Dans tous les cas, il ne fallait pas s'attendre à une lucidité parfaite. Mais le médecin avait été catégorique : le garçon ne devait ressentir aucune pression, tout devait lui sembler aussi normal que possible.

Les premiers mots de Nathan confirmèrent les prévisions.

— Papa ? Il se passe quoi ? Qu'est-ce que je fais là ?

— Tu as eu un choc à la tête samedi, pendant votre sortie scolaire, expliqua-t-il d'un ton léger. Tu t'es retrouvé à l'hôpital.

Stupéfait, Nathan regarda autour de lui.

— Je ne me souviens de rien. C'est arrivé comment ?

— Votre car a heurté un camion, répondit Daniel pour simplifier, comme le lui avait recommandé le médecin du service.

— C'est dingue. Le dernier truc dont je me souvienne, c'est de vous avoir parlé, Eleanor et toi, au barbecue. C'est bizarre, non ?

— C'est ce qui arrive quand on prend un coup sur la tête, éluda Daniel.

Il s'appliquait à dédramatiser, mais intérieurement il commençait à s'affoler. Le samedi soir, Nathan se souvenait encore très bien des circonstances de l'accident !

Celui-ci sembla s'abîmer dans ses pensées, puis il fronça les sourcils et demanda subitement :

— Eleanor est là, non ? Je lui parlais, il y a une minute.

La consigne était claire : ne pas le contredire, ne pas contester les rapprochements qu'il parvenait à faire. Même s'il se trompait sur le temps écoulé, Nathan semblait tout de même rassembler ses souvenirs.

— Elle était là, oui.

— Il me semblait bien, dit le garçon, l'air soulagé. Elle est sortie ?

— Heu, je... Enfin, oui. Elle est allée nous chercher du café.

Il avait parlé trop vite, et maintenant il était piégé. Maintenant, Nathan s'attendait à la voir revenir !

La nouvelle semblait faire plaisir à celui-ci, il s'anima.

— Génial, ça me fera du bien. J'ai une de ces soifs !

— Pas pour toi, mon pote, tu n'as pas droit au café. Toi, tu es à l'eau.

Il se leva, remplit le verre posé sur le chevet et y glissa une paille.

Nathan lui lança un large sourire.

— Ça fait un bail que je ne bois plus avec une paille !

Daniel eut un petit rire. L'angoisse commençait à desserrer son étreinte. Nathan ne s'affolait pas ; au contraire, il admettait la situation sans se frapper. Maintenant, il s'agissait de lui éviter le maximum de stress.

— Je t'achèterai un gros paquet de pailles la prochaine fois que je ferai des courses, promit-il.

— C'est tentant, riposta le garçon, mais je crains pour mon aura de coolitude.

Il but avidement et se renfonça dans son oreiller avec un gros soupir.

— Je suis crevé. Ça t'ennuie si je dors un peu ? Eleanor te tiendra compagnie quand elle reviendra avec ton café.

— Oui, pas de problème.

Les paupières de Nathan se fermaient déjà.

Daniel attendit d'être sûr qu'il dormait, puis se leva et quitta la chambre sur la pointe des pieds.

Comment faire, maintenant ? Nathan s'attendrait à voir

Eleanor à son réveil. Serait-ce vraiment déplacé de téléphoner à Eleanor pour lui demander de venir ?

Le cœur serré, il pesa longuement le pour et le contre.

Une part de lui mourait d'envie de l'avoir près de lui, l'autre avait tout autant besoin de la tenir à distance. Pour être franc avec lui-même, il se méfiait de sa propre réaction quand il la reverrait. La rechute de Nathan l'avait secoué, ses émotions partaient en vrille. La dernière chose à faire serait de rejouer le dérapage de samedi soir…

Il balança encore quelques minutes, et le besoin de rassurer Nathan l'emporta. C'était pour son fils qu'il l'appelait à la rescousse, pas pour lui-même. Il était clair sur ce point. Elle ne devait pas deviner à quel point il avait envie de la voir, ce ne serait pas juste pour elle.

Il sortit sous le porche du bâtiment et appela Eleanor. Quand elle répondit, il afficha le ton le plus neutre possible.

Eleanor venait de rentrer chez elle après sa journée de travail quand son portable sonna. Elle le sortit de la poche de son manteau. En voyant le nom de Daniel affiché à l'écran, elle envisagea un instant de rejeter l'appel, puis elle se ravisa. Il ne téléphonerait pas si ce n'était pas urgent.

— Oui ?

— Je suis vraiment désolé de t'ennuyer, Eleanor, mais j'ai un léger problème.

Il parlait d'un ton à la fois détaché et énergique.

— Nathan a repris conscience, mais il ne se souvient ni de l'accident ni de l'opération. On m'avait prévenu que cela pourrait arriver. Je ne dois surtout pas chercher à réveiller ses souvenirs…

— C'est délicat, murmura-t-elle.

— Il en est resté à vendredi, au barbecue. Il se souvient de t'avoir parlé, il était surpris de ne pas te voir…

Elle l'entendit soupirer.

— Je ne sais pas ce qu'il m'a pris, je lui ai dit que tu étais juste sortie chercher du café. C'était vraiment stupide de ma part, parce que maintenant il s'attend à te voir revenir. Là, il s'est endormi, mais il s'attend à te voir à son réveil. Je sais que c'est beaucoup demander, mais est-ce que tu pourrais envisager de me rejoindre ? Je voudrais juste que tout lui semble le plus normal possible…

Elle hésita.

Si cela pouvait aider Nathan, elle irait, bien sûr. Seulement, était-ce bien prudent de s'impliquer de nouveau dans la vie des Saunders ?

Son silence avait duré trop longtemps.

— Écoute, je suis désolé, dit la voix de Daniel à son oreille. Je n'aurais jamais dû te déranger. C'était une idée ridicule…

— J'arrive tout de suite, l'interrompit-elle.

— Tu es sûre ?

Le soulagement dans sa voix lui fit un bien fou.

— Tout à fait sûre. Où es-tu, exactement ?

— Aux soins intensifs. Je les préviens que tu arrives, tu n'auras qu'à donner ton nom à l'accueil.

— Parfait. J'y serai dans une petite heure.

— Merci. J'apprécie, murmura Daniel.

Elle coupa la communication sans répondre.

Elle ressortit, referma sa porte, redescendit les marches et se dirigea vers sa voiture.

Ce n'était sans doute pas la décision la plus raisonnable, mais elle ne changerait pas d'avis. Daniel lui demandait d'aider son fils, elle ne pouvait pas refuser.

Cela étant posé, elle se concentra sur la route plutôt que sur la bêtise qu'elle était peut-être en train de commettre.

13.

Eleanor arriva aux soins intensifs au moment où Nathan se réveillait de sa sieste. Il sourit largement en la voyant entrer dans sa chambre.

— Bonjour ! Je suis content que mon vieux ait eu de la compagnie pendant que je jouais les Belle au bois dormant.

— Je n'aurais pas dit « belle », répliqua-t-elle d'un ton léger. Tu as vu ta tête ?

Elle se tourna vers Daniel… et son sourire s'effaça.

Cette expression, ce regard ! Sa présence le dérangeait, c'était évident. Et pourtant, il lui avait bien demandé de venir ?

Ce fut d'une voix assez sèche qu'elle s'adressa à lui.

— Qu'en dis-tu, Daniel ?

— J'ai vu pire, lâcha-t-il d'une voix brève.

— Oui ! s'écria Nathan en riant. Tu te souviens de la fois où je suis passé à travers le toit de l'appentis en montant récupérer mon ballon ? Je me suis retrouvé avec un bleu horrible sur le front, et maman t'a enguirlandé grave parce que tu m'avais laissé grimper là-haut.

— Oui, elle ne m'a pas raté. Pour elle, c'était à moi d'y aller. Si quelqu'un devait tomber, elle préférait que ce soit moi.

— Je me souviens. Tu étais dans tous tes états.

Ellie se détourna.

Surtout, ne pas penser à la famille heureuse qu'ils avaient formée. Cela ne faisait que souligner l'effondrement qu'ils avaient vécu avec la mort de Camille. Comment une autre femme pourrait-elle la remplacer ? Celle qui s'y risquerait se retrouverait dans une situation terrible, perpétuellement comparée à la morte, jamais à la hauteur. C'était stupide de seulement envisager…

L'idée était si affreuse qu'elle fut soulagée de voir entrer le médecin. Quand ce dernier leur demanda de sortir, elle obéit aussitôt, heureuse d'avoir un instant pour se reprendre.

Un instant plus tard, Daniel la rejoignit dans le couloir. Ils patientèrent côte à côte, les yeux braqués sur la porte de la chambre.

— Plus l'amnésie dure, soupira Daniel, moins il y a de chances qu'il récupère les souvenirs perdus.

— Il n'a pas perdu grand-chose, murmura-t-elle, émue malgré elle par son angoisse. Tu as dit qu'il se souvenait du barbecue et de moi.

— Oui, mais il se trompe sur la chronologie.

Il se passa la main dans les cheveux d'un geste las. La fatigue et la tension creusaient ses traits.

— Il a peut-être d'autres trous que nous n'avons pas encore repérés. Il pourrait continuer d'oublier.

— C'est possible, mais pour l'instant rien ne l'indique. Il s'est parfaitement souvenu d'un épisode de son enfance.

Elle reprenait un vocabulaire de médecin pour rassurer Daniel, mais il sembla à peine l'entendre.

— Il peut aussi oublier des données importantes pour ses examens. Il a travaillé tellement dur pour se remettre à niveau ! Si sa mémoire le lâche, il risque de reperdre tout le terrain gagné.

— Ne va pas imaginer toutes sortes d'horreurs, le tança-t-elle fermement. Ce ne sont que des « si » et des « peut-être ». Tu as un seul fait pour étayer tes hypothèses ?

— Non… Désolé, je dis n'importe quoi.

— Oui. C'est compréhensible.

Spontanément, elle lui prit la main — et le regretta aussitôt. Dans un éclair sensuel, toutes les sensations du samedi soir précédent lui revinrent : la texture de sa peau, son corps qui cherchait le sien. En voyant l'expression de Daniel, elle sut qu'il pensait et ressentait la même chose.

Tout n'était pas donc terminé comme elle l'avait cru. Ce qui était né ce soir-là continuait de vivre.

Choquée, elle laissa sa main retomber.

Que faire maintenant ? Comment réagir, à supposer qu'elle ait le choix ?

Médusé, Daniel dévisageait en silence Eleanor.

Un instant plus tôt, il se rongeait d'angoisse pour Nathan, et voilà qu'il débordait d'émotions dont il ne savait que faire.

La porte s'ouvrit, le médecin leur demanda de le rejoindre.

Il mit un instant à réagir. Puis il vit le visage de Nathan, et toute autre pensée s'évanouit.

Son fils semblait terrorisé.

— Tu savais que j'avais un trou de mémoire ? clama-t-il dès qu'il reparut.

— Il me semblait que oui, dit Daniel le plus calmement qu'il put.

Il consulta le médecin du regard. Celui-ci hocha la tête comme s'il lui donnait la permission d'aller plus loin.

— De quoi te souviens-tu exactement ?

— Du barbecue. Je sais que je vous ai parlé à tous les deux, et je revois vaguement Eleanor ici, à l'hôpital…

Il s'interrompit et les regarda tour à tour, éperdu.

— Après, je ne sais plus. On devait partir en boîte, non ? On y est allés ? Je ne vois rien du tout. Le vide. Je croyais qu'on était encore vendredi, mais le médecin dit qu'on est mardi. C'est vrai ?

— Oui, dit Daniel avec douceur. C'est normal d'oublier des choses après un choc à la tête, tu sais ? Le plus souvent, la période manquante finit par revenir.

— Mais si elle ne revient pas ? Si j'ai oublié d'autres trucs sans le savoir ?

Il commençait à paniquer.

Désemparé, Daniel cherchait comment lui répondre, quand Eleanor s'avança.

— Tu es encore sous le choc, dit-elle, gentiment mais fermement. Tu viens d'être opéré. Tu ne t'attendrais pas à galoper tout de suite après une opération du pied, si ? Ton cerveau est comme le reste. Il a besoin de repos pour se remettre, alors il met certaines fonctions en veille. Laisse-le gérer, il sait ce qu'il a à faire.

Bouleversé de gratitude, Daniel vit son fils hocher la tête avec un pâle sourire.

Comment avait-elle réussi à l'apaiser alors que lui-même n'arrivait à rien ? Quand le médecin renchérit dans le sens d'Eleanor, Nathan sembla tout à fait convaincu. Le médecin partit, l'infirmière vint leur dire qu'ils devaient laisser le patient se reposer. En quittant la chambre, Daniel se sentait plus calme, lui aussi. Peut-être que tout allait bien se passer, en fin de compte ? Et ce serait en partie grâce à Eleanor.

Ils émergèrent de l'animation feutrée de l'hôpital et se retrouvèrent sur le parking face à face. Eleanor s'était garée à côté de lui.

Il hésita, incapable de trouver les mots pour exprimer ce qu'il ressentait.

— Merci, dit-il enfin. Tu as été formidable, tu as réussi à le calmer. Le stress, c'est dramatique pour lui, il aurait pu se faire du mal…

— Toi aussi, tu aurais fini par trouver les mots, dit-elle avec un sourire.

Cette tendresse dans ses yeux ! Elle tenait donc à lui, au moins un peu ? Et à son fils aussi. Il voyait bien que cela comptait pour elle que Nathan s'en sorte.

— Peut-être, dit-il d'une voix enrouée. Il y a quand même des jours où on en a marre de s'en sortir tout seul. Parfois, on a besoin de quelqu'un… enfin, de soutien.

Il renonça aux paroles et l'attira dans ses bras.

Elle se blottit contre lui, et ce fut comme s'il avait trouvé un refuge. Quand Eleanor était dans ses bras, il se sentait… réparé. Entier, comme s'il ne lui manquait plus tout un pan de lui-même. Une révélation tranquille, sans coup de tonnerre ni fanfare. Juste ce bonheur qui se glissait en lui.

Il lui renversa la tête en arrière et l'embrassa. Impossible de se retenir. Et d'ailleurs pourquoi se priver, alors qu'il aspirait de chaque fibre de son être à être plus près d'elle ? Elle remplissait son cœur et sa vie, lui apportait la paix.

Quand elle l'embrassa en retour, son cœur se gonfla de joie. Ils tremblaient tous deux quand ils s'écartèrent l'un de l'autre.

Ils avaient atteint un point de non-retour. Désormais, une seule option s'ouvrait à eux : aller de l'avant.

— Tu veux bien rentrer avec moi ?

Quand elle plongea son regard dans le sien, il sut ce qu'elle allait répondre, et il frémit de bonheur à l'avance.

— Oui.

Ils passèrent la nuit chez Ellie. Daniel et elle n'en avaient pas discuté, mais c'était une sorte d'évidence : ici, dans cet espace refait à neuf, le passé n'existait pas, ils étaient libres d'être eux-mêmes. Elle ne savait toujours pas quel visage aurait l'avenir, mais le présent lui offrait exactement ce qu'elle désirait : les bras de Daniel, son cœur battant en harmonie avec le sien.

Ils firent l'amour avec une passion qui les émut tous deux, sans qu'ils se sentent gênés de leur émotion. Puis ils s'endormirent dans les bras l'un de l'autre et se réveillèrent très tôt, avant l'aube, comblés et heureux.

Appuyée sur un coude, elle déposa un baiser sur le front de Daniel.

— Je n'avais pas aussi bien dormi depuis une éternité, dit-elle en souriant. Docteur Saunders, vous êtes magique.

— Merci, mais cela ne fonctionne qu'avec toi.

Il effleura ses lèvres des siennes, recommença, et gémit tout bas.

— Je pourrais continuer toute la journée. Mais il faut que je rentre chez moi me changer. Je dois filer à l'hôpital voir Nathan.

— Bien sûr.

Pas question de lui mettre la pression ou de réclamer sa présence, la santé de Nathan passait avant tout le reste.

Pendant un bref instant, son démon familier, la sensation d'être la cinquième roue du carrosse, vint la tourmenter, mais elle l'écarta résolument. Le fils de Daniel était à l'hôpital. Son moment viendrait. En attendant, Daniel avait besoin de son soutien, et elle le lui donnerait quoi qu'il lui en coûte.

Ils se douchèrent ensemble, en riant comme des gosses des difficultés à manœuvrer dans la petite cabine. Quand il proposa de lui savonner le dos, elle se laissa faire parce que c'était plus simple, mais elle comprit vite que la proposition n'était pas innocente. Les mains de Daniel se firent sensuelles, elles pétrirent sa chair, éveillèrent son désir. Quand il la retourna face à lui pour savonner ses seins, elle ploya la tête en arrière en fermant les yeux. Ils refirent l'amour là, sous le jet dru de la douche, avec une passion forcenée très différente de la tendresse de la nuit. Et ce fut aussi excitant, aussi émouvant, car une chose ne changeait pas : ils se désiraient et avaient besoin l'un de l'autre.

Daniel avala une tasse de café debout et partit en coup de vent. Ellie se prépara à descendre au centre.

Une fois prête, elle soupira en considérant son reflet dans le miroir.

Aujourd'hui, elle regrettait de n'avoir rien d'autre à se mettre que ses tailleurs-pantalons et ses chemisiers ternes.

Elle savait pourquoi, bien sûr. Pour séduire Daniel, l'éblouir, lui donner envie de rester. Car il ne lui avait rien promis. Il l'avait prise dans ses bras, l'avait aimée, lui avait demandé son soutien. Mais il se tournait vers elle dans un moment difficile, et rien ne garantissait que cela durerait.

Une semaine s'écoula, puis une autre. Ce fut la période la plus bizarre de la vie de Daniel. Il dérivait, coupé de tous ses repères habituels.

Nathan avait été admis en neurologie, et il passait le plus clair de son temps à son chevet. À la surprise générale, Bernard Hargreaves était monté au créneau, il assurait à lui seul le travail du dispensaire, et son soutien permettait à Daniel de se mettre en congé sans se sentir coupable. Entre Bernard, Sandra et Eleanor, les patients étaient entre de bonnes mains, il pouvait se concentrer sur Nathan.

Le garçon avait d'autres trous de mémoire. Des *bugs* qui le faisaient « flipper comme un malade », selon son expression. Il s'acharnait, luttait pour se souvenir, y parvenait parfois, pour s'apercevoir le lendemain qu'il avait oublié autre chose.

Daniel essayait de le rassurer, une mission quasi impossible, d'autant plus que sa vieille angoisse le reprenait : si la pression devenait trop forte, si Nathan déraillait de nouveau…

Ellie était son soutien. Son bon sens dédramatisait la situation, elle était la seule à l'apaiser et à lui faire entrevoir un avenir positif au-delà de cette épreuve. Elle ne niait pas ses inquiétudes, mais sa présence discrète et apaisante lui donnait la force de tenir. Il se sentait un peu coupable de prendre tout ce qu'elle lui offrait alors qu'il avait si peu à donner en retour. Toute son énergie était pour Nathan.

Quinze jours après l'accident, Nathan put rentrer à la maison. Physiquement, il était en pleine forme. Mentalement, il n'était plus le même. Daniel le surveilla de près, mais il ne semblait pas vouloir retomber dans ses mauvaises habitudes.

Enfin, il se prit à espérer que l'épisode passerait sans laisser de traces : le moment était venu pour lui de reprendre le travail.

Il hésita encore un peu, mais il savait qu'il devait franchir le pas, ne serait-ce que pour prouver à Nathan que la vie pouvait reprendre son cours ordinaire. Et, justement, le garçon devait se rendre au lycée le lendemain pour faire le point avec ses professeurs. Ce jour-là au moins, Daniel saurait où il se trouvait.

Quand il poussa la porte du centre, Marie sauta sur ses pieds et se pencha par-dessus le comptoir pour l'embrasser.

— C'est bon de te voir ! Depuis le temps, je me demandais si j'allais encore te reconnaître !

— Oui, cela fait longtemps, convint Daniel en s'efforçant de ne pas penser aux nuits passées dans le logement au premier. Elles appartenaient à une autre réalité, très éloignée du monde prosaïque du travail.

— Bonjour ! C'est bien de te revoir ici.

Son cœur bondit en entendant la voix d'Eleanor.

Il sentit le regard de Marie peser sur eux, attentif.

Ils se voyaient moins depuis le retour de Nathan, mais ils parvenaient tout de même à se ménager quelques moments d'intimité. Se doutait-elle de quelque chose ?

Au fond, il s'en fichait. Ce qu'il se passait entre Eleanor et lui ne regardait personne. C'était leur affaire, leur *bon plaisir*.

— C'est bon d'être de retour, répondit-il.

Son regard captura celui d'Eleanor, qui lui offrit un sourire très doux.

Le simple fait de la voir lui faisait du bien, il se sentait plus vivant, plus positif. Comme si les années depuis la mort de Camille avaient été un long tunnel et qu'il émergeait enfin à la lumière. Était-il amoureux d'elle ?

Il y réfléchirait sérieusement plus tard. La question n'était pas le problème. Ce qui l'angoissait, c'était la réponse. Les choix, les décisions qu'elle entraînerait. Une fois qu'il l'aurait admis, il n'y aurait pas de retour en arrière.

— Bon, j'ai assez tiré au flanc…

Il poussa la porte de son cabinet, retrouva sa place derrière son bureau, mais la danse folle des interrogations tournait toujours dans sa tête : comment choisir entre Nathan et Eleanor ? Car le choix se résumait bien à cela.

Le cœur lourd, il saisit la photo encadrée posée sur son bureau : Camille et Nathan riant aux éclats sur une plage de Cornouailles. Leurs dernières vacances en famille.

Le diagnostic était tombé peu après leur retour. Cancer des ovaires. Par la suite, elle n'avait plus jamais été assez bien pour partir.

Les larmes aux yeux, il contempla leurs visages rayonnants.

Il avait été si sûr que leur bonheur durerait toujours ! Camille leur avait été arrachée, et toute cette joie était morte avec elle. Cette période ne reviendrait jamais. Que décider aujourd'hui ? Faire passer le bonheur qu'il savait trouver auprès d'Eleanor avant tout le reste, y compris Nathan ?

— Oh ! désolée, je te dérange. Je voulais juste savoir si tu avais trouvé mon mémo ?

Il sursauta.

Eleanor se tenait sur le seuil, elle avait vu son visage, il ne pouvait déjà plus lui cacher son émotion.

Il reposa la photo, sauta sur ses pieds et alla se planter devant le petit évier. Le dos tourné, il prit un instant pour rassembler ses esprits.

— Quel mémo ? demanda-t-il en se savonnant énergiquement les mains.

— Au sujet de Mme Walsh. Le Dr Hamilton a téléphoné en ton absence, c'est la psychothérapeute qui doit assurer son suivi. Elle est convaincue que Mme Walsh se blesse délibérément, et elle se fait du souci parce qu'elle ne se présente pas à ses rendez-vous. Elle voulait te demander de parler avec Madeleine. Son numéro figure sur le mémo.

Elle esquissait déjà un mouvement pour sortir.

— D'accord, dit-il. Je vais l'appeler.

Voilà, il s'était repris. Il se retourna avec un sourire.

— Je te dois des excuses. Tu avais bien cerné le problème et, moi, je m'étais trompé.

— Aucune importance, dit-elle d'une voix enrouée. Avoir raison, ce n'est pas forcément le plus important.

Elle s'éclipsa sans rien ajouter.

Troublé, il contempla la porte close.

Ce dernier commentaire renfermait un sens caché, mais il ne voyait pas très bien lequel.

Fatigué tout à coup, il se rassit en soupirant.

Il avait d'autres soucis. Déjà, décider de ce qu'il allait faire. Ce serait cruel de laisser Eleanor dans l'incertitude.

14.

La journée fut rude pour Ellie. À tout instant, le tableau découvert en ouvrant la porte de Daniel lui sautait au visage : Daniel plongé dans la contemplation de cette fichue photo, sa tristesse. La preuve qu'elle se faisait des illusions.

Jamais il ne l'aimerait, jamais elle ne pourrait remplacer sa Camille. Ni elle ni personne. La femme assez stupide pour tenter l'aventure se préparait à la pire des humiliations.

La seule idée la rendait malade. Plusieurs fois dans la journée, elle dut maîtriser des nausées. Quand enfin le dernier patient s'en alla, elle souffrait d'un affreux mal de tête.

Elle rangea son bureau, enfila son manteau. Quand elle passa par l'accueil, Marie l'accueillit avec une grimace.

— Toi, tu n'as pas l'air en forme !

— J'ai mal à la tête…

— Tu as pris un cachet ? Daniel ! Ellie a mal à la tête, tu peux lui donner quelque chose ?

— Tout de suite.

Il était là dans le couloir, derrière elle.

Elle ne se retourna pas.

D'accord, il semblait désolé qu'elle ne soit pas en forme, il s'était attaché à elle, mais il ne serait jamais réellement amoureux. C'était trop bête. Elle rencontrait enfin l'homme idéal, et… Personne ne peut lutter contre le souvenir d'une morte !

Il s'approcha, l'air soucieux, et posa le dos de sa main sur son front.

Non, là, c'était trop. Ses yeux se mouillèrent.

— Il fallait dire que tu n'étais pas bien ! Je te trouve un peu fiévreuse.

— C'est ce fichu mal de tête. Désolée.

Ce dernier mot s'étouffa sur un sanglot.

Marie sortit en hâte de derrière son comptoir et l'entraîna gentiment vers un siège.

Ellie ne protesta pas. Au fond, c'était plus facile qu'ils la croient malade. Beaucoup mieux que de leur avouer que son cœur se brisait en morceaux. Elle savait depuis le début que Daniel ne l'aimerait jamais, mais ça ne l'avait pas empêchée de tomber amoureuse. Oui, elle avait fait ce qu'elle s'était juré d'éviter ! Elle était amoureuse !

Cette pensée acheva de la démolir.

— Tiens, avale. Cela devrait calmer la douleur.

Daniel se penchait vers elle avec gentillesse.

De la gentillesse, rien de plus ! Elle ne ferait pas l'erreur de croire à autre chose.

Elle prit les comprimés sans répondre et les fit passer avec le verre d'eau apporté par Marie.

— Cela mettra une vingtaine de minutes à agir, dit Daniel d'une voix contenue. Je t'aide à monter chez toi, tu pourras t'allonger.

Elle voulut protester, mais il l'interrompit.

— Mais si. C'est ma faute si tu n'es pas bien.

Elle rougit, espérant de tout son cœur que Marie penserait qu'il parlait de la charge de travail supplémentaire endossée pendant son absence. Autant qu'elle sache, personne n'était au courant pour eux.

Elle préférait ! La rupture approchait, et elle ne tenait pas à avoir un public.

Marie s'agitait, multipliait les conseils, proposait même de rester auprès d'elle.

Ellie était touchée, mais elle refusa. Elle avait besoin de se retrouver seule. Ce serait terrible d'avoir à cacher ses émotions à une garde-malade attentive. Au moment de la rupture avec

Michael, elle avait tout réprimé, minimisé son chagrin par fierté, pour ne pas montrer à quel point elle avait mal. Mais ce n'était rien à côté de ce qu'elle allait encaisser cette fois. Elle savait maintenant que, avec Michael, c'était juste une blessure d'orgueil. Ce soir, elle découvrait ce qui l'attendait avec un véritable chagrin d'amour.

Daniel la raccompagna chez elle, et elle se laissa faire. Elle ne pouvait rien lui reprocher. Elle était tombée dans ses bras en connaissance de cause. Elle avait juste cru qu'elle pourrait gérer quand tout se terminerait.

En haut des marches, il lui demanda sa clé. Elle la lui tendit, trop effondrée pour protester encore. C'était la fin pour eux parce qu'elle ne pouvait tout simplement pas continuer, pas maintenant qu'elle savait qu'il ne l'aimerait jamais comme il avait aimé la défunte. Pourquoi s'acharner, souffrir encore plus ? Autant renoncer tout de suite.

— J'aimerais pouvoir rester, dit Daniel, le visage tourmenté, mais je dois retourner auprès de Nathan. Je suis désolé, vraiment désolé.

— Mais oui, bien sûr qu'il faut que tu y ailles.

Elle hocha la tête, et fit la grimace quand un élancement lui vrilla les tempes.

— Tu comprends vraiment ?

Il effleura sa joue, une caresse légère, si familière qu'elle se serait volontiers remise à pleurer. Elle se souvenait de chaque geste tendre échangé avec Daniel. Cela faisait partie d'elle maintenant.

— Oui. Va. Ça va aller.

— Tu es sûre ? Promets-moi de téléphoner si cela empire.

Qu'il s'en aille, vite, qu'il la laisse s'effondrer en paix !

— Ça va aller, répéta-t-elle. File voir Nathan, que je puisse cesser de m'inquiéter pour lui.

— J'y vais.

Enfin, il la prenait au mot.

Il posa un baiser sur sa bouche.

— Je te verrai demain, ajouta-t-il, mais ne viens surtout pas travailler si tu te sens mal, d'accord ?

Elle fit oui de la tête, réussit à sourire.

Mais, dès qu'elle eut refermé la porte, elle se décomposa et se mit à sangloter. Des sanglots secs, épuisants, qui s'arrachaient des profondeurs de son ventre. Aveuglée, elle fila vers la salle de bains en se tenant aux murs et vomit brutalement. Quand le dernier spasme s'apaisa, elle se cramponna au lavabo en tremblant.

Comment faire, où trouver la force de continuer ?

Mais quel choix avait-elle ? Il fallait bien qu'elle apprenne à vivre sans Daniel puisqu'il ne serait jamais à elle !

Vacillante, elle passa dans la pièce voisine et se blottit sur son lit. Les cachets commençaient à faire leur effet, sa migraine s'apaisait, elle parvenait à réfléchir de façon plus cohérente.

Daniel et elle, c'était terminé, c'était évident. Plus vite elle l'accepterait, mieux cela vaudrait. Mais, tant qu'elle serait ici, elle ne pourrait pas s'empêcher d'espérer. Elle ne pouvait pas rester à Beesdale. Elle devrait trouver un autre poste. De préférence à l'étranger.

Elle tira la couette sur elle et s'endormit d'un sommeil agité. Plus tard dans la nuit, elle se réveilla en sursaut, le cœur battant à tout rompre. Pendant son sommeil, une question avait fait surface.

Cette nausée toute la journée, et elle avait manqué ses règles… Et si elle était enceinte ?

Daniel avait eu tort de se faire du souci pour l'entretien au lycée. Nathan revint rassuré et même euphorique. Il lui annonça joyeusement qu'il continuait ses études. S'il avait oublié des choses, eh bien, il les réapprendrait.

Bien sûr, rien n'était encore gagné. Si Nathan subissait des revers trop importants, il pouvait changer d'avis, se décourager. Mais quel soulagement !

La nouvelle le soulageait aussi sur un autre plan : si son fils continuait sur sa lancée, il pourrait peut-être admettre que son père ait une relation amoureuse avec une autre femme que sa mère. Il semblait sincèrement apprécier Eleanor. S'ils lui laissaient le temps de s'habituer à cette idée, cela pouvait marcher. En tout cas, Daniel l'espérait de tout son cœur. Il ne pouvait pas laisser trop longtemps Eleanor dans l'expectative, et lui non plus ne voulait plus hésiter. Le moment était venu de s'offrir un peu de bonheur.

En arrivant au centre le lendemain matin, il se sentait optimiste.

Marie, occupée à mettre son ordinateur en route, le salua d'une grimace.

— Ellie vient de téléphoner. Elle ne se sent pas mieux, elle va prendre sa journée. J'ai proposé de monter lui préparer le petit déjeuner, mais elle ne peut rien avaler et préfère rester tranquille.

Elle baissa la voix pour ne pas être entendue de la salle d'attente.

— La pauvre, je crois bien qu'elle a un virus. Des vomissements, la totale.

— Je vais faire un saut là-haut, murmura-t-il en retour.

— À ta place, je n'insisterais pas. Elle préfère rester seule, et je la comprends. Moi non plus, je n'aurais aucune envie qu'on me regarde vomir, ou pire !

Il céda à contrecœur.

Il aurait préféré voir Eleanor et même l'ausculter, mais si cela devait la gêner…

En se repliant dans son cabinet, il pensa avec tendresse qu'il pourrait la voir malade, livide, échevelée, cela ne changerait rien à ses sentiments pour elle. Il lui essuierait le front, la soignerait, il serait content de le faire. Quand Camille était morte, il s'était dit qu'il ne pourrait pas endurer deux fois un tel calvaire. Mais si, il le pouvait ! Si Eleanor avait besoin de lui, il ferait tout pour elle.

Si ce n'était pas de l'amour !

Ce mot s'installa en lui et le remplit tout entier. Il combla les vides, balaya l'angoisse, l'inonda de joie.

Il aimait Eleanor ! Sans réticence, sans doute, sans regret. Camille et lui avaient eu leurs années de bonheur, et il ne les oublierait jamais, mais il se tournait vers l'avenir. En compagnie d'Eleanor, si elle voulait bien de lui.

Ellie passa la journée barricadée dans son appartement.

La nausée était bien réelle, mais tous les autres symptômes décrits à Marie relevaient de la pure invention. Elle ne pouvait tout simplement pas envisager de descendre travailler, au risque de se retrouver nez à nez avec Daniel, alors qu'elle se demandait si elle était enceinte de lui. Au fond d'elle, elle était déjà sûre. Ses règles manquées, ses nausées, ses seins lourds, un peu douloureux… Impossible de s'y tromper. Deux fois, après des nuits passées chez Daniel, elle avait pris sa pilule en retard. Deux failles dans le bouclier. Elle attendrait la confirmation avant de faire des projets, mais une chose était déjà sûre : elle garderait l'enfant. Elle doutait fort que Daniel veuille de ce bébé mais, elle, elle le voulait de toutes ses forces. En l'élevant, elle trouverait un nouveau sens à sa vie. Elle ne regretterait plus d'avoir souffert.

En milieu de matinée, elle se glissa dehors sans être vue du centre et prit sa voiture pour se rendre à la ville voisine où elle ne risquait pas d'être reconnue. Elle acheta un test de grossesse et rentra tout droit pour suivre les instructions. Ce fut sans surprise qu'elle vit deux lignes roses paraître dans la petite fenêtre.

Bien. Elle était enceinte. Maintenant, elle devait choisir sa stratégie. Quand Daniel viendrait la voir ce soir, elle serait prête.

Surtout, qu'il ne se doute de rien ! Il ne voudrait pas de ce bébé, mais il tiendrait sûrement à se montrer correct. Il proposerait un soutien financier ou, pire, voudrait l'épouser.

Elle serait terriblement tentée d'accepter, mais comment vivre à ses côtés en sachant qu'il n'avait pas vraiment choisi sa présence ? Ce serait insupportable. Mieux valait rester seule toute sa vie que d'endurer cela.

Quand il frappa à sa porte peu après 18 heures, elle se força à se lever.

Elle tiendrait bon, elle dirait ce qu'elle avait à dire. C'était mieux pour Daniel, pour elle, et surtout pour l'enfant. Son petit ne grandirait pas en pensant qu'il n'était pas désiré.

— Comment te sens-tu ? demanda-t-il dès qu'elle lui ouvrit.

— Pas très bien.

C'était vrai. Elle était affreusement mal. Un cœur brisé, cela épuise encore plus qu'un virus.

— Je voulais monter te voir dans la journée, mais Marie a dit que tu préférais rester seule.

— Oui. Vomir, ce n'est pas une activité qu'on partage, même avec les amis, rétorqua-t-elle d'un ton léger.

Daniel fronça les sourcils.

— Il me semble que nous sommes davantage que des amis.

— C'est gentil à toi, mais il faut garder le sens de la mesure. Nous sommes aussi des collègues, bien sûr.

— Ah ? Et ces dernières semaines, elles représentent quoi, pour toi ? Une expression de notre *amitié* ?

Cette voix tendue, blessée.

Elle faillit craquer, se rétracter, le supplier de lui pardonner. Comment pouvait-elle dénigrer ce qu'ils avaient vécu ensemble ? C'était la plus belle expérience de sa vie, la plus magique, la plus importante ! Mais, si elle le lui avouait, les conséquences seraient catastrophiques. Pour qu'elle lui ouvre son cœur, Daniel devait l'aimer, la choisir. Il devait avoir besoin d'elle, sinon ce ne serait pas assez.

— Probablement, oui, lâcha-t-elle. Bon, ça a été assez intense, mais franchement c'était surtout un concours de circonstances, non ?

Il la fixa sans répondre.

Oh non, pas de silence ! Un instant de plus, et elle lui avouerait qu'elle l'aimait. Qu'elle était prête à accepter les miettes plutôt que le perdre. Vite, il fallait meubler, ou la tentation serait trop forte.

— L'accident de Nathan a été l'élément déclencheur. Nous ne nous serions jamais retrouvés ensemble sans cela, tu ne crois pas ? Mieux vaut regarder la réalité en face et tourner la page.

— C'est ce que tu veux faire ? demanda-t-il durement. Tourner la page ?

— Je crois, oui.

Elle le regarda bien en face, le visage serein, pendant que les larmes coulaient à l'intérieur d'elle, là où il ne pouvait pas les voir. Allez, un dernier effort.

— C'était agréable, mais les meilleures choses ont une fin. Tout sera plus simple si nous redevenons ce que nous étions avant : de simples collègues.

Daniel fit un pas vers elle, les yeux étincelants. Colère, chagrin ? Sans doute un peu des deux et, vu les horreurs qu'elle venait de lui dire, c'était assez normal.

— Et si je ne peux pas ? Si je ne *veux* pas ?

Courage, c'était la dernière ligne droite. Elle devait tenir bon, se montrer convaincante jusqu'au bout. Ne pas faiblir.

Elle se redressa, le visage résolu.

— Il n'est pas question pour moi de rester s'il y a un malaise entre nous. Je suis désolée, mais tu ne me laisses pas le choix, je préfère chercher un autre poste.

— Dans ce cas, tu peux commencer à chercher tout de suite. Ne t'inquiète pas pour ton préavis, je serai trop heureux de te libérer de tes obligations !

Il ouvrit la porte à la volée, le visage crispé.

Cela lui fit l'effet d'un coup. Qu'il soit furieux contre elle, c'était déjà assez difficile, mais elle venait de le blesser de façon très intime, et ça, c'était insupportable.

Instinctivement, elle tendit la main vers lui…

Trop tard. Il ignora son geste et dévala les marches sans la regarder.

Tremblante, elle referma la porte, s'y appuya. En bas, sur le parking, un moteur démarra, rugit brutalement.

Un premier sanglot lui échappa.

Oh ! Daniel ! Il devait se sentir trahi, méprisé, insulté. Mais il ne pouvait pas avoir plus de chagrin qu'elle. Lui, il n'avait pas le cœur brisé. Ce n'était pas comme elle.

15.

Daniel ne dormait plus, il passait ses nuits à ressasser la rupture qui s'était abattue sur lui dans un ciel sans nuages : Eleanor ne l'aimait pas ! Elle ne voulait pas de lui ! Elle n'avait aucune intention de passer sa vie auprès de lui !

Impossible de reprendre le dessus.

Heureusement, il avait son travail, ses patients, et la nécessité de faire bonne figure devant Nathan ; ces béquilles lui permettaient de tenir à peu près debout. Il était tenté par moments de tout lâcher, de s'abandonner au chagrin mais, s'il craquait, c'était seul, personne ne devait le savoir, et surtout pas Eleanor. La seule idée qu'elle croie qu'il cherchait à l'apitoyer le faisait grincer des dents. Il ne lui restait plus grand-chose, mais il avait encore son orgueil !

L'ambiance au centre médical était de plus en plus tendue. Les collègues se demandaient à l'évidence ce qu'il se passait entre Eleanor et lui, chacun se faisait sans doute sa théorie. Il s'en fichait, mais il redoutait l'impact sur le moral de l'équipe. Il faisait des efforts héroïques pour se montrer positif, mais il était trop à vif, son cœur saignait trop pour faire réellement illusion.

Quant à Eleanor... elle se montrait réservée, c'était le moins qu'on puisse dire ! Toujours parfaitement polie avec tout le monde, lui compris, elle s'était retranchée derrière une barrière infranchissable. Plus de bavardages, plus de plaisanteries. Elle faisait son travail et remontait chez elle. Il finissait par espérer qu'elle lui annoncerait bientôt son départ. Ne plus la voir, ça ne pouvait pas être pire que ce qu'il endurait en ce moment !

— J'ai trouvé un autre poste, annonça Eleanor un matin

par le centre, donc sans être obligé de dire adieu à Eleanor. Un au revoir rapide à l'heure du déjeuner, ce serait plus facile.

Le moment venu, il lui répéta ses souhaits de réussite, la remercia de nouveau et s'en alla. Il prit la route de Hemsthwaite sous la pluie qui tombait à verse.

Le ciel lui-même pleurait la fin de son beau rêve !

Il longeait la Bees quand il vit une coulée d'eau brune franchir le talus et se répandre sur la route. La surface était très abîmée, creusée de nids-de-poule par les intempéries des dernières semaines. Il ralentit en s'efforçant de les contourner. Il avait presque atteint l'embranchement de Cherry Tree Lane, quand la chaussée s'effondra.

Le soubassement détrempé s'écroula dans le courant puissant, couleur de boue, qui emporta d'emblée plusieurs mètres de bitume. Il n'avait que deux secondes pour réagir, et il fut trop lent, sans doute parce que ses pensées dérivaient du côté d'Eleanor. Incrédule, il se sentit glisser de côté, tourna le volant en espérant que ses roues trouveraient une surface ferme. Non. Il flottait, une sensation indescriptible. Prise dans un tourbillon, la voiture tournait sur elle-même comme un manège dément. Puis elle heurta un arbre, si violemment que le choc le jeta contre sa vitre. Tout se brouilla devant ses yeux. Tout cela était irréel, le manège, la route qui se dissolvait devant lui… Ce fut un soulagement de glisser dans le noir sans plus rien voir, penser ou ressentir. Plus de peine, plus de cœur brisé, plus même d'espoir.

Seule dans son cabinet, Ellie cherchait un prétexte pour ne pas accompagner les autres au pub quand Marie se précipita dans la pièce.

— Il vient d'avoir un accident !

— Un accident ? répéta-t-elle bêtement. Qui ?

— Daniel ! La route de la berge s'est effondrée, et sa voiture est tombée dans la rivière.

Pendant une seconde terrible, elle fut incapable de réagir. Puis elle sauta sur ses pieds, son cœur se heurtant violemment aux barreaux de ses côtes.

— Il va bien ? Dis-moi qu'on l'a sorti de la voiture.

— Oui, mais c'était tout juste. Si Philip Applethwaite n'avait pas été sur place... Je ne peux même pas y penser. Phil et un de ses fils — Steven, le plus jeune — sont descendus dans le courant. Ils ont réussi à fixer une chaîne à la voiture pendant qu'elle était coincée contre un arbre. Ensuite, ils l'ont hissée avec le tracteur. Trois secondes plus tard, l'arbre était balayé.

Elle se laissa retomber sur son siège, les jambes coupées.

— Où est-il ? demanda-t-elle d'une voix méconnaissable.

— Daniel ? demanda Marie en la regardant bizarrement. Ils l'ont emmené à Leeds. York est inondée, on dispatche les ambulances partout où ils peuvent encore accueillir les patients.

— J'y fonce.

Elle se leva, saisit son sac.

Elle avait déjà franchi la porte quand Marie lança :

— Ce ne serait pas plus simple de téléphoner pour demander de ses nouvelles ?

— Je dois le voir.

— D'accord, dit Marie avec satisfaction. J'avais raison. Il me semblait aussi qu'il se passait quelque chose.

Ellie ne chercha même pas à comprendre. Une seule chose comptait : atteindre l'hôpital, voir Daniel, s'assurer qu'il n'était pas gravement blessé. Elle ne pleurait pas : elle devait voir clair pour conduire. Daniel avait besoin d'elle.

Elle mit des heures à négocier un parcours compliqué entre inondations et embouteillages. Une fois sur place, elle se gara n'importe où. Qu'on mette sa voiture à la fourrière, elle s'en fichait.

Les urgences ressemblaient à une ruche en folie, personne ne semblait savoir où il était. Enfin, elle trouva une toute jeune infirmière qui consentit à l'écouter et la pilota dans un dédale de salles et de corridors. Enfin, elle le vit, allongé sur un brancard roulant rangé contre le mur d'un couloir : Daniel, les yeux clos, un énorme pansement lui couvrant le côté droit de la tête.

L'émotion la laissa sans forces.

Il était vivant ! Maintenant, elle prendrait soin de lui, elle ferait tout pour le garder auprès d'elle. Tant pis s'il ne pouvait pas l'aimer comme elle voulait l'être. Elle se contenterait de ce qu'il pourrait lui donner. L'heure n'était plus aux précautions.

Elle se pencha et l'embrassa sur la bouche.

— Comment as-tu osé me faire ça, fulmina-t-elle quand il ouvrit les yeux, stupéfait. Tu n'avais pas le droit de me faire une peur pareille !

L'espace d'un instant, Daniel resta sans réaction, puis il sourit. Un sourire sensuel, satisfait.

— J'avais raison ! Tu faisais semblant. Tu m'aimes, avoue.

— Oui, sanglota-t-elle, toujours furieuse contre lui.

Le sourire de Daniel s'élargit.

— Alors, nous sommes quittes, murmura-t-il.

Les yeux dans les yeux, il empoigna Eleanor par la nuque et la ploya vers lui, vers ses lèvres qui articulaient :

— Parce que, moi aussi, je t'aime, femme insupportable.

La jeune infirmière trouva une place pour lui dans une salle de soins bondée. Il eut l'impression qu'elle réussit cet exploit par pure gêne de voir des gens de leur âge s'embrasser publiquement sans la moindre retenue. Ici, au moins, un rideau les séparait des autres patients.

Quant à lui, il se fichait de leur présence. Tous ses sens étaient concentrés sur Eleanor.

— Je sais maintenant ce que la Belle au bois dormant a dû ressentir quand son prince l'a réveillée. Un chambardement radical !

Il l'embrassa de nouveau, lentement, passionnément. Il devrait recommencer souvent avant de compenser le calvaire enduré ces dernières semaines ! Quand il la lâcha, elle approcha une chaise, s'assit tout près de lui et prit sa main entre les siennes.

— Pourquoi ? lui demanda-t-il.

— J'avais peur.

Elle n'avait pas eu besoin de lui demander ce qu'il voulait dire. Il sentit son cœur se dilater en voyant à quel point ils se comprenaient.

— Tu avais peur que je ne t'aime pas ? dit-il doucement.

— Oui, fit-elle en réprimant un frisson. Quand je t'ai vu en train de contempler cette photo, j'ai su que tu ne pourrais jamais m'aimer comme tu as aimé Camille.

— Ce n'est pas vrai !

Il avait serré sa main à lui faire mal, elle réprima une grimace.

— Crois-tu ? dit-elle d'une voix atone qui lui serra le cœur.

— J'en suis sûr ! J'aimais Camille, j'aurais continué à l'aimer si elle n'était pas morte, mais elle n'est plus là. Je t'aime différemment, mais tellement fort…

— Comment est-ce que je pourrais jamais me mesurer à elle ? Je ne peux pas rivaliser avec son souvenir, Daniel, je refuse d'essayer !

— C'est parfait, parce que ce n'est pas une compétition. Personne n'a à marquer des points, ni toi ni elle.

Il porta sa main à ses lèvres, embrassa tendrement ses jointures une à une et la pressa sur son cœur.

— Camille et moi… Nous étions si jeunes quand nous nous sommes rencontrés. J'avais vingt-deux ans, elle dix-neuf. Nous sommes devenus adultes ensemble.

— Quelle chance vous avez eue, murmura Eleanor d'une voix qui se fêlait.

— Oui. Un premier amour, c'est magique. Mais cela n'empêche pas qu'il y en ait un second. Un second tout aussi profond, et peut-être encore plus.

— Plus ?

Il se redressa à demi sans tenir compte des élancements douloureux de sa tempe. C'était vital de lui faire comprendre.

— Eleanor, dès le premier instant où je t'ai vue, j'ai su

que tu allais me compliquer la vie. J'étais troublé, tendu, sur les charbons ardents…

Elle ne répondait pas. Elle ne le croyait pas encore.

Son expression stupéfaite le fit rire. Une vague de tendresse s'épanouit en lui.

Adorable Eleanor ! Lui qui avait eu des semaines pour y réfléchir, il réalisait encore mal ce qu'il lui arrivait. Elle, la nouvelle la cueillait sans le moindre avertissement !

— Le problème, lui confia-t-il, c'est que je ne m'attendais pas du tout à t'aimer. Je pensais sincèrement que cela ne m'arriverait plus. Je m'étais installé dans ma petite vie de veuf, de père et de médecin, et je ne demandais rien de plus. Quand tu es arrivée, tu as réveillé chez moi des envies de bonheur. Mais je n'étais pas sûr de vouloir être heureux. Je n'étais pas sûr d'avoir le droit d'espérer !

— Tu te sentais coupable de tourner la page et d'avoir l'air d'oublier Camille ? demanda-t-elle tout bas. Je ne te demanderai jamais ça, tu sais ? Je vois bien combien elle compte pour Nathan et toi.

— Je sais. Tu es une femme à part. Je ne peux même pas envisager de vivre loin de toi.

Sa poitrine se gonfla brutalement. Les émotions qu'il réprimait depuis des jours l'étouffaient. Mais il devait aller jusqu'au bout, tout dire, s'assurer qu'elle comprenait.

— Je suis tombé amoureux de toi, je n'ai pas pu faire autrement. Oui, j'ai eu peur. Oui, je me suis senti affreusement coupable et, oui, j'ai redouté la réaction de Nathan. Mais, malgré tout, je ne pouvais pas m'empêcher de t'aimer. Tu es une part de moi, une part indispensable. Ce que je ressens pour toi, c'est tendre, c'est doux, c'est chaud, c'est passionné aussi, et cela brûlera toujours quand nous serons vieux et gris, assis côte à côte dans des fauteuils roulants. Il n'y a rien chez toi que je n'aime pas, dont je ne veuille pas, que je ne chérisse pas… Si seulement tu veux bien de moi.

Ellie sentit un bonheur fabuleux se déployer dans sa poitrine. Daniel l'aimait, il l'aimait *vraiment* ! Elle n'était pas un pis-aller mais un choix authentique. Elle se sentait toute neuve, comme si une autre femme venait de naître : la femme que Daniel aimait, la femme qu'il aimerait pour la vie.

Incapable de trouver les mots, elle se pencha vers lui et laissa ses lèvres lui exprimer ce qu'elle ressentait. Tout son bonheur, tout son soulagement. Quand elle se redressa, plusieurs minutes s'étaient écoulées, ou peut-être une vie.

Le moment était venu de faire éclater une joie supplémentaire, de cimenter si solidement leur bonheur que rien ne pourrait jamais le balayer.

D'une voix contenue, mais sans hésiter, elle dit les mots :

— J'ai quelque chose à t'annoncer. Je suis enceinte. Je vais avoir un enfant de toi.

— Tu… Je… Un… un bébé !

C'était sorti confusément, il était sous le choc mais son bonheur était évident. Il se souleva du brancard, la serra sur son cœur, l'embrassa sans cesser de bredouiller les paroles qui se pressaient sur ses lèvres.

— Je ne me doutais pas… Je n'ai pas même imaginé… C'était pour cela que tu partais ?

— Oui. Je ne trouvais pas juste de t'imposer une charge pareille, alors que je croyais que tu ne m'aimais pas. Je t'aime trop, je ne supportais pas que tu me proposes de vivre avec moi par sens du devoir.

Elle avait dit cela très vite, gênée de montrer qu'elle avait pensé davantage à lui qu'à elle.

Elle fut bouleversée de voir des larmes dans ses yeux.

— Oh ! Eleanor, ma chérie ! Quand je pense à ce que tu as dû endurer ! Je comprends, mais tu es folle à lier. Tu veux dire que je ne peux pas vivre avec toi alors que c'est ce que je veux par-dessus tout ? Je suis piégé, maintenant, fit-il en riant à travers ses larmes.

— Comment ? Je ne comprends pas bien…

— Je vais être plus clair.

Il lui sourit, les yeux dans les yeux, et la tendresse qu'elle y lut lui coupa le souffle.

— Je devrais déjà avoir un genou en terre, une alliance dans une main, une rose dans l'autre et des violons en bande-son, mais je ne crois pas qu'ils fournissent ce genre de service aux urgences. Alors, je me lance comme je suis : Eleanor, mon amour, ma vie, tu veux bien m'épouser ?

— Te… T'épouser ? répéta-t-elle d'une voix mourante.

— Oui ! Je sais bien que ça peut paraître ringard aujourd'hui de se marier et que beaucoup de couples vivent heureux sans ça, mais c'est ce que je veux.

Il la berça contre lui en embrassant sa tempe.

— Je veux dire haut et fort que je m'engage envers toi et notre petit. Je veux passer le reste de ma vie à vous aimer et à prendre soin de vous. J'avais toujours voulu un autre enfant mais ce n'était pas arrivé. Non, mais quelle chance ! Tu m'aimes et tu portes mon bébé. C'est comme un rêve.

— Moi aussi, j'ai l'impression de rêver, souffla-t-elle.

— Autrement dit, tu veux bien m'épouser ?

— *Oui !*

Le mot résonna dans tout le couloir des urgences.

Elle avait un peu le vertige. Elle allait épouser Daniel, ils élèveraient leur bébé ensemble… Tout ce qu'elle avait désiré lui était donné, et plus encore !

Puis Daniel se pencha cérémonieusement pour l'embrasser, et ce fut comme s'il scellait leur engagement.

Épilogue

— Tu es bien sûr que tu as tout, ton passeport, tes traveller's chèques, ton portable ?

Nathan leva les yeux au ciel.

— Oui, papa ! J'ai aussi pensé à faire pipi avant de partir. Hé, calmos ! Je pars en Australie, pas pour la lune.

Ellie pouffa de rire.

Ils étaient à l'aéroport de Manchester, Nathan embarquerait dans quelques minutes dans l'avion pour Perth.

Il avait opté pour une année de pause avant de commencer la fac. Il avait besoin de savoir qui il était avant de décider ce qu'il voulait devenir. Ses trous de mémoire semblaient s'être résorbés, il restait quelques heures dont il ne retrouverait sans doute pas le souvenir. Mais il se montrait plutôt philosophe sur la question et, par l'un de ces hasards qui décident du cours d'une vie, le fait de perdre un fragment de sa mémoire l'avait poussé à se passionner pour la question. Il était allé à Liverpool pour un entretien et, malgré la nécessité d'un sérieux rattrapage en sciences, on lui avait proposé une place à l'école de médecine pour l'année suivante. Pour décrocher une opportunité pareille, sa motivation avait dû impressionner ! Il était en train de devenir un homme époustouflant. Comme son père.

Elle se tourna vers Daniel, le cœur gonflé de joie.

Ils s'étaient mariés fin novembre, une cérémonie toute simple à l'église de Beesdale. Sa famille était venue. Maintenant qu'elle allait être maman à son tour, elle tenait à les avoir tous autour d'elle ! Gemma et elle avaient eu une discussion à cœur ouvert. Elle n'en revenait toujours pas d'avoir entendu sa cadette lui avouer qu'elle l'avait toujours jalousée parce que leurs parents avaient choisi Eleanor, alors qu'elle, Gemma, était juste l'enfant qui était née par hasard. Elles en avaient ri. Depuis, leur relation s'était apaisée, et sa sœur avait été sa demoiselle d'honneur.

— Bon, je file, lança Nathan. Oui, papa, je te contacterai sur Skype tous les soirs sans faute. Sauf si je suis trop occupé pour penser à mes vieux parents…

Il lança un clin d'œil à Ellie.

Il avait applaudi à leur relation et était enchanté par la venue du bébé. Il avait accueilli la double nouvelle avec tant de cœur qu'elle se sentait comblée.

Elle lui ouvrit les bras et le serra bien fort.

— Éclate-toi, recommanda-t-elle. On est là si tu as besoin de quoi que ce soit, mais tu n'auras besoin de rien, alors profite !

— C'est promis.

Il lui rendit son étreinte.

— Avec toi, avoua-t-il tout à coup, tout est redevenu léger pour moi comme pour papa. Merci, deuxième maman !

Il se dégagea, visiblement ému et très gêné de l'être, et sourit en indiquant son ventre rond.

— Arrange-toi pour que le petit bout ne te fasse pas trop tourner en bourrique. Les gosses, c'est pénible, je suis bien placé pour le savoir.

— Ne t'en fais pas, on apprendra à ta sœur à se tenir, lâcha négligemment Daniel. Les filles, ce n'est pas aussi pénible que les garçons.

— C'est une fille ! Vous le savez depuis quand ? clama Nathan, vexé de n'avoir pas eu l'information.

— À l'échographie des vingt semaines, avoua Ellie en riant. Ton père a tenu à ce qu'on ne te le dise qu'aujourd'hui. C'est une sorte de cadeau pour ton départ.

Le garçon éclata d'un grand rire.

— C'est trop cool ! Je vais avoir une toute petite sœur !

— Nous te tiendrons au courant, promis, dit Daniel en

s'avançant à son tour pour l'embrasser. Nous t'enverrons plein de photos de gros ventre.

— Je crois que je peux m'en passer, dit Nathan. Merci, papa, merci pour tout. Je sais que j'ai été horrible, mais tu ne m'as pas lâché. Je n'oublierai jamais ça.

— Je le faisais parce que je voulais le faire, rétorqua Daniel en le serrant de toutes ses forces. Je t'aime, fils, et rien de ce que je pourrai faire pour toi ne sera un effort. Je veux que tu sois heureux.

— Alors, je le serai !

Nathan souleva son sac de voyage et partit à grands pas rejoindre Jack et les deux autres potes qui avaient décidé de prendre une année de liberté ensemble.

Emu, Daniel les suivit des yeux alors qu'ils s'éloignaient vers le contrôle de sécurité en riant comme des gosses.

Nathan irait bien, maintenant. Il prenait sa vie en main, et lui-même pouvait se consacrer à Eleanor et à leur petite fille.

Une onde de bonheur courut dans ses veines. Le monde qui lui semblait si austère quelques mois plus tôt avait repris des couleurs.

Il passa le bras autour des épaules d'Eleanor.

— On rentre à la maison ? murmura-t-il.

Ils se dirigèrent vers la sortie, étroitement enlacés.

Il était encore tôt. Une paix étrange imprégnait les quartiers qu'ils traversaient. Une paix qui venait de l'intérieur, décida-t-il. La paix de leur cœur, de leur amour.

Il inspira à fond, et ce qu'il sentit ne fut pas le carburant des avions ou le pot d'échappement des voitures, mais le parfum subtil du bonheur. Un parfum exquis qu'il comptait savourer chaque jour de la vie.

BLANCHE

HARLEQUIN

Retrouvez prochainement, dans votre collection

BLANCHE

Une liaison avec le Dr Kennedy, d'Ann McIntosh - N°1606

SÉRIE : LE RALLYE DU DON - 1/2

Héritier d'une fortune, le Dr David Kennedy se consacre à la cause du don d'organes. Parce que sa fondation est toute sa vie, il n'a pas de temps à consacrer à l'amour ! Pourtant, ses résolutions vacillent quand, à l'occasion d'une mission à l'hôpital de Liverpool, il doit collaborer avec Valerie Sterling. Entre eux, c'est le coup de foudre, au point qu'ils décident d'explorer l'attirance qui les pousse l'un vers l'autre – dans le plus grand secret…

La route du désir, d'Annie Claydon

SÉRIE : LE RALLYE DU DON - 2/2

Le Dr Emma Owen était ravie de participer au Rallye du Don, un road trip en voiture de collection destiné à récolter des fonds pour le don d'organes. Hélas, quand elle découvre son copilote, elle déchante. Durant quelques jours et dans l'espace étroit d'une Mini Cooper, elle devra côtoyer le Dr Josh Kennedy. Josh, qui n'est autre que son ancien amant !

Sauveteur et papa, d'Annie O'Neil - N°1607

Tout juste débarqué à Hawaï pour prendre la direction du groupe de secours d'Oahu, le Dr Zach Murphy espère offrir à son fils une vie plus sereine que celle qu'ils avaient à New York. Seulement voilà, sa nouvelle collègue Lulu Kahale a l'étrange pouvoir de faire dérailler ses rêves de tranquillité. Dès leur rencontre, la secouriste au tempérament de feu l'agace tout autant qu'elle l'attire…

Le secret d'Emmy, de Karin Baine

Depuis l'enfance, Emmy aime Sam en secret. Jamais elle ne lui a avoué ses sentiments, de peur de gâcher leur précieuse amitié. Elle se tait encore quand, à la faveur d'une soirée de mariage, tous deux succombent au désir. Il ne s'agira entre eux que d'une aventure, se jurent-ils avant de passer une nuit époustouflante. Et elle se tait toujours lorsque, après la découverte de sa grossesse, Sam lui propose un mariage de convenance…

Leur mission : sauver des vies.
Leur destin : trouver l'amour.

HARLEQUIN
www.harlequin.fr

BLANCHE

HARLEQUIN

Une maman pour son fils, d'Emily Forbes - N°1608

Daisy n'entend pas. Mais les mots qu'elle lit sur les lèvres du Dr Ajay Patel lui vont droit au cœur. Le nouveau médecin urgentiste de l'hôpital de Bondi où elle exerce comme infirmière est doué, généreux, attentif… L'homme idéal ? Elle le croit volontiers, mais y a-t-il seulement une place pour elle dans la famille qu'Ajay forme avec son adorable petit garçon ?

L'étreinte d'un confrère, de Susan Carlisle

Pionnière de la chirurgie rénale, le Dr Lily Evans révèle un sang-froid à toute épreuve. En salle d'opération, elle maîtrise chacun de ses gestes pour sauver des vies. Aussi est-elle déconcertée par l'arrivée du Dr Maxwell James dans son hôpital. Ce confrère, nommé tout comme elle pour l'Innovation médicale de l'année, travaillera à son côté durant dix jours. Or il a le don de lui faire perdre ses moyens, et pour preuve : un an plus tôt, tous deux ont eu une liaison…

Un prince pour époux, d'Amy Ruttan - N°1609

SÉRIE : LE SECRET DES PRINCES - 1/2

Dante veut… l'épouser ? Bouleversée, Shay ne sait que lui répondre. Certes, elle est amoureuse de son collègue, et la seule nuit qu'ils ont partagée a été fabuleuse. Mais si Dante la demande en mariage c'est uniquement parce qu'elle vient de lui révéler qu'elle attendait un enfant de lui. Autrement, jamais il n'aurait voulu d'une simple infirmière comme elle pour épouse ! D'autant que, en plus d'être médecin, il est également prince…

Ce doute à surmonter, de Robin Gianna

SÉRIE : LE SECRET DES PRINCES - 2/2

Apprendre que la sublime Aubrey Henderson travaillera comme infirmière au sein de son service, après la nuit torride qu'ils ont partagée deux mois plus tôt, était bien la dernière chose à laquelle Enzo s'attendait. L'aurait-elle suivi par intérêt après avoir découvert sa véritable identité ? Le prince s'interroge. Et ses doutes grandissent encore lorsque Aubrey lui avoue qu'elle porte son bébé…

Leur mission : sauver des vies.
Leur destin : trouver l'amour.

HARLEQUIN
www.harlequin.fr

BLANCHE

Le dilemme de Tamara, de Sue MacKay - N°1610

Tamara a du mal à y croire : elle attend un bébé ! Elle qui, aveuglée par le désir, s'est abandonnée entre les bras du Dr Conor Maguire, la voilà qui panique à l'idée de se retrouver mère célibataire. Car malgré les sentiments qu'elle éprouve pour Conor, un homme parfait sur tous les plans, elle sait qu'elle a commis une faute professionnelle en entamant une relation sentimentale avec son patron…

Passion à haut risque, de Charlotte Hawkes

Lorsqu'elle se réveille entre les bras du colonel Ash Stirling, Felicity est bouleversée. Car jamais auparavant elle n'a éprouvé une passion aussi intense pour un homme. Et la présence d'Ash à ses côtés – si séduisant et protecteur – est tellement enivrante qu'il lui serait facile de s'y habituer. Pourtant, Felicity se refuse à l'aimer, car elle ne peut prendre le risque d'être abandonnée…

HARLEQUIN

Leur mission : sauver des vies.
Leur destin : trouver l'amour.

HARLEQUIN
www.harlequin.fr